Dick Francis

Scherben

Roman

Aus dem Englischen von
Malte Krutzsch

Diogenes

Titel der 2000 bei
Michael Joseph, London,
erschienenen Originalausgabe:
›Shattered‹

Umschlagzeichnung von
Tomi Ungerer

www.diogenes.ch
200/02/52/1
ISBN 3 257 06310 5

Für

Ihre Majestät Königin Elizabeth,
die Königinmutter
anläßlich ihres hundertsten Geburtstages
mit unendlicher Dankbarkeit, Liebe
und allen guten Wünschen
von Dick Francis

Ich danke auch

Stephen Zawistowski, Glasmacher
Stephen Spiro, Professor der Pulmologie
Tanya Williams, Polizei West Mercia

meinem Enkel Matthew Francis
für den Titel

und

meinem Sohn Felix
für alles

1

An dem Tag, als Martin Stukely bei einem Jagdrennen tödlich verunglückte, fuhren wir zu viert zur Rennbahn Cheltenham.

Es war Silvester 1999, der letzte Tag des Jahres. Ein kalter Wintermorgen. Die Welt an der Schwelle zur Zukunft.

Martin hatte sich gegen zwölf in seinen BMW gesetzt, ohne Böses zu ahnen, und auf dem Weg zur Arbeit seine drei in den Cotswolds wohnenden Mitfahrer abgeholt. Ein erfolgreicher, selbstbewußter Jockey, den so schnell nichts aus der Ruhe bringen konnte.

Als er zu meinem großen Haus am Hang über dem langgezogenen Fremdenverkehrsort Broadway kam, war die Luft in dem geräumigen Wagen bereits vom duftigen Rauch seiner Lieblingszigarre erfüllt, der Montecristo No. 2, die ihm das Essen ersetzte. Mit vierunddreißig verbrachte er von Tag zu Tag mehr Zeit in der Sauna, und dennoch verlor sein Stoffwechsel allmählich den Kampf mit der Waage.

Er war von Natur aus gut gebaut und hatte von seiner italienischen Mutter das lebhafte Temperament und die Liebe zum guten Essen geerbt.

Mit Bon-Bon, seiner molligen, geschwätzigen, wohlhabenden Frau lag er unaufhörlich im Streit, und seine vier kleinen Kinder beachtete er kaum, wenn er sie nicht gerade

stirnrunzelnd ansah, als fragte er sich, wer sie waren. Auf der Rennbahn aber führten sein Können, sein Mut und sein Pferdeverstand ihn fast immer zum Sieg, und auf der Fahrt nach Cheltenham erörterte er nüchtern seine Aussichten in den beiden Hürdenrennen und dem längeren Jagdrennen an diesem Nachmittag. Auf den viertausendachthundert Metern über die Jagdsprünge kam seine Verwegenheit, sein kontrollierter Leichtsinn immer erst richtig zum Zug.

Mich holte er an diesem schicksalhaften Freitagmorgen zuletzt ab, da ich der Rennbahn Cheltenham am nächsten wohnte.

Neben ihm im Wagen saß bereits Priam Jones, der Trainer, für den er regelmäßig ritt. Priam war ein As in der Kunst der Selbstbeweihräucherung, aber nicht ganz so gut, wie er meinte, wenn es darum ging, die Form eines von ihm betreuten Pferdes einzuschätzen. Den Steeplechaser Tallahassee hatte mein Freund Martin am Telefon als Goldkandidaten für Cheltenham eingestuft, da er auf den Tag genau fit sei, doch Priam Jones fuhr sich über das lichte, mit den Jahren weiß gewordene Haar und teilte dem Besitzer des Pferdes in blasiertem Ton mit, Tallahassee könne sich auf weicherem Boden sicherlich noch steigern.

Lloyd Baxter, der Besitzer von Tallahassee, saß neben mir auf der Rückbank und hörte sich das wenig begeistert an, während er eine von Martins Zigarren gleichmäßig zu Asche verbrennen ließ, und ich dachte bei mir, Priam Jones hätte seine vorauseilende Entschuldigung besser für sich behalten sollen.

Es war ungewöhnlich, daß Martin Tallahassees Besitzer und Trainer durch die Gegend fuhr. Meistens nahm er nur

andere Jockeys oder mich mit, aber Priam Jones hatte kürzlich seine Reifen zuschanden gefahren, als er in einem Anfall von Überheblichkeit unbedingt auf einem durch Krallen gesicherten Platz parken wollte. Nun gab er der Stadt die Schuld und fand, sie müsse ihm den Schaden bezahlen.

Priam, so hatte Martin mir unwillig erzählt, hatte es als selbstverständlich angesehen, daß Martin den Chauffeur machte und nicht nur ihn, sondern auch den Besitzer des Pferdes mitnahm, der mit einem kleinen Charterflugzeug, das jetzt auf dem Flughafen Staverton stand, von Nordengland gekommen war und bei ihm übernachtet hatte.

Ich konnte Lloyd Baxter so wenig leiden wie er mich. Martin hatte mir von Priams Reifenpanne erzählt (›Hüte deine Lästerzunge und blende ihn mit deinem Lächeln‹) und mich gebeten, den millionenschweren, ewig verdrießlichen Besitzer nach Kräften einzuseifen für den Fall, daß sich Priam Jones' Befürchtungen bewahrheiteten und das Pferd leer ausging.

Ich sah Martin im Rückspiegel grinsen, als ich mein Mitgefühl wegen der platten Reifen bekundete. Man hatte mir für ein Jahr den Führerschein entzogen, nachdem ich mit hundertsechzig Sachen über die Oxforder Ringstraße gerast war, um Martin, der ein gebrochenes Bein hatte, zu seinem todkranken ehemaligen Gärtner zu bringen, und dafür dankte er mir jetzt, indem er mich mit dem Auto herumfuhr, wann immer er konnte. Das wacklige Herz des Gärtners hatte dann, wie das Leben so spielt, noch sechs Wochen durchgehalten. In einem Vierteljahr würde ich meinen Führerschein zurückbekommen.

Die Freundschaft zwischen Martin und mir, zwei auf den

ersten Blick eher gegensätzlichen Typen, war vor gut vier Jahren aus heiterem Himmel durch ein Lächeln ausgelöst worden, oder vielmehr durch die Lachfältchen, die ich an seinen – und er offenbar an meinen – Augen gesehen hatte.

Wir hatten uns als Geschworene bei der Verhandlung eines unkomplizierten Falls von Gattenmord am hiesigen Gericht kennengelernt. Der Prozeß dauerte nur zweieinhalb Tage. Anschließend hatte Martin mir bei einem Glas Mineralwasser von der Tyrannei der Waage erzählt. Was uns verband, obwohl ich mit Pferden ebensowenig zu tun hatte wie er mit der Hitze und Chemie, die meinen Alltag prägten, war vielleicht das Bewußtsein, daß wir körperlich fit sein mußten, um in unserem jeweiligen Metier zu bestehen.

Im Beratungsraum der Geschworenen hatte Martin mich nur mit höflichem Interesse gefragt: »Was machen Sie beruflich?«

»Ich bin Glasbläser.«

»Bitte?«

»Ich stelle Gegenstände aus Glas her. Vasen, Zierat, Trinkgefäße und dergleichen.«

»Du liebe Zeit.«

Ich mußte über seine Verwunderung lächeln. »Es gibt so Leute. Glaswaren werden seit vielen tausend Jahren hergestellt.«

»Ja, aber …«, er überlegte, »Sie sehen nicht aus wie jemand, der Zierat herstellt. Sie sehen ziemlich … robust aus.«

Ich war vier Jahre jünger als er, einen halben Kopf größer und ihm an Kraft wahrscheinlich ebenbürtig.

»Ich mache auch Pferde«, sagte ich freundlich. »Ganze Herden habe ich schon gemacht.«

»Der Crystal Stud Cup«, fragte er mit Bezug auf einen edel gestalteten Pokal im Flachrennsport, »ist der von Ihnen?«

»Der nicht.«

»Hm ... Haben Sie denn einen Namen? Baccarat oder so?«

Ich lächelte schief. »Schön wär's. Ich heiße Logan. Gerard Logan.«

»Logan Glas.« Er nickte verstehend. »Sie haben einen Laden in der High Street in Broadway, wo die ganzen Antiquitätenhandlungen sind. Kenn ich vom Sehen.«

Ich nickte. »Geschäft und Werkstatt.«

Mehr schien er darüber nicht wissen zu wollen, aber eine Woche darauf war er in meine Galerie gekommen, hatte sich eine Stunde lang aufmerksam umgeschaut, mich gefragt, ob die ausgestellten Arbeiten alle von mir seien (die meisten waren es), und mir angeboten, mich zum Pferderennen mitzunehmen. Schon bald hatten wir uns an die Eigenheiten und Schwächen des anderen gewöhnt. Bon-Bon benutzte mich als Schutzschild im täglichen Streit, und für die Kinder war ich ein Spielverderber, weil ich sie nicht an meinen Glasofen ließ.

In der ersten Hälfte dieses Renntags in Cheltenham lief alles normal. Martin gewann das Hürdenrennen über 3200 Meter mit sechs Längen, und Priam Jones maulte, sechs Längen seien zuviel. Für die Ausgleichsrennen sei das Pferd damit gestorben.

Martin zuckte die Achseln, zog belustigt die Brauen hoch und ging in die Jockeystube, um Lloyd Baxters Farben anzulegen, schwarzweiß gewinkelt quergestreift, mit rosa Är-

meln und rosa Kappe. Ich sah am Führring zu, wie die drei Männer – Trainer, Besitzer und Jockey – Tallahassee begutachteten, der zielbewußt an der Hand seines Pflegers im Kreis ging. Tallahassee stand bei den Buchmachern fünfundzwanzig zu zehn: klarer Favorit im Rennen um die Coffee Forever Gold Trophy.

Lloyd Baxter hatte ungeachtet der Bedenken seines Trainers auf ihn gesetzt und ich genauso.

Am allerletzten Hindernis blieb Tallahassee völlig überraschend mit den Hufen hängen. Locker mit sieben Längen führend, sprang er unkonzentriert, trat voll in das dichte Reisig, schlug einen Purzelbaum und landete mit zehn Zentner Lebendgewicht so auf seinem Reiter, daß sein Widerrist und der Sattelbaum ihm den Brustkorb eindrückten.

Das Pferd stürzte mitten in der Beschleunigung zum Finish und schlug mit etwa fünfzig Stundenkilometern hin. Sekundenlang blieb es reglos auf dem Jockey liegen und wälzte sich dann heftig hin und her in dem Bemühen, wieder auf die Beine zu kommen.

Von meinem Platz auf der Tribüne war der Sturz und was danach kam wirklich furchtbar anzusehen. Der tosende Beifall für den Favoriten, der ein beliebtes Rennen nach Hause ritt, wich kollektivem Luftanhalten, einzelnen Schreien, einem besorgten Raunen. Der tatsächliche Sieger ging ohne den ihm gebührenden Applaus durchs Ziel, und einige tausend Ferngläser richteten sich auf die reglose Gestalt im schwarzweiß gemusterten Dress, die auf dem grünen Dezembergras lag.

Der Rennbahnarzt, der mit seinem Wagen sofort heranfuhr und sich um ihn kümmerte, konnte die rasch hinzu-

kommende Schar von Sanitätern und Presseleuten nicht daran hindern, mit anzusehen, wie Martin Stukely starb. Sie sahen das Blut, das schaumig aus dem Mund des erstickenden Jockeys trat, während die scharfen Spitzen gebrochener Rippen ihm die Lunge zerrissen. Sie schilderten das Husten, das Röcheln in ihren Berichten.

Der Arzt und die Sanitäter luden Martin noch lebend in den bereitstehenden Krankenwagen und versorgten ihn auf dem Weg zur Klinik fieberhaft mit Sauerstoff und Blut, doch bevor sie dort ankamen, hatte der Jockey das Rennen verloren.

Priam, sonst nicht gerade ein Gefühlsmensch, weinte ungeniert, als er nachher Martins Habe, darunter auch die Wagenschlüssel, in der Jockeystube abholte. Begleitet von Lloyd Baxter, der eher verärgert als betrübt aussah, zog er die Nase hoch, schneuzte sich und bot mir an, mich nach Broadway mitzunehmen und mich dort an meinem Geschäft abzusetzen, wenn auch nicht an meinem Haus am Hang, da er in die entgegengesetzte Richtung weiterfahren wollte, nämlich zu Bon-Bon, um sie zu trösten.

Ich fragte Priam Jones, ob er mich mit zu Bon-Bon nehmen könne. Das lehnte er ab. Bon-Bon wolle ihn allein sehen. Das habe sie ihm in ihrem Kummer am Telefon gesagt.

Auch Lloyd Baxter werde er jetzt in Broadway absetzen, fügte Priam hinzu. Er habe ihm das letzte freie Zimmer im dortigen Hotel besorgt, dem Wychwood Dragon. Es sei alles geregelt.

Lloyd Baxter zeigte der Welt, seinem Trainer, mir und seinem Schicksal ein finsteres Gesicht. Er hätte gewinnen

müssen, fand er. Ohne eigenes Verschulden war er um diese Ehre gebracht worden. Sein Pferd war unverletzt geblieben, aber dem toten Jockey schien er böse zu sein, statt um ihn zu trauern.

Als Priam mit hängenden Schultern und Baxter mit tiefen Stirnfalten in Richtung Parkplatz marschierten, kam Eddie, Martins Jockeydiener, hinter mir hergestürzt und rief meinen Namen. Ich blieb stehen, drehte mich um, und er drückte mir den Rennsattel in die Hand, der zwar superleicht war, aber, auf Tallahassees Rücken festgeschnallt, Verletzung und Tod gebracht hatte.

Die Steigbügel samt Riemen waren um das Sattelblatt gelegt und mehrfach mit dem langen Gurt umwickelt. Das professionelle Sattelzeug machte mir wie die Kamera meiner kürzlich verstorbenen Mutter mit der Gewalt eines Hammerschlags klar, daß der Mensch, der dazugehörte, niemals wiederkehren würde. Martins leerer Sattel ließ mich seinen Verlust auf das schmerzlichste empfinden.

Eddie der Jockeydiener war alt und kahl, aber nach Martins Einschätzung ein harter Arbeiter und über jeden Tadel erhaben. Er wandte sich wieder in Richtung Waage, blieb dann aber stehen, kramte ein in braunes Papier eingeschlagenes Päckchen aus den tiefen Taschen seiner Schürze und rief mir nach, ich solle warten.

»Das ist bei Martin für Sie abgegeben worden«, sagte er und hielt mir das Päckchen hin. »Martin wollte es mitnehmen und es Ihnen nach dem Rennen aushändigen, aber...«, er schluckte, die Stimme versagte ihm, »...das kann er ja jetzt nicht mehr.«

»Wer hat es abgegeben?«

Der Jockeydiener wußte es nicht. Er wußte nur, daß Martin den Überbringer gekannt und im Scherz gesagt hatte, das Päckchen sei eine Million wert, und er war ganz sicher, daß es für Martins Freund Gerard Logan sein sollte.

Ich nahm das Päckchen dankend an, steckte es in meinen Regenmantel, und einen Moment lang fühlten wir den Verlust, der uns getroffen hatte, in seiner ganzen Bitterkeit. Als Eddie davoneilte, um wieder seiner Arbeit nachzugehen, und ich den Weg zum Parkplatz fortsetzte, dachte ich bei mir, daß dies mein letzter Besuch auf der Rennbahn gewesen sein könnte, denn ohne Martin machte es wohl keinen Spaß mehr.

Priam kamen beim Anblick des leeren Sattels wieder die Tränen, und Lloyd Baxter schüttelte mißbilligend den Kopf. Aber Priam faßte sich immerhin so weit, daß er Martins Wagen anlassen konnte und uns in düsterem Schweigen nach Broadway fuhr, wo er Lloyd Baxter und mich wie geplant vor dem Wychwood Dragon absetzte, um allein zu Bon-Bon und ihren vaterlosen Kindern zu fahren.

Lloyd Baxter ließ mich einfach stehen und stapfte mißmutig in das Hotel. Auf der Fahrt hatte er sich beklagt, daß seine Reisetasche bei Priam zu Hause stehe. Er war von Staverton aus mit einem Leihwagen zu Priam gekommen, um den Abend auf dessen nun geplatzter Silvesterparty zu verbringen und den Sieg im Coffee Gold Cup zu feiern, bevor er am Neujahrsmorgen zurück zu seinem zweihundert Hektar großen Anwesen in Northumberland flog. Tallahassees Besitzer war auch dadurch nicht zu besänftigen, daß Priam versprach, ihm die Tasche nach seinem Besuch bei Bon-Bon persönlich vorbeizubringen. Der ganze Nachmit-

tag sei schiefgelaufen, maulte er, und es hörte sich an, als spielte er mit dem Gedanken, sich einen neuen Trainer zu suchen.

Mein Glaswarengeschäft war nur einen Katzensprung vom Wychwood Dragon entfernt auf der anderen Straßenseite. Wenn man vom Platz vor dem Hotel herüberschaute, blitzten die Schaufenster in ultrahellem Licht, und sie waren tagaus, tagein von morgens bis Mitternacht beleuchtet.

Gern hätte ich, als ich über die Straße ging, die Zeit auf gestern zurückgedreht, damit Martin wieder zu mir kommen und eines seiner unmöglichen Glasbläserkunststücke vorschlagen könnte, die, wenn ich mich daran versuchte, jedesmal Bewunderer und Abnehmer fanden. Martin hatte sich besonders dafür interessiert, wie Glas überhaupt hergestellt wurde, und mir immer wieder zugesehen, wenn ich die Grundstoffe selbst zusammenmischte, statt das Material einfach im Handel zu kaufen.

Das vorgefertigte Rohglas wurde in 200-Kilo-Trommeln geliefert und sah wie undurchsichtige Murmeln oder dicke graue Erbsen aus, halb so groß wie das spiegelblanke Glasspielzeug, das daraus wurde. Ich griff regelmäßig darauf zurück, da es frei von Verunreinigungen war und einwandfrei schmolz.

Als Martin zum ersten Mal zusah, wie ich einen Wochenvorrat dieser grauen Murmeln in den Hafen meines Ofens lud, wiederholte er laut die Zusammensetzung: »Achtzig Prozent des Gemenges ist weißer Quarzsand vom Toten Meer. Zehn Prozent ist Soda. Pro fünfzig Pfund kommen etwas Antimon, Barium, Kalzium und Arsenik hinzu. Blaufärbung erzielt man durch Beimischen von Kobaltoxyd

oder gemahlenem Lapislazuli. Gelb durch Kadmium, das beim Erhitzen orange und rot wird, na, wer hätte das gedacht?«

»Das ist Kristallglas«, bekräftigte ich lächelnd. »Völlig unbedenklich auch in der Küche zu verwenden, ich mache viel damit. Sogar Kleinkinder dürfen es ablecken.«

Er sah mich überrascht an. »Ist denn Glas nicht immer unbedenklich?«

»Na ja ... nein. Wenn man mit Blei arbeitet, muß man überaus vorsichtig sein. Bleikristall. Wunderschöne Sache. Aber Blei ist extrem giftig. Bleioxyd vielmehr, das wird dem Glas zugesetzt. Ein rostrotes Pulver, das man im Rohzustand streng von allem anderen getrennt und unbedingt unter Verschluß halten muß.«

»Und was ist mit Weingläsern aus geschnittenem Bleikristall?« fragte er. »Ich meine, Bon-Bons Mutter hat uns ein paar geschenkt.«

»Keine Sorge«, zog ich ihn auf. »Wenn ihr bis jetzt gesund geblieben seid, werden sie so schlimm nicht sein.«

»Herzlichen Dank.«

Schon als ich durch die massive Ladentür mit ihren facettierten Glasscheiben trat, empfand ich die Leere, die Martin hinterließ. Und es war nicht so, als hätte ich keine anderen Freunde gehabt. Ich traf mich hin und wieder zu Bier und Wein mit ein paar Leuten, die nicht im Traum daran gedacht hätten, Sprudel zu trinken oder in der Sauna Pfunde herunterzuschwitzen. Zwei davon, Hickory und Irish, arbeiteten bei mir als Gehilfen, wobei Hickory etwa in meinem Alter war und Irish wesentlich älter. Der Wunsch, mit Glas zu arbeiten, erwacht oft erst spät im Leben wie bei

Irish, der schon vierzig war, aber manchmal, wie bei mir selbst, stellt sich die Faszination ein wie das erste gesprochene Wort, so früh, daß man sich gar nicht mehr daran erinnern kann.

Ein Onkel von mir war ein angesehener Glasmacher gewesen und ein Virtuose im Umgang mit dem Feuer. Er erhitzte feste Glasstäbe in der Flamme eines Gasbrenners, bis er feine Spitzenmuster daraus drehen konnte, und er ließ Engel und Krinolinen mit ebenso leichter Hand entstehen wie Untersätze jeder Art für den Laborbedarf.

Zuerst war er belustigt über das neugierige Kind, das ihm da auf die Pelle rückte, doch bald fand er es anregend, und schließlich nahm er es ernst. Ich lernte bei ihm, wann immer ich die Schule schwänzen konnte, und er starb, als meine Fingerfertigkeit fast schon an seine heranreichte. Da war ich sechzehn. In seinem Testament hinterließ er mir Pläne und Anweisungen für den Bau einer eigenen Werkstatt, vor allem aber die unschätzbar wertvollen Notizbücher, in denen er sein einzigartiges Können jahrelang dokumentiert hatte.

Ich verwahrte sie in einem verschließbaren Bücherschrank, den ich dafür gebaut hatte, und ergänzte sie durch eigene Notizen zu Technik und Material, wenn ich etwas Besonderes entwarf. Der Schrank stand im hinteren Teil der Werkstatt zwischen den Lagerregalen und den vier hohen grauen Spinden, in denen meine Helfer und ich unsere Siebensachen aufbewahrten.

Von Onkel Ron stammte auch der Firmenname, Logan Glas, und er hatte mir ein Minimum an Geschäftssinn eingetrichtert. Wenigstens sollte ich wissen, daß ein einmal von

einem Glasbläser angefertigtes Stück grundsätzlich von jedem anderen kopiert werden durfte, was den Preis empfindlich drückte. In seinen letzten Lebensjahren bemühte er sich mit Erfolg, Stücke von unnachahmlicher Originalität herzustellen, nicht einmal ich durfte dabei zusehen, sollte aber hinterher versuchen, die Technik herauszufinden und die Sachen nachzubauen. Gelang mir das nicht, zeigte er mir gern, wie es ging, und er freute sich, daß ich dazulernte, bis ich schließlich selbst in der Lage war, ihm knifflige Aufgaben zu stellen.

Am Spätnachmittag nach Martins Tod war mein Glashaus überfüllt von Leuten, die Souvenirs für die bevorstehende Jahrtausendwende suchten. Ich hatte eine Vielzahl von hübschen Kalenderhaltern entworfen und sie in allen Farbkombinationen hergestellt, die erfahrungsgemäß bei den Touristen ankamen. Wir hatten sie buchstäblich zu Hunderten verkauft, und allen hatte ich mein Zeichen eingeritzt. Noch war es nicht soweit, aber wenn es nach mir ging, war im Jahr 2020 ein signierter Gerard-Logan-Kalenderhalter vielleicht schon ein Sammlerstück.

In der Galerie waren die Unikate, die eher ausgefallenen, teureren Einzelstücke ausgestellt und ins beste Licht gerückt; in den Regalen im Verkaufsraum standen die kleineren, reizvoll bunten und preiswerten Schmuckgegenstände, die in jeden Reisekoffer paßten.

Eine Längswand des Verkaufsraums war nur hüfthoch, so daß man in die dahinterliegende Werkstatt schauen konnte, wo Tag und Nacht der Ofen brannte und die kleinen grauen Kugeln bei einer Temperatur von 1400 Grad Celsius zu Glas geschmolzen wurden.

Hickory, Irish und ihre Kollegin Pamela Jane gingen mir abwechselnd in der Werkstatt zur Hand. Einer der beiden anderen erklärte den Kunden, wie die Arbeit ablief, und der dritte verpackte die Ware und machte die Kasse. Im Idealfall hätten wir uns alle vier abgewechselt, aber erfahrene Glasbläser sind rar, und meine drei engagierten Helfer waren über das Modellieren von Briefbeschwerern und Pinguinen noch nicht hinaus.

Das Weihnachtsgeschäft war toll gewesen, aber mit Neujahr 2000 nicht zu vergleichen. Und da ich nur echte Handarbeit und vorwiegend eigene Arbeiten verkaufte, war ich mit dem Besuch auf der Rennbahn heute zum ersten Mal seit einem Monat vom Ofen weggekommen. Manchmal hatte ich bis in die Nacht hinein gearbeitet und immer von acht Uhr früh an, assistiert von einem meiner drei Helfer. Die körperliche Erschöpfung hatte ich weggesteckt. Ich war gesund – Martin meinte immer, wer 1400 Grad um die Ohren hat, braucht keine Sauna.

Hickory, der gerade die Glasmacherpfeife, ein anderthalb Meter langes Stahlrohr, drehte und schwenkte, um Farbe in einen glühendheißen Briefbeschwerer zu bringen, schien unerhört erleichtert, daß ich wieder da war. Pamela Jane, ernst lächelnd, mager, nervös und prompt aus dem Konzept gebracht, sagte mitten in der Kundeninformation: »Da ist er ja, da ist er ja ...«, und Irish schaute von dem kobaltblauen Delphin auf, den er gerade in blütenweißes Papier einschlug, und stieß einen Seufzer aus: »Gott sei Dank!« Sie sind zu abhängig von mir, dachte ich.

»Hallo, Leute«, sagte ich wie üblich, ging in die Werkstatt hinüber, zog Jacke, Schlips und Hemd aus und zeigte

mich der millenniumsverrückten Kundschaft im ärmellosen weißen Designertrikot, meiner Arbeitskleidung. Hickory machte seinen Briefbeschwerer fertig und schwenkte die Pfeife nach unten, um das Glas abkühlen zu lassen, wobei er achtgab, daß er sich nicht die nagelneuen Turnschuhe ansengte. Ich machte aus Unfug einen wie aus Bändern bestehenden blaugrünroten Fisch, eine geodätische Spielerei, die sehr schwierig aussah und mich mit vierzehn vor unlösbare Rätsel gestellt hatte. Das Licht schien in allen Regenbogenfarben durch.

Die Kunden legten Wert auf den Nachweis, daß die Ware an diesem Tag entstanden war. Ich ließ den Laden länger auf und fertigte datierte Schalen, Teller, Vasen ohne Ende wie gewünscht, während Pamela Jane erklärte, sie seien erst am nächsten Morgen, Neujahr, abholbereit, da sie langsam über Nacht abkühlen müßten. Das schien niemanden zu stören. Irish notierte die Namen der Kunden und unterhielt sie mit Witzen. Es herrschte eine angeregte und festliche Stimmung.

Irgendwann kam Priam Jones kurz vorbei. Als er wegen Martin bei Bon-Bon gewesen war, hatte er meinen Regenmantel auf dem Rücksitz des Wagens liegen sehen. Ich war sehr froh darüber und dankte ihm herzlich. Er neigte den Kopf und lächelte sogar. Seine Tränen waren getrocknet.

Als er gegangen war, hängte ich den Mantel in meinen Spind. Dabei schlug etwas gegen mein Knie, und mir fiel das Päckchen ein, das Eddie der Jockeydiener mir gegeben hatte. Ich legte es auf ein Regal hinten in der Werkstatt, wo es nicht störte, und ging wieder hinaus zu meiner Kundschaft.

Die Ladenschlußzeiten waren unbestimmt, aber schließlich sperrte ich hinter dem letzten Kunden ab, so daß Hickory, Irish und Pamela Jane noch auf ihre Partys kamen. Das Päckchen, das Priam Jones mir mit dem Regenmantel vorbeigebracht hatte, war immer noch nicht geöffnet. Das Päckchen von Martin ... den ganzen Abend hatte er mir schwer im Nacken gesessen, ein unruhiger, lachender Geist, der mich vorantrieb.

Traurig sicherte ich den Glasofen gegen Vandalen und kontrollierte die Temperatur der Kühlöfen, in denen all die neu gemachten Stücke allmählich abkühlten. Der Glasofen, den ich nach den Plänen meines Onkels gebaut hatte, bestand aus Schamottestein und wurde unter Hochdruck mit Propangas betrieben. Er brannte Tag und Nacht mit mindestens 1000 Grad, heiß genug, um nicht nur Papier zu entflammen, sondern die meisten Metalle zum Schmelzen zu bringen. Wir wurden oft gefragt, ob sich ein Andenken wie etwa ein Ehering in einen Briefbeschwerer einschließen ließe, und mußten darauf leider mit Nein antworten. Glasfluß brachte Gold – und Haut – im Nu zum Schmelzen. So gesehen war geschmolzenes Glas ganz schön gefährlich.

Ohne Eile räumte ich die Werkstatt auf, rechnete zweimal die Tageseinnahmen zusammen und packte sie in die Segeltuchtasche, in der ich sie immer zum Nachttresor der Bank brachte. Dann zog ich Hemd und Schlips wieder an, und endlich hatte ich Zeit, mir das vernachlässigte Päckchen einmal näher anzuschauen. Es enthielt genau das, wonach es aussah, eine gewöhnliche Videokassette, etwas enttäuschend. Das Band war bis zum Anfang zurückgespult und die Kassette schwarz, ohne jedes Etikett. Sie hatte keine

Hülle. Ich legte sie erst einmal neben das Geld, und da fiel mir ein, daß mein Videogerät zu Hause stand, daß ich meinen Wagen verkauft hatte und daß kurz vor Mitternacht zur Jahrtausendwende nicht die günstigste Zeit war, um ein Taxi zu rufen.

Mein Programm für Silvester, ein Tanzabend in der Nähe meiner Wohnung, hatte sich auf der Rennbahn von Cheltenham erledigt. Geh halt ins Wychwood Dragon, dachte ich ohne sonderliche Begeisterung; vielleicht war da noch ein Zimmerchen frei. Ich würde mir auf der anderen Straßenseite ein Sandwich und eine Wolldecke nehmen und ins neue Jahr hineinschlafen, und morgen früh würde ich eine Huldigung an einen Jockey entwerfen.

Als ich gerade zum Wychwood Dragon aufbrechen wollte, klopfte jemand fest an die Facettenglastür, und ich ging nur an die Tür, um dem Anklopfer zu sagen, daß es viel zu spät sei, daß in einer Viertelstunde auch in Broadway das Jahr zweitausend beginne, das in Australien bereits seit Stunden eingeläutet war. Ich sperrte auf, und vor mir stand ebenso unverhofft wie unerwünscht Lloyd Baxter, dem ich mit einem unterdrückten Gähnen in aller gebotenen Höflichkeit erklärte, ich sei einfach zu müde, um mich über das Unglück von Cheltenham oder sonst etwas zum Thema Pferde zu unterhalten.

Er trat ins Licht des Eingangs, und ich sah, daß er eine Flasche Dom Perignon und zwei der besten Sektgläser des Wychwood Dragon in den Händen hielt. Sein Gesichtsausdruck war ungeachtet dieser Friedenspfeifen immer noch sehr ungnädig.

»Mr. Logan«, sagte er steif, »ich kenne hier niemand außer Ihnen, und daß zur Freude kein Anlaß besteht, dürfte uns beiden wohl klar sein... nicht nur, weil Martin Stukely tot ist, sondern weil das nächste Jahrtausend noch blutiger zu werden verspricht als dieses, und was es an einer neuen Jahreszahl zu feiern gibt, sehe ich nun wirklich nicht ein, zumal das Datum sicher ohnehin nicht stimmt.« Er schöpfte Atem. »Daher wollte ich den Abend auf meinem Zimmer verbringen –« Er brach plötzlich ab, und ich hätte den Satz für ihn zu Ende sprechen können, bedeutete ihm aber nur, einzutreten, und schloß die schwere Tür hinter ihm.

»Trinken wir auf Martin«, sagte ich.

Er schien über mein Entgegenkommen erleichtert, obwohl er wenig von mir hielt und alt genug war, um mein Vater zu sein. Aber die Einsamkeit hatte ihn zu mir geführt, und so stellte er die Gläser auf den Ladentisch, ließ feierlich den Korken knallen und schenkte das teure Gesöff ein.

»Trinken Sie, auf was Sie wollen«, sagte er bedrückt. »Vielleicht war es keine so gute Idee, herzukommen.«

»Doch«, sagte ich.

»Ich konnte die Musik hören, verstehen Sie?«

Die ferne Musik draußen hatte ihn aus seinem Zimmer getrieben. Musik übt auf das Gesellschaftstier Mensch eine starke Anziehung aus. Niemand wollte still ins Jahr 2000 gehen.

Ich sah auf meine Armbanduhr. Nur neun Minuten noch bis Mitternacht.

Man mußte den organisierten Rummel nicht unbedingt mitmachen, schon gar nicht, wenn man unter dem Eindruck heftiger, frischer Trauer stand, und doch fand ich den Ge-

danken an eine neue Chance, einen möglichen Neuanfang, unwillkürlich aufregend.

Neue Jahreszahlen sind voller Verheißung.

Fünf Minuten bis Mitternacht... und bis zum Feuerwerk. Ich trank Lloyd Baxters Champagner und konnte ihn immer noch nicht leiden.

Tallahassees Besitzer hatte seine Reisetasche gebracht bekommen und Gesellschaftskleidung angezogen, inklusive schwarzer Krawatte. Die beinah edwardianische Gepflegtheit schien das Erdrückende seiner Persönlichkeit eher zu verstärken als zu mindern.

Ich kannte ihn zwar schon seit mindestens zwei Jahren und hatte schon bei erfreulicheren Anlässen seinen Schampus getrunken, mir bisher aber noch nicht die Mühe gemacht, seine Gesichtszüge eingehend zu studieren. Als ich das jetzt nachholte, entsann ich mich, daß sein dichtes, kräftiges Haar früher braun gewesen war, aber seit er die Fünfzig überschritten hatte, waren graue Strähnen hineingekommen, erst nur einzelne, die sich meinem Eindruck nach aber rasch vermehrt hatten. Sein Schädel war kräftig und fast urzeitlich, mit wulstigen Brauen und einem ausgeprägten Kinn.

Früher mochte er einmal schlank und hungrig gewesen sein, aber mit dem ausgehenden Jahrhundert hatte er an Hals und Bauch zugelegt und die achtunggebietende Statur eines Vorstandsvorsitzenden angenommen. Wenn er mehr nach einem Industriellen als nach einem Gutsherrn aussah, so lag das vielleicht daran, daß er, um Rennpferde und Grund zu erwerben, die Aktienmehrheit an einer Schiffahrtslinie verkauft hatte.

Grimmig hatte er mir mitgeteilt, daß er von jungen Männern wie mir, die nach Belieben tagelang blaumachen konnten, nichts hielt. Ich wußte, daß er mich als einen Schmarotzer ansah, der von Martin zehrte, auch wenn Martin oft genug betont hatte, es sei eher umgekehrt. Offenbar tat sich Lloyd Baxter schwer damit, eine einmal gefaßte Meinung zu ändern.

Draußen in der kalten Nacht läuteten Englands Glocken fern und nah zum alles entscheidenden Augenblick, zur Feier des offiziellen Jahreswechsels, und stellten wieder einmal klar, daß die Menschheit es geschafft hatte, einem gleichgültigen Planeten ihre Rechenweise aufzuzwingen. Lloyd Baxter hob sein Glas, um auf einen guten Vorsatz zu trinken, und ich schloß mich seiner Geste an, wünschte mir aber lediglich, gesund durchs Jahr 2000 zu kommen. Höflichkeitshalber fügte ich an, wenn er mich entschuldige, würde ich draußen auf sein Wohl trinken.

»Bitte«, sagte er leise.

Ich öffnete die Galerietür, ging mit meinem golden sprudelnden Getränk hinaus auf die Straße und sah, daß es noch viele andere Leute ins Freie gezogen hatte. Eine ganze Heerschar genoß, wie von einem übernatürlichen Instinkt getrieben, die frische Luft unter den Sternen.

Der Mann, der im Laden nebenan antiquarische Bücher verkaufte, schüttelte mir kräftig die Hand und wünschte mir gutmütig ein frohes neues Jahr. Ich lächelte und dankte ihm. Lächeln war leicht. An diesem rundum friedlichen Ort begrüßte man das neue Jahr und die Nachbarn in aller Herzlichkeit. Fehden konnten warten.

Ganz in der Nähe hatten Leute einen großen Reigen ge-

bildet, schunkelten mit verschränkten Armen über die Straße und sangen »Auld Lang Syne« mit ziemlich bruchstückhaftem Text, und ein paar Autos voller ausgelassen johlender Jugendlicher krochen mit Fernlicht und wildem Gehupe vorbei. Alle in der High Street feierten auf ihre Weise, doch die Stimmung war durchweg gut.

Vielleicht blieb ich deshalb länger als beabsichtigt draußen, ehe ich mich widerwillig entschloß, in den Laden zu meinen tresorfertigen Tageseinnahmen und meinem ungebetenen Gast zurückzukehren, dessen Laune sich durch meine Abwesenheit sicher nicht gebessert hatte.

Bedauernd lehnte ich einen Malt Whisky ab, den mir der Buchhändler anbot, und empfand, als ich zu Logan Glas hinüberging, einen ersten Anflug von Resignation darüber, daß Martin nicht mehr da war. Ihm war immer bewußt gewesen, daß der Beruf sein Tod sein könnte, aber er hatte nicht damit gerechnet. Stürze waren zwar unvermeidlich, aber sie passierten »ein andermal«. Verletzungen wurden schlicht als lästig angesehen, weil sie das Siegen erschwerten. Gutgelaunt hatte er mir einmal erklärt, er werde seine Stiefel »an den Nagel hängen«, sobald er Angst habe, sie anzuziehen.

Nicht Angst, sondern die Angst vor der Angst plage ihn, hatte er gesagt.

Ich legte mir eine Entschuldigung zurecht, als ich die schwere Ladentür aufstieß, mußte aber feststellen, daß ganz andere Maßnahmen nötig waren.

Lloyd Baxter lag mit dem Gesicht nach unten, reglos und ohne Bewußtsein, auf dem Fußboden meines Verkaufsraums.

Schnell setzte ich mein Glas auf der Theke ab, kniete mich neben ihn und faßte besorgt an seinen Hals, um ihm den Puls zu fühlen. Obwohl seine Lippen bläulich verfärbt waren, sah er irgendwie nicht wie ein Toter aus, und zu meiner großen Erleichterung spürte ich ein schwaches Poch, Poch unter den Fingern. Ein Schlag vielleicht? Ein Herzinfarkt? Von Medizin hatte ich so gut wie keine Ahnung.

Ich hockte mich auf die Fersen und dachte, wie furchtbar, in so einer Nacht den Krankenwagen rufen zu müssen. Mit ein paar Schritten war ich an dem Ladentisch, auf dem die Kasse, das Telefon und die anderen Büromaschinen standen. Ohne viel Hoffnung wählte ich den Notruf, aber der Rettungsdienst war auch an Silvester erreichbar, und erst als ich nach der Zusicherung, sie kämen sofort, auflegte, bemerkte ich, daß die Geldtasche nicht mehr neben der Kasse stand. Sie war fort. Ich suchte sie überall, aber eigentlich wußte ich genau, wo ich sie hingestellt hatte.

Ich fluchte. Für jeden Penny hatte ich hart gearbeitet. Geschuftet hatte ich. Mir taten immer noch die Arme weh. Jetzt war ich deprimiert und wütend zugleich. Ich fragte mich, ob Lloyd Baxter dazwischengegangen war – ob er bewußtlos geschlagen worden war, als er mein Eigentum gegen Diebe verteidigt hatte.

Die unbeschriftete schwarze Videokassette fehlte ebenfalls. Die Empörung des Beraubten, der feststellt, daß die Diebe auch kleinere Beute nicht verschmäht haben, schürte noch meinen Zorn. Der Verlust der Kassette traf mich sehr, wenn auch auf einer anderen Ebene als der des Geldes.

Ich rief die Polizei an, die ich aber nicht im mindesten be-

eindruckte. Sie war auf Bomben, nicht auf Eierdiebstahl eingestellt. Morgen früh, hieß es, komme jemand vorbei.

Lloyd Baxter regte sich, stöhnte und lag wieder still. Ich kniete mich neben ihn, zog ihm die Krawatte aus, schnallte ihm den Gürtel auf und drehte ihn ein wenig auf die Seite, damit er nicht Gefahr lief, zu ersticken. Aber er hatte Blutspritzer um den Mund.

Die Mitternachtskälte drang mir in die Knochen, und Baxter war ihr natürlich noch mehr ausgesetzt. Dabei toste im Schmelzofen, hinter der Schiebetür, ein unerhört heißes Feuer, und da es mir zu kalt wurde, öffnete ich schließlich die Tür mit einem Tritt aufs Pedal und ließ die Hitze in die Werkstatt strömen, bis sie den Verkaufsraum nebenan erreichte.

Normalerweise war es mit dem durchgehend brennenden Ofen und einem Heizlüfter in der Galerie hier auch im Winter warm genug, aber bis Hilfe für Baxter eintraf, hatte ich ihn in meine Jacke und alles sonst noch Greifbare eingemummt, und er fühlte sich trotzdem noch kalt an.

Das superkompetente Team, das dann mit dem Krankenwagen kam, nahm alles in die Hand, klopfte den Patienten ab, durchsuchte und leerte seine Taschen, stellte eine erste Diagnose und hüllte ihn zum Transport in eine rote Wärmedecke. Während all das geschah, kam Baxter ein wenig zu sich, ohne jedoch ganz an die Oberfläche des Bewußtseins emporzutauchen. Sein Blick flackerte nur einmal wirr über mein Gesicht, bevor ihm die lichtscheuen Augen wieder zufielen.

Die Sanitäter füllten Formulare aus und fragten mich nach Baxters Namen, Anschrift und, soweit bekannt (aber

da mußte ich passen), nach seinen Krankheiten. Einer listete alle Gegenstände auf, die sie ihm abgenommen hatten, von einer goldenen Piaget-Armbanduhr bis zum Inhalt seiner Hosentaschen – Taschentuch, ein Fläschchen mit Tabletten und einen Hotelzimmerschlüssel mit einer dicken Eisenkugel als Anhänger, den man nicht so leicht liegenließ.

Ich brauchte nicht zu fragen, ob ich den Schlüssel im Hotel abgeben sollte, die Sanitäter schlugen es selbst vor. Ich steckte das rasselnde Ding ein und sah mich im Geist schon Baxters Sachen in seine vielgereiste Tasche packen, vor allem aber in seinem Bett schlafen, da die Sanitäter mir versicherten, er müsse die Nacht über im Krankenhaus bleiben.

»Was fehlt ihm denn?« fragte ich. »Hat er einen Herzinfarkt? Einen Schlaganfall? Hat ihn, ehm … jemand angegriffen und bewußtlos geschlagen?«

Ich erzählte ihnen von dem Geld und der Videokassette.

Sie schüttelten die Köpfe. Der älteste von ihnen wischte meine Vermutungen beiseite. Wie er es sah, hatte Baxter weder einen Herzinfarkt (sonst wäre er bei Bewußtsein gewesen) noch einen Hirnschlag und auch keine sichtbaren Verletzungen am Schädel. Seiner Ansicht nach, so erklärte er selbstbewußt, hatte Lloyd Baxter einen epileptischen Anfall erlitten.

»Was?« fragte ich verständnislos. »Bis vorhin ging es ihm doch sehr gut.«

Die Sanitäter nickten wissend. Einer zeigte mir die Aufschrift auf dem Tablettenfläschchen, »Phenytoin«, und meinte, das sei ein Medikament für Epileptiker.

»Epilepsie«, sagte der Chefsanitäter bestätigend. »Und jede Wette, daß er versäumt hat, es einzunehmen. Hier paßt

alles zusammen. Alkohol.« Er wies auf die leere Flasche Dom. »Wach bleiben bis in die Nacht. Streß... ist nicht gestern sein Jockey tödlich verunglückt? Dazu kommen die bläulichen Lippen und der schwache Puls, die Blutspritzer am Mund, weil er sich auf die Zunge gebissen hat... und ist Ihnen nicht aufgefallen, daß seine Hose naß ist? Da kann nämlich Wasser abgehen.«

2

Da das Wychwood Dragon fest in den Händen eines Drachens war, einer Direktorin, die eine Kollektion bunter Glastierchen auf ihrem Frisiertisch stehen hatte und mich gelegentlich einlud, das Bett mit ihr zu teilen, konnte ich dort sozusagen nach Belieben ein und aus gehen. Die Glastierchen waren allerdings eher Trostpflaster als Trophäen, denn bei den dreißig Jahren Altersunterschied zwischen uns hatte sie zum Glück Verständnis dafür, wenn ich nein sagte. Ihre Gewohnheit, mich vor allen Leuten »Liebster« zu nennen, war trotzdem peinlich, und ich wußte, daß in Broadway weithin angenommen wurde, sie verspeise mich mit Rührei zum Frühstück.

Jedenfalls hatte niemand etwas dagegen, daß ich in Lloyd Baxters Zimmer schlief. Am anderen Morgen packte ich seine Sachen zusammen, erklärte alles dem Drachen und bat ihn, das Gepäck ins Krankenhaus zu schicken. Dann ging ich in meine Werkstatt hinüber, doch so lebhaft ich Martins Bild auch im Kopf hatte, er weigerte sich, in Glas Gestalt anzunehmen. Eingebungen kommen nach ihrer eigenen Uhr, und ich hatte oft die Erfahrung gemacht, daß sie sich nicht zwingen ließen.

Das Feuer toste im Ofen. Ich setzte mich an die Werkbank, einen Tisch aus rostfreiem Stahl, auf dem ich jetzt

Flüssigglasklumpen in unvergängliche Form hatte bringen wollen, und sah nur den lebenden Martin in Natur vor mir, Martin, wie er lachte und Rennen gewann, und dachte an Martins verlorengegangene Nachricht auf der Videokassette. Wo war diese Kassette, was war darauf, und wem war sie wichtig genug, um sie zu stehlen?

Diese unergiebigen Gedanken wurden durch die Türglocke unterbrochen. Es war erst neun, und wir hatten angekündigt, es sei ab zehn geöffnet.

Vor der Tür stand kein mir bekannter Kunde, sondern eine junge Frau in einem weiten Schlabberpullover, der ihr bis zu den Knien ging, mit einer Baseballmütze auf dem rotblond gefärbten und gesträhnten Strubbelkopf. Wir schauten uns interessiert an, ihre braunen Augen waren lebhaft und neugierig, ihr Kinn in rhythmischer Bewegung dank eines Kaugummis.

Ich sagte höflich: »Guten Morgen.«

»Ja, genau.« Sie lachte. »Frohes neues Jahrtausend und den ganzen Quatsch. Sind Sie Gerard Logan?«

Ihr Akzent war Estuary, Essex oder Themse: mußte man abwarten.

»Logan«, nickte ich. »Und Sie?«

»Kriminalkommissarin Dodd.«

Ich blinzelte. »Zivilfahndung?«

»Lachen Sie nur«, sagte sie, intensiv kauend. »Sie haben heute früh um halb eins einen Diebstahl gemeldet. Darf ich reinkommen?«

Sie trat in die hell erleuchtete Galerie und fing Feuer.

Aus Gewohnheit setzte ich sie geistig in Glas um, Gefühl und Licht gebündelt zu einer abstrakten Form, ge-

nau der instinktive Vorgang, der mir bei Martin nicht gelungen war.

Kriminalkommissarin Dodd, die davon nichts mitbekam, präsentierte nüchtern ihren Dienstausweis, der sie in Uniform zeigte und mir ihren Vornamen verriet, Catherine. Ich gab ihr den Ausweis zurück und beantwortete ihre Fragen, doch die Ansicht der Polizei stand bereits fest. Zu dumm, daß ich eine Tasche voller Geld hatte herumstehen lassen, meinte sie. Wer machte denn so was? Und Videokassetten gab es im Dutzend billiger. Die steckte man ein, ohne groß nachzudenken.

»Was war denn drauf?« fragte sie, den Stift schreibbereit überm Notizblock.

»Ich habe keine Ahnung.« Ich erklärte ihr, wie das in braunes Papier eingeschlagene Päckchen in meinen Besitz gekommen war.

»Pornografie. Mit Sicherheit.« Ein weltmüdes Urteil, kurz und bündig ausgesprochen. »Anonym.« Sie zuckte die Achseln. »Würden Sie sie unter anderen Videokassetten herauskennen, wenn Sie sie noch mal sehen?«

»Sie war unbeschriftet.«

Ich langte in den Papierkorb und gab ihr das zerknüllte und zerrissene Einwickelpapier. »Das ist so für mich abgegeben worden«, sagte ich. »Ohne Briefmarke.«

Skeptischen Blickes nahm sie das Papier, verschloß es in eine Plastiktüte, ließ mich auf dem Clip unterschreiben und stopfte es irgendwo unter ihren superweiten Pullover.

Meine Antwort auf ihre Frage nach dem gestohlenen Betrag ließ sie zwar ihre Augenbrauen hochziehen, doch sie nahm offensichtlich an, ich würde die Segeltuchtasche und

das kleine Vermögen darin nie wiedersehen. Schecks und Kreditkartenbelege hatte ich natürlich noch, aber die Touristen unter meinen Kunden zahlten meistens bar.

Ich erzählte ihr von Lloyd Baxter und seinem epileptischen Anfall. »Vielleicht hat er den Dieb gesehen«, sagte ich.

Sie runzelte die Stirn. »Vielleicht ist er der Dieb. Könnte er den Anfall simuliert haben?«

»Die Sanitäter waren anscheinend nicht der Meinung.«

Sie seufzte. »Wie lange waren Sie denn draußen auf der Straße?«

»Glockenläuten, ›Auld Lang Syne‹, frohes neues Jahrtausend…«

»Eine knappe halbe Stunde?« Sie sah auf ihren Notizblock. »Um 0 Uhr 27 haben Sie den Rettungsdienst verständigt.«

Sie schlenderte durch den Verkaufsraum, betrachtete die bunten kleinen Vasen, die Clowns, Segelboote, Fische und Pferde. Sie nahm einen Engel mit Heiligenschein in die Hand und stieß sich an dem Preisschild unter seinen Füßen. Ihre rote Mähne fiel nach vorn, rahmte das aufmerksame Gesicht ein, und wieder war der scharfe Verstand hinter der saloppen Staffage für mich deutlich zu erkennen. Sie war Polizeibeamtin durch und durch, nicht so sehr eine Schmeichelkatze.

Entschieden stellte sie den Engel wieder ins Regal, klappte ihren Notizblock zu, steckte ihn weg und zeigte mit ihrer Körpersprache an, daß die Unterredung trotz fehlender Ergebnisse damit zu Ende war. Die diensttuende Kriminalkommissarin Dodd schickte sich an, auf die Straße zu gehen.

»Warum?« fragte ich.

»Warum was?« Sie konzentrierte sich auf den Rollenwechsel.

»Warum der zu große Pullover und die Baseballmütze?«

Sie blitzte mich mit amüsierten Augen an und wandte sich wieder der Außenwelt zu. »Sie sind zufällig in meinem Revier beraubt worden. Ich bin auf eine Autoknackerbande angesetzt, die hier um Broadway herum an Feiertagen Autos stiehlt. Danke, daß Sie mir Ihre Zeit geopfert haben.«

Sie grinste vergnügt und schlurfte die Straße hinunter, blieb aber bei einem Mann stehen, der wie ein Obdachloser aussah und zusammengekauert in einem Ladeneingang saß.

Schade, daß das Blumenkind und der Penner nicht um Mitternacht auf Autoknackerstreife waren, dachte ich bei mir und rief im Krankenhaus an, um zu hören, wie es Baxter ging.

Bei Bewußtsein und brummig war er, wenn ich es recht verstand. Ich ließ ihm schöne Grüße bestellen.

Dann war es Zeit für Bon-Bon.

»Aber Gerard«, jammerte sie mir unglücklich ins Ohr, »mit keinem Wort habe ich Priam gesagt, daß er dich nicht mitbringen soll. Wie kannst du so etwas nur glauben? Dich hätte Martin als erstes hier haben wollen. Bitte, bitte komm, sobald du kannst, die Kinder heulen, und alles ist furchtbar.« Sie holte zittrig Atem, das Weinen verzerrte ihre Stimme. »Wir wollten auf eine Silvesterfeier... und die Babysitterin war da und sagte, sie hätte gern den vollen Lohn, auch wenn Martin tot sei, kannst du dir das vorstellen? Und von Priam mußte ich mir anhören, wie schwierig es ist, mit-

ten in der Saison einen neuen Jockey aufzutreiben. Der alte Narr, andauernd hat er mich getätschelt…«

»Er war sehr aufgewühlt«, versicherte ich ihr. »Er mußte weinen.«

»Priam?«

Ich dachte stirnrunzelnd zurück, aber es kam mir nicht so vor, als sei das Weinen unecht gewesen.

»Wie lange ist er geblieben?« fragte ich.

»Geblieben? Nicht lange. Zehn Minuten oder eine Viertelstunde vielleicht. Meine Mutter hat uns heimgesucht, als er da war, und du kennst sie, du weißt, wie sie ist. Priam hat meist nur mit Martin zusammengesteckt. Er meinte dauernd, er müsse rechtzeitig zur Stallkontrolle daheim sein, er konnte nicht stillsitzen.« Bon-Bons Verzweiflung schwappte über. »Kannst du nicht kommen? Bitte komm doch vorbei. Allein werde ich mit meiner Mutter nicht fertig.«

»Laß mich nur eine Sache noch erledigen, dann schau ich, wie ich hinkomme. Sagen wir… gegen Mittag.«

»Stimmt, du hast ja kein Auto. Wo bist du? Zu Hause?«

»Ich bin in meiner Werkstatt.«

»Dann komme ich dich holen.«

»Nein. Füll du erst mal deine Mama mit Gin ab und laß die Kinder auf sie los, dann schließ dich in Martins Zimmer ein und schau dir die Videos von Martins drei Siegen im Grand National an, bloß fahr in deinem Zustand kein Auto. Ich finde schon was, aber wenn alle Stricke reißen, können wir deine bemerkenswerte Mutter vielleicht überreden, daß sie mir Worthington und den Rolls schickt.«

Der vielseitig begabte Chauffeur von Bon-Bons Mutter

verdrehte zwar oft die Augen über Marigolds ausgefallene Wünsche, aber er hatte schon einen offenen Landrover nachts mit flammenden Scheinwerfern über die Felder gejagt, während seine Brotgeberin hinter ihm mit einer Schrotflinte verdutzte Karnickel aufs Korn nahm. Martin sagte, es sei ein Anblick zum Fürchten gewesen, aber Worthington und Marigold hätten vierzig Langohren zur Strecke gebracht und ihr Land von einer gefräßigen Plage befreit.

Worthington, fünfzig und kahlköpfig, war eher ein Erlebnis als ein letzter Ausweg.

Am Neujahrstag 2000 blieb in England praktisch alles stehen und liegen. Einer der besten Renntage der ganzen Hindernissaison mußte ausfallen, weil das Totopersonal an diesem Samstag zu Hause bleiben wollte. Es gab weder Pferderennen noch Fußball zur Unterhaltung der nicht arbeitenden Massen vor dem Fernseher oder sonstwo.

Logan Glas erstaunte die anderen Bewohner Broadways, indem es seine Pforten den Kunden vom Vortag öffnete, die ihre über Nacht abgekühlten Andenken abholten. Zu meiner eigenen Überraschung tauchten, wenn auch mit verschlafenen Augen, zwei meiner Gehilfen auf, die meinten, einer allein könne das alles gar nicht verpacken, und so begann für mich das neue Jahr mit Schwung und guter Laune. Später sollte ich auf diese ruhigen Vormittagsstunden mit dem Gefühl zurückschauen, das Leben könnte unmöglich einmal so harmlos und einfach gewesen sein.

Pamela Jane, blaß, zapplig, eifrig, steckendürr, aber nicht unhübsch, bestand darauf, mich persönlich zu Bon-Bon zu fahren, setzte mich an der Einfahrt ab, winkte kurz und eilte auch schon wieder zurück zum Laden, da sie Irish dort allein gelassen hatte.

Bei ihrem Haus, einem Juwel aus dem achtzehnten Jahrhundert, das sie mit Marigolds Unterstützung gekauft hatten, waren Martin und Bon-Bon sich ausnahmsweise einig gewesen. Ich bewunderte es jedesmal von neuem.

Ein kleiner Lieferwagen stand auf dem Kies, dunkelblau mit einem aufgedruckten Firmennamen in Gelb: *Thompson Electronics.* Wohl weil ich selbst gearbeitet hatte, fiel mir nicht gleich ein, daß der 1. Januar ein gesetzlicher Feiertag war – mit Sicherheit nicht die Zeit für Fernsehreparaturen.

Chaos ist ein zu schwaches Wort für das, was ich in Martins Haus vorfand. Es fing damit an, daß die Haustür angelehnt war und ich nur daran zu tippen brauchte. Normalerweise war es die Küchentür, die offenstand, um Freunden und Lieferanten Einlaß zu gewähren.

Mit einem etwas unguten Gefühl trat ich durch die massive, geschnitzte Haustür und rief, bekam aber keine Antwort, und nach ein paar Schritten sah ich, was es mit meinem Unbehagen auf sich hatte.

Bon-Bons Mutter Marigold, das plüschige graue Haar und die wallenden Purpurgewänder wie üblich in Unordnung, lag bewußtlos auf der Treppe. Worthington, ihr eigenwilliger Chauffeur, lag wie ein betäubter mittelalterlicher Schloßhund zu ihren Füßen hingestreckt.

Die vier Kinder waren nicht zu sehen und unheimlicher-

weise nicht zu hören, und auch hinter der geschlossenen Tür von Martins Zimmer, seiner »Bude«, war es still.

Ich stieß sie ohne Zögern auf, und da lag Bon-Bon der Länge nach auf dem Parkettboden. Wie schon bei Lloyd Baxter kniete ich mich hin und faßte ihr an den Hals, um den Puls zu fühlen, aber diesmal voller Angst; und bei dem kräftigen Babum, Babum war ich um so erleichterter. Da ich mich auf Bon-Bon konzentrierte, sah ich zu spät, aus dem Augenwinkel, die Bewegung hinter meiner rechten Schulter... eine dunkle Gestalt, die aus ihrem Versteck hinter der Tür hervorstürzte.

Ich schoß halb in die Höhe, kam aber nicht schnell genug zum Stehen. Für einen Sekundenbruchteil erblickte ich einen kleinen Gasbehälter – etwa so groß wie ein Haushaltsfeuerlöscher. Nur war der Behälter nicht rot. Er war orange. Und er traf mich am Kopf. Martins Zimmer wurde grau, schwarzgrau, dann schwarz. Ein tiefer, leerer Brunnenschacht.

Umringt von Zuschauern kam ich langsam wieder zu mir. Verschwommen sah ich ein Augenpaar neben dem anderen. Ich hatte keine Ahnung, wo ich war oder was vorging. Es mußte aber etwas Schlimmes sein, denn die Augen der Kinder waren schreckgeweitet.

Ich lag auf dem Rücken. Nach und nach füllten sich die weißen Stellen meiner Erinnerung mit dem Bild eines orangen Gasbehälters in den Händen einer Gestalt mit Augenschlitzen in einer schwarzen Kapuzenmaske.

Als meine Wahrnehmung klarer wurde, konzentrierte ich mich auf Bon-Bons Gesicht und versuchte aufzustehen.

Bon-Bon sagte bei diesen Anzeichen des Wiedererstarkens meiner Lebensgeister erleichtert: »Gott sei Dank geht's dir gut. Wir sind alle mit Gas betäubt worden und übergeben uns, seit wir wieder auf den Beinen sind. Sei so gut und schlepp dich aufs Klo, mein Lieber. Kotz nicht hier hin.«

Der Kopf, nicht der Magen machte mir zu schaffen. Mein Kopf war mit dem Gasbehälter, nicht mit dem Inhalt traktiert worden. Es war mir zu anstrengend, darauf hinzuweisen.

Worthington sah ungeachtet seiner Muskeln, die er durch regelmäßiges Training in einer Boxhalle gewissenhaft in Form hielt, blaß, zittrig und überhaupt nicht gut aus. Er hielt jedoch die beiden jüngsten Kinder an der Hand, um ihnen, so gut es ging, Trost und ein Gefühl der Sicherheit zu geben. Für sie war er ein Alleskönner, und da hatten sie beinah recht.

Bon-Bon hatte mir einmal gesagt, was ihre Mutter an Worthington am meisten schätze, sei sein Draht zu den Buchmachern, denn Marigold selbst laufe ungern zwischen den Leuten herum, die da ihre Quoten ausriefen, und Worthington hole stets das Beste für sie heraus. Ein vielseitiger und hoffnungslos guter Mensch, Worthington, wenn es auch nicht immer so aussah.

Nur Marigold fehlte in dem Krankenaufgebot. Ich fragte nach ihr, und Daniel, Martins Ältester, sagte, sie sei betrunken. »Sie liegt auf der Treppe und schnarcht«, erläuterte die ältere der beiden Töchter. Die Kinder des Jahres 2000 redeten Klartext.

Während ich mich langsam vom Parkett aufraffte, meinte

Bon-Bon verärgert, ihr Arzt habe erklärt, er mache keine Hausbesuche mehr, auch nicht bei Patienten, die von einem Sterbefall betroffen seien. Viel Ruhe und viel trinken, dann werde alles gut. Wasser, hatte er gesagt.

»Gin«, versetzte eines der Kinder trocken.

Ich fand es unerhört, daß Bon-Bons Arzt es nicht für nötig hielt, nach ihnen zu sehen, und rief selbst bei ihm an. Gewandt lenkte er ein und versprach »vorbeizukommen«, auch wenn es Neujahr sei. Er habe Mrs. Stukely nicht ganz verstanden, entschuldigte er sich. Vor allem nicht, daß sie überfallen worden sei. Sie habe ein wenig unzusammenhängend geredet. Hatten wir die Polizei verständigt?

Es schien auf der Hand zu liegen, daß die Massenbetäubung aus räuberischen Motiven erfolgt war. Drei Fernsehgeräte mit eingebautem Video fehlten. Bon-Bon hatte in ihrem Zorn nachgesehen.

Ebenso verschwunden war der separate Videorecorder, auf dem sie sich Martin angeschaut hatte, zusammen mit zig Kassetten. Außerdem fehlten zwei Laptop-Computer samt Druckern und zahlreichen Disketten, doch Worthington sagte voraus, die Polizei werde kaum versprechen können, daß sich davon etwas wiederfand, da Martin die Seriennummer der Geräte nirgends notiert hatte.

Bon-Bon begann in der verfahrenen Situation still vor sich hin zu weinen, und so übernahm der wieder zu Kräften kommende Worthington den Anruf bei der überlasteten nächsten Polizeidienststelle. Meine Kommissarin Catherine Dodd, so erfuhr er, gehörte zu einer anderen Abteilung. Aber die Kripo würde demnächst bei den Stukelys erscheinen.

Der Lieferwagen von *Thompson Electronics* war natürlich nicht mehr da.

Marigold schnarchte weiter auf der Treppe.

Worthington machte zur Beruhigung Butterbrote mit Honig und Banane für die Kinder.

Mitgenommen setzte ich mich in den schwarzen Ledersessel in Martins Zimmer, während Bon-Bon gegenüber auf dem Sofa ihren vielschichtigen Kummer in Papiertüchern erstickte und dann nur lückenhaft auf die Frage antwortete, die ich ihr wiederholt stellte, nämlich: »Was war auf dem Band, das Martin mir nach dem Rennen geben wollte, und wo kam es her? Das heißt, wer hat es Martin in Cheltenham gegeben?«

Bon-Bon musterte mich mit feuchten Augen und putzte sich die Nase. »Ich weiß, daß Martin dir gestern etwas sagen wollte, aber er hatte ja noch die anderen im Wagen, und weil Priam nicht hören sollte, was er mit dir bespricht, hatte er vor, dich als letzten nach Hause zu bringen, nach den anderen, obwohl du am nächsten an der Rennbahn wohnst.«

Selbst im Unglück war sie porzellanhaft hübsch, ihre vollen Rundungen kamen gut zur Geltung in dem schwarzen Wollkleid, dessen Schnitt eher dazu gedacht war, einen lebenden Ehemann zu erfreuen als trauernde Nachbarn.

»Er hat dir vertraut«, meinte sie schließlich.

»M-hm.« Etwas anderes hätte mich auch sehr gewundert.

»Nein, du verstehst nicht.« Bon-Bon zögerte und sprach dann langsam weiter. »Er kannte ein Geheimnis. Was für eins, hat er mir nicht gesagt. Er meinte, das würde mich nur aufregen. Aber er wollte jemanden einweihen. Darüber haben wir gesprochen, und ich war mit ihm einig, daß du der-

jenige sein solltest. Du solltest seine Sicherheit sein. Für alle Fälle. Ach herrje... Er hat das, was du erfahren solltest, auf ein gutes altes Videoband aufnehmen lassen, nicht auf CD-ROM oder auf Diskette, und zwar deshalb, weil es seinem Informanten so lieber war, glaube ich. Ich bin mir nicht sicher. Und außerdem meinte er, das sei auch leichter zu handhaben. Besser Video als PC, denn du weißt ja, mein lieber Gerard, daß ich mit Computern nicht so zurechtkomme. Die Kinder lachen mich schon aus. Aber wie man eine Videokassette abspielt, weiß ich. Martin wollte, daß ich diese Möglichkeit habe, falls er stirbt, wobei er natürlich – natürlich nicht ernsthaft an seinen Tod geglaubt hat.«

»Könntest du auch selbst Videoaufnahmen machen?« fragte ich.

Sie nickte. »Martin hat mir eine Videokamera zu Weihnachten geschenkt. Damit kann man filmen, aber ich hatte noch kaum Gelegenheit, mich damit vertraut zu machen.«

»Und er hat nicht mal angedeutet, was auf der Kassette ist, die ich bekommen sollte?«

»Mit keinem Wort.«

Ich schüttelte hilflos den Kopf. Die aus meinem Verkaufsraum gestohlene Kassette war doch sicher die mit dem Geheimnis. Das Video, das Martin bekommen hatte, dann Eddie der Jockeydiener, dann ich. Aber wenn der Dieb oder die Diebe von Broadway sich das Band angesehen hatten – und dazu hatten sie die ganze Nacht Zeit –, wieso mußten sie dann zehn Stunden später noch Martins Wohnung plündern?

Enthielt die aus dem Verkaufsraum gestohlene Kassette wirklich Martins Geheimnis?

Vielleicht nicht.

Steckte hinter dem zweiten Raub ein anderer Dieb, der von dem ersten nichts wußte?

Ich hatte keine Antworten, nur Mutmaßungen.

In diesem Moment stolperte Marigold ins Zimmer, als nähme sie Anlauf zum völligen Zusammenbruch. Ich kannte Marigold, seit Martin mich vor vier Jahren mit unbewegter Miene seiner drallen Schwiegermutter vorgestellt hatte, einem voluminösen Abbild seiner hübschen Frau. Marigold konnte enorm schlagfertig oder unangenehm streitlustig sein, je nachdem, wieviel Gin sie getrunken hatte, aber jetzt schienen Gas und Alkohol zusammen sie in heulendes Elend gestürzt zu haben, ein Zustand, der weniger Schadenfreude als echtes Mitgefühl hervorrief.

Die Polizei traf vor dem Arzt bei Bon-Bon ein, und Bon-Bons Kinder beschrieben die Kleidung ihres Angreifers bis hin zu den Schnürsenkeln. Er hatte sie durch seine schwarze Kapuzenmaske mit großen Augen angestarrt, während er den orangen Behälter von einem Gesicht zum nächsten schwenkte und sie mit einem fast unsichtbaren, hochwirksamen Gas einnebelte, das sie betäubte, ehe sie wußten, wie ihnen geschah. Und Daniel, dem Ältesten, fiel ein, daß der Mann unter der Maske etwas Weißes auf dem Gesicht getragen hatte. Eine einfache Gasmaske, nahm ich an. Ein Schutz, damit der Räuber das Zeug nicht selbst einatmete.

Worthington hatte bei dem Überfall am meisten abbekommen und war als erster bewußtlos geworden und Bon-Bon in Martins Zimmer als letzte. Als ich hinzukam, war das Gas vielleicht schon aufgebraucht gewesen; ein einfacher Schlag auf den Kopf hatte genügt.

Worthington hatte recht gehabt mit der Annahme, die Polizei werde Bon-Bon keine Hoffnung machen, daß die verschwundenen Sachen je wieder auftauchten. Der Verlust der Videofilme von Martins Grand-National-Siegen schmerzte sie weniger, als ich befürchtet hatte; sie könne sich davon Kopien besorgen, erklärte sie.

Kaum waren die Notizbücher der Kripo zugeklappt, eilte auch Bon-Bons Hausarzt zur Tür herein, der kein Wort der Entschuldigung für angebracht hielt, sondern den Eindruck vermittelte, er mache hier aus reiner Gutmütigkeit eine große Ausnahme.

Erst die Farbe Orange ließ ihn aufhorchen und veranlaßte ihn, mehr Eifer an den Tag zu legen. Er und die Polizei hörten Daniel zu, und die Notizbücher wurden wieder hervorgeholt. Als die Kriminalbeamten gingen, riet ihnen der Arzt, den Täter in Kreisen zu suchen, die Zugang zu dem hochentzündlichen Narkosegas Cyclopropan hatten, das in orangen Behältern verkauft werde, aber wegen seiner Explosionsgefahr nicht sehr gefragt sei.

Nach prüfenden Blicken in Augen und Schlund und sorgfältigem Abhorchen des Brustkorbs wurde jedem Mitglied der Familie bescheinigt, daß es außer Lebensgefahr sei. Als dann endlich auch der Arzt gegangen war, ließ sich die liebe Bon-Bon auf das Sofa im Büro fallen und sagte, sie sei vollkommen erschöpft und brauche Hilfe. Sie brauche *meine* Hilfe, und auch Martin würde mich darum gebeten haben.

Also blieb ich und machte mich nützlich, und das war vielleicht ganz gut für meinen wehen Schädel, denn in dieser Nacht brachen Diebe in mein Haus am Hang ein und stahlen alles, was irgendwie nach Videokassette aussah.

Am Montag fuhr ich, nachdem ich frühmorgens in der Werkstatt einen Posten kleiner Stücke auf Vorrat gefertigt hatte, mit dem Taxi zur Rennbahn von Cheltenham, um mich noch einmal mit Eddie Payne, dem Jockeydiener, zu unterhalten.

Ed oder Eddie – er hörte auf beides – hätte mir gern weitergeholfen, konnte aber nicht. Er habe das ganze Wochenende an Martin gedacht, sagte er, während sein Blick über meine Schulter huschte und wieder zu meinem Gesicht zurückkehrte, aber ihm sei beim besten Willen nichts eingefallen, was er mir nicht schon am Freitag gesagt habe. Ich dachte an den Augenblick zurück, in dem uns das Verlustgefühl verbunden hatte. Dieser Moment tiefempfundener Leere war vorbei.

Den Unterschied zwischen Freitag und Montag machte eine grimmig blickende Frau von Ende Dreißig aus, die jetzt ein paar Schritte hinter mir stand und die Ed seine Tochter nannte. Noch einmal warf er ihr einen ausdruckslosen Blick zu, dann sagte er, ohne die Lippen zu bewegen und so leise, daß ich es kaum hören konnte, wie ein Bauchredner zu mir: »Sie kennt den Mann, der Martin die Kassette gegeben hat.«

Die Frau fragte scharf: »Was sagst du, Pa? Sprich lauter!«

»Ich sagte, daß Martin uns sehr fehlt«, erwiderte Eddie, »und daß ich wieder in die Jockeystube muß. Gib du Gerard – Mr. Logan – doch bitte Auskunft, ja?«

Er trollte sich und sagte im Weggehen bedrückt, als müsse er sich entschuldigen: »Sie heißt Rose. Im Grunde ist sie ein braves Mädchen.«

Rose, das brave Mädchen, blitzte mich mit so haßerfüllten Augen an, daß ich mich fragte, was in aller Welt ich ihr

getan haben könnte, hatte ich doch vor wenigen Sekunden noch gar nichts von ihrer Existenz gewußt. Sie war kantig und knochig und hatte mittelbraunes Haar mit krausen, hochstehenden Locken. Ihr Teint war trocken und von Sommersprossen übersät, und obwohl die Kleider an ihrem dünnen Körper viel zu weit wirkten, ging eine außergewöhnliche Anziehung von ihr aus.

»Ehm, Rose –«, begann ich.

»Mrs. Robins«, unterbrach sie schroff.

Ich räusperte mich und setzte neu an.

»Mrs. Robins also, dürfte ich Sie zu einem Kaffee oder auf ein Glas in der Bar einladen?«

»Sie dürfen nicht!« entgegnete sie mit Nachdruck. »Kümmern Sie sich lieber um Ihre eigenen Angelegenheiten«, setzte sie hinzu.

»Mrs. Robins, haben Sie gesehen, wer Martin Stukely am vergangenen Freitag hier in Cheltenham ein in braunes Papier verpacktes Päckchen gegeben hat?«

Eine ganz einfache Frage. Sie kniff die Lippen zusammen, drehte sich auf dem Absatz um und ging davon, als hätte sie keineswegs vor, in absehbarer Zeit zurückzukommen.

Nach ein paar Augenblicken folgte ich ihr. Da sie auf den Buchmacherplatz vor der Tribüne zuhielt, schaute ich ab und zu wie ein Wettlustiger auf mein Rennprogramm, während ich hinter ihr herzockelte. Sie blieb vor dem Stand von *Arthur Robins, Prestwick, seit 1894* stehen und unterhielt sich mit einem Elvis-Presley-Doppelgänger mit dikken schwarzen Koteletten, der auf einer Kiste stand, sich vorbeugte, um den Leuten ihr Geld abzunehmen, und die

angelegten Wetten einem Schreiber diktierte, der sie in einen Computer eingab.

Rose Robins, weit jüngeren Datums als 1894, hatte ziemlich viel zu sagen. Der Elvis-Doppelgänger hörte ihr stirnrunzelnd zu, und ich zog mich zurück. So kräftig und wendig ich auch sein mochte, Roses Gesprächspartner gehörte einer anderen Gewichtsklasse an. Ob der Zweit-Elvis Arthur Robins' rechtmäßiger Nachfahr und Erbe war oder nicht, er besaß die Schultern eines Gorilla-Opas.

Geduldig ging ich auf die Tribüne und sah zu, wie die drei Buchmacher von *Arthur Robins, seit 1894* Wetten auf die beiden letzten Rennen des Nachmittags entgegennahmen, bevor ihr Chef, der Elvis-Doppelgänger, den Stand abschlug, die Tageskasse an sich nahm und, begleitet von Rose und seinen beiden Helfern, zum Ausgang strebte. Ich schaute ihnen nach, bis sie außer Sicht waren. Allem Anschein nach verließen sie die Rennbahn. Als Personenverband kamen sie einem Panzer gleich.

Aus meiner Erfahrung mit Martin wußte ich, daß Jockeydiener erst mit der Arbeit fertig werden, wenn die meisten Zuschauer gegangen sind. Ein Jockeydiener hilft den Jokkeys beim raschen Umziehen zwischen den Rennen. Außerdem hält er ihre Ausrüstung in Schuß – Sattel, Reithosen, Stiefel und so weiter – und sorgt dafür, daß alles für den nächsten Ritt parat ist. Martin hatte mir gesagt, daß Jockeydiener immer eine ganze Reihe Jockeys betreuten und daß sie ihren Dienst von Renntag zu Renntag koordinierten. Während Eddie also Sättel, Reitzeug und Schmutzwäsche zusammenpackte, wartete ich in der Hoffnung, zu guter Letzt werde er schon aus der Jockeystube wieder auftauchen.

Als er herauskam, war er zunächst erschrocken, mich zu sehen, trug es dann aber mit Fassung.

»Rose hat wohl nicht mit Ihnen geredet«, sagte er.

»Nein«, gab ich zu. »Könnten Sie sie bitte Martin zuliebe etwas fragen?«

»Hm...«, meinte er zögernd. »Kommt drauf an.«

»Fragen Sie sie, ob die Kassette, die Ihnen Martin gegeben hat, die war, für die er sie gehalten hat.«

Er brauchte ein paar Sekunden, um das auseinanderzudröseln.

»Heißt das«, fragte er unsicher, »daß meine Tochter glaubt, Martin hatte die falsche Kassette?«

»Ich glaube«, gestand ich, »wenn Martins Kassette nach dem ganzen Durcheinander und der Klauerei überhaupt je wieder auftaucht, ist das ziemliches Glück.«

Selbstgerecht wandte er ein, er habe mir Martins Kassette in gutem Glauben gegeben. Ich versicherte ihm, daß ich davon überzeugt sei. Über Rose fiel kein Wort mehr.

Nach den Zeitungen vom Tage wußte Eddie wie jeder andere im Rennsport, daß Martins Beerdigung für Donnerstag angesetzt war, sofern bei der amtlichen Totenschau am Mittwoch nichts dazwischenkam. Mit niedergeschlagenen Augen murmelte er etwas davon, daß wir uns dort wohl sehen würden, und enteilte in den inneren Bereich der Umkleideräume, der für Normalsterbliche, die unangenehme Fragen stellten, gesperrt war.

Rose Robins und ihre Feindseligkeit ließen eine ohnehin verzwickte Situation noch verwickelter erscheinen.

Ich nahm an der Rennbahn einen Bus, der sich von Ortschaft zu Ortschaft vorarbeitete und schließlich auch in

Broadway hielt. Obwohl ich die ganze Zeit überlegte, was Eddies kratzbürstige Tochter mit der Geschichte zu tun haben könnte, war ich nachher kein Stück schlauer und wußte nur, daß irgend jemand Martin eine Kassette gegeben hatte und daß Martin sie Eddie und Eddie sie mir gegeben hatte und daß ich sie mir dummerweise hatte stehlen lassen.

Die vertraulichen Daten, die Martin mir überlassen wollte, geisterten jetzt irgendwo herum. In gewisser Hinsicht war das egal, es spielte keine Rolle, solange die betreffenden Informationen nicht brandheiß waren oder mit einer unangenehmen Wahrheit kollidierten. Da ich jedoch keinen Hinweis auf die Art der Informationen hatte, konnte ich Probleme weder vorhersehen noch ihnen vorbeugen.

Unrealistischerweise hoffte ich einfach, Martins Geheimnis würde für immer im unbekannten All verborgen bleiben und wir hier unten könnten unser normales Leben weiterführen.

Es war halb sechs vorbei, bis ich endlich wieder in den Laden kam, und noch immer waren meine Gehilfen dort; zwei machten mit viel Eifer Briefbeschwerer, und der dritte bediente. Bon-Bon habe angerufen, sagten sie mir; ich möchte ihr doch bitte weiterhin zur Seite stehen, wenigstens bis zur Beerdigung, dafür würde ich auch überallhin gefahren – und zur großen Belustigung war das Auto, das sie mir dann gegen Abend schickte, nicht ihr kleiner Stadtwagen, sondern Marigolds Rolls.

Wenn ich allein mit Worthington fuhr, setzte ich mich immer neben ihn. Von ihm aus hätte ich auch den vornehmen, bequemen Rücksitz nehmen können, den seine Chefin vorzog, aber da kam ich mir fehl am Platz vor. Und wie

sich in den letzten Tagen gezeigt hatte, neigte er dazu, mich mit »Sir« anzureden, wenn ich hinten saß, und ehrerbietig zu schweigen, statt markige, respektlose Sprüche von sich zu geben. Saß ich vorn, war Marigold »Marigold«; saß ich hinten, war sie »Mrs. Knight«. War ich an der Seite ihres Fahrers, zeigte er sein wahres Gesicht.

Abgesehen davon, daß er kahl, fünfzig und kinderlieb war, konnte Worthington prinzipiell die Polizei nicht leiden, bezeichnete die Ehe als Fron und hielt es für nützlich, jeden anderen Kraftkerl, der daherkam, weghauen zu können. So schätzte ich Worthington jetzt weniger als Fahrer denn als potentiellen Leibwächter.

Der Elvis-Doppelgänger hatte etwas sehr Bedrohliches an sich gehabt, das mir so ausgeprägt noch nie begegnet war und das mir nicht gefiel; als Zündsatz aber war ihm die grimmige, dornige Rose beigesellt, und an sie dachte ich, als ich Worthington beiläufig fragte, ob er auf der Rennbahn schon einmal eine Wette bei *Arthur Robins, seit 1894,* angelegt habe.

»Zunächst mal«, antwortete er sarkastisch und schnallte sich an, als wäre er es gewohnt, sich an die Vorschriften zu halten, »gibt es gar keine Familie Robins. Der Haufen Betrüger, der als Arthur Robins firmiert, besteht hauptsächlich aus Veritys und Webbers, plus dem einen oder anderen Brown. Einen richtigen Arthur Robins hat es nie gegeben. Das ist bloß ein Name, der gut klingt.«

Mit erstaunt hochgezogenen Brauen fragte ich: »Woher wissen Sie das alles?«

»Mein alter Herr war Buchmacher«, sagte er. »Schnallen Sie sich an, Gerard. Die Polente hier wacht mit Adleraugen.

Wie gesagt, mein alter Herr war Buchmacher, er hat mir gezeigt, wie das läuft. Um dabei zu verdienen, muß man aber wirklich rechnen können, und so fix bin ich da nicht. Aber Arthur Robins, der Name steht für ein paar eiskalte Abzocker. Ich rate Ihnen, bei denen nicht zu wetten.«

»Wußten Sie, daß Martins Jockeydiener, Eddie Payne, eine Tochter namens Rose hat, die sich Mrs. Robins nennt und auf Schmusekurs mit einem Elvis-Doppelgänger ist, der bei Arthur Robins Wetten annimmt?«

Worthington, der gerade den Wagen starten wollte, um uns von Logan Glas zu Bon-Bon zu fahren, lehnte sich in seinen Sitz zurück und ließ die Hände auf den Schenkeln ruhen.

»Nein«, sagte er nachdenklich, »das wußte ich nicht.« Er überlegte eine Weile mit Sorgenfalten auf der Stirn. »Dieser Elvistyp«, sagte er schließlich, »das ist Norman Osprey. Mit dem läßt man sich besser nicht ein.«

»Und Rose?«

Worthington schüttelte den Kopf. »Die kenne ich nicht. Ich höre mich um.« Er gab sich einen Ruck und ließ den Wagen an, der schnurrend losfuhr.

Bis Donnerstag, dem Tag von Martins Beerdigung, hatte die Polizei in einem von Videokassetten überschwemmten Land wie erwartet noch keine von Martins Kassetten gefunden.

Am Tag vor der Beerdigung stellte sich eine junge Motorradfahrerin – Riesenhelm, schwarze Ledermontur, schwere Stiefel – auf einen der fünf Parkplätze vor Logan Glas. Sie nahm in der kalten Januarluft den Helm ab und schüttelte

ihr rotblondes Haar aus, bevor sie ganz und gar nicht rokkerhaft die Ladengalerie betrat, als kenne sie den Weg.

Ich legte gerade letzte Hand an eine Vase an, die in den Kühlofen sollte, während Pamela Jane einer Gruppe amerikanischer Touristen den Vorgang erklärte, doch irgendwie nahm die Motorradfahrerin meine Aufmerksamkeit gefangen, und als ich sie mir in Glas vorstellte, wußte ich sofort, wer sie war.

»Catherine Dodd«, sagte ich.

»Die meisten Leute erkennen mich so nicht.« Sie war belustigt, nicht gereizt.

Mit Interesse bemerkte ich, wie die Touristen ein wenig enger zusammenrückten, als wollten sie die bedrohlich gekleidete Fremde aussperren.

Pamela Jane beendete ihren Vortrag, und einer der Amerikaner meinte, die Vasen seien zwar hübsch, aber zu teuer, auch wenn sie handgefertigt seien. Damit stieß er auf einhellige Zustimmung, und sichtlich erleichtert entschieden sich die Urlauber dann doch lieber für schlichte Delphine und Schälchen. Während Hickory die Ware verpackte und Quittungen schrieb, fragte ich die Motorradfahrerin, ob es Neuigkeiten von meiner vermißten Kassette gab.

Sie sah mir zu, wie ich die Vase in feuerfesten Faserstoff einschlug und sie in den Kühlofen stellte.

»Ich fürchte«, sagte die wandlungsfähige Zivilfahnderin Dodd, »die Kassette können Sie abschreiben.«

Ich sagte ihr, daß sie ein Geheimnis enthielt.

»Was für ein Geheimnis?«

»Das ist es ja eben, ich weiß es nicht. Martin Stukely sagte seiner Frau, er wolle mir ein Geheimnis auf Video zur Auf-

bewahrung geben, falls er – man könnte fast darüber lachen – tödlich mit dem Wagen verunglückt oder so etwas.«

»Mit einem Hindernispferd zum Beispiel?«

»Damit hat er nicht gerechnet.«

Catherine Dodds kriminalistischer Verstand kam schnell auf die beiden zentralen Punkte, die ich mir widerstrebend klargemacht hatte, nachdem Norman Osprey mit seinen Elviskoteletten in meinen Gesichtskreis getreten war. Erstens, jemand kannte Martins Geheimnis, und zweitens, jemand – aber nicht unbedingt derselbe – dachte vielleicht, auch mir sei das Geheimnis bekannt. Es konnte sein, daß jemand annahm, ich hätte mir das Video am Abend nach Martins Tod angesehen und es sicherheitshalber gelöscht.

Ich hatte zwar keinen Videorecorder im Laden, aber im Dragon auf der anderen Straßenseite gab es einen für die Gäste, und der Drachen warb damit auf hundertfach verteilten Prospekten.

»Hätte ich einen Videorecorder zur Hand gehabt«, sagte ich, »dann hätte ich mir das Band wohl wirklich gegen Abend angesehen, und im Zweifelsfall hätte ich es vielleicht auch gelöscht.«

»Das wäre aber entgegen dem Wunsch Ihres Freundes Martin gewesen.«

Nach einem kurzen Schweigen sagte ich: »Wenn er genau gewußt hätte, was er will, hätte er nicht mit Videos herumgespielt, sondern mir das große Geheimnis einfach verraten.« Ich brach ab. »Hätte, wäre, wenn. Darf ich Sie zu einem Drink einladen?«

»Geht nicht. Tut mir leid. Ich bin im Dienst.« Sie schenkte mir ein strahlendes Lächeln. »Ich komme später

noch mal. Ach ja! Ehe ich's vergesse.« Sie zog den unverzichtbaren Notizblock aus ihrer Jacke hervor. »Wie heißen denn Ihre Gehilfen?«

»Pamela Jane Evans, John Irish und John Hickory. Statt John und John nennen wir die Männer bei ihren Nachnamen, das macht's einfacher.«

»Wer ist der ältere?«

»Irish. Er hat Hickory und auch Pamela Jane rund zehn Jahre voraus.«

»Und wie lange arbeiten sie schon bei Ihnen?«

»Pamela Jane seit ungefähr einem Jahr, Irish und Hickory seit vierzehn, fünfzehn Monaten. Sie können mir glauben, die sind alle okay.«

»Ich glaube Ihnen. Das ist nur für die Akten. Deswegen, ehm... bin ich eigentlich vorbeigekommen.«

Ich sah ihr ins Gesicht. Sie wurde beinah rot.

»Es ist besser, ich gehe jetzt«, sagte sie.

Mit Bedauern brachte ich sie zur Tür, wo sie sich verabschiedete, da sie auf der Straße nicht direkt mit mir gesehen werden wollte. Sie schloß sich vielmehr den Touristen an, die gerade lautstark von einem dicken Mann hinausgepeitscht wurden, der fand, sie hätten den Nachmittag sinnlos vergeudet, und sich auf dem ganzen Weg zum warmen Reisebus der Gruppe darüber beklagte. Sein breiter Rücken versperrte mir den Blick auf die entschwindende Kriminalkommissarin Dodd, und das störte mich mehr, als ich gedacht hätte.

An Bon-Bons Telefon erfuhr ich vom Drachen persönlich, daß Lloyd Baxter es für angebracht gehalten hatte, zum

(wie er es nannte) »letzten Ritt seines Jockeys« von Nordengland herunterzukommen, daß er aber nicht bei Priam Jones wohnen wollte, da er die Absicht hatte, sich von dem Trainer zu trennen. Der Drachen lachte leise und setzte schelmisch hinzu: »Du hättest auch nicht unbedingt zu Bon-Bon Stukely gehen müssen, wenn du nach dem Einbruch nicht bei dir zu Hause schlafen wolltest. Du konntest doch zu mir kommen, Liebster.«

»Hat sich das rumgesprochen?« meinte ich trocken.

»Weißt du nicht, daß man in dieser Stadt immer von dir spricht?«

Ich wußte es schon, aber so aufregend fand ich mich gar nicht.

Ebenfalls am Abend vor Martins Beerdigung rief Priam Jones bei Bon-Bon an, bekam aber mich an den Apparat. Immer wenn ich dort war, half ich die Beileidsbekundungen entgegenzunehmen. Auch Marigold, Worthington und sogar die Kinder übten sich mit viel Erfolg in Danksagung und Feingefühl. Martin, dachte ich bei mir, hätte sicher gegrinst, wenn er die plötzlich und unerwartet verbesserten Umgangsformen in seiner Familie erlebt hätte.

Priam gebrauchte große Worte, aber wenn ich es recht verstand, bot er seine Hilfe bei der Durchführung der Trauerfeier an. Im Gedanken an seine spontan vergossenen Tränen setzte ich ihn auf die Liste und fragte ihn, ob Martin, bevor er mich am Freitag morgen zu Hause abholte, zufällig etwas von einer Videokassette gesagt habe, die er in Cheltenham erwartete.

»Das haben Sie mich am Tag nach seinem Tod doch schon gefragt«, entgegnete Priam gereizt. »Die Antwort ist

immer noch ja. Er sagte, er werde die Rennbahn erst verlassen, wenn er ein Päckchen in Empfang genommen habe, das Sie bekommen sollten. Und das hab ich Ihnen doch gegeben, oder? Sie hatten es im Auto liegenlassen, in Ihrem Regenmantel, und den habe ich Ihnen in Broadway vorbeigebracht ... Also dann bis morgen, Gerard. Grüßen Sie Bon-Bon von mir.«

Ebenso am Abend vor Martins Beerdigung ging Eddie Payne in die katholische Kirche seiner Gemeinde, beichtete seine alten und neuen Sünden und bat um Vergebung und Absolution. Das erzählte er mir stolz, als ich an Bon-Bons Stelle seine Kondolenz entgegennahm. Er habe alles versucht, um jemand zu finden, der auf der Rennbahn für ihn einsprang, aber leider vergebens, daher könne er an der Beerdigung nicht teilnehmen, und das bedaure er zutiefst, sei er doch sechs oder sieben Jahre lang Martins Jockeydiener gewesen. Wenn mich mein ungläubiges Ohr nicht trog, hatte Eddie sich vor dem Griff zum Telefon Mut angetrunken, und außerdem hatte er sich gleich schon wieder versündigt, denn es war klar, daß er für diese Beerdigung leichter eine Vertretung bekommen hätte als für die seiner eigenen Großmutter.

Am gleichen Abend (davon erfuhr ich erst später) setzte Ed Paynes Tochter Rose einem Grüppchen brutaler Schläger auseinander, wie sie Gerard Logan dazu bekommen konnten, ihnen das Geheimnis zu verraten, das ihm in Cheltenham anvertraut worden war.

3

Am ersten Donnerstag im Januar, dem sechsten Tag des neuen Jahrtausends, trugen Priam Jones und ich zusammen mit vier erstklassigen Hindernisjockeys Martin in seinem Sarg zunächst in die Friedhofskapelle und schließlich hinaus zu seinem Grab.

Die Sonne schien auf eisgraue Bäume. Bon-Bon sah ätherisch aus, Marigold war halbwegs nüchtern, Worthington nahm seine Chauffeursmütze ab und neigte ehrerbietig das kahle Haupt, die vier Kinder klopften mit den Fingern an den Sarg, als könnten sie den Vater im Innern auferwecken, Lloyd Baxter trug eine kurze, ansprechende Lobrede vor, und die gesamte Rennwelt, von dem Vorsitzenden des Jockey Clubs bis zu den Männern, die die Rasenstücke ersetzten, alle zwängten sich in die Bänke und drängten sich draußen auf den winterkalten Kirchhof, standen auf den uralten bemoosten Steinplatten. Martin hatte hohes Ansehen genossen, und nun wurde ihm Respekt gezollt.

Der Leichenwagen und die schweren Limousinen waren eine Meile aus der Stadt heraus zu dem neuen Friedhof am Hang gefahren. Dort, zwischen Bergen von Blumen, weinte Bon-Bon, als der Mann, mit dem sie tagtäglich gezankt hatte, in die stille, alles umfangende Erde hinabgelassen wurde, und ich, für den es nach meiner Mutter der zweite

große Abschied innerhalb eines Monats war, überzeugte mich gewissenhaft davon, daß der Gastroservice genug Grog mitgebracht hatte und daß der Kirchenchor sein Geld bekam, und sorgte auch sonst dafür, daß das teure Räderwerk des Todes rund lief.

Nachdem die vielen hundert Trauergäste gegessen und getrunken und sich mit einem Kuß von Bon-Bon verabschiedet hatten, ging auch ich zu ihr, um ihr auf Wiedersehen zu sagen. Sie stand gerade bei Lloyd Baxter und fragte ihn nach seinem Befinden. »Nehmen Sie immer Ihre Tabletten!« sagte sie, und er versicherte ihr peinlich berührt, das werde er tun. Mir nickte er kühl zu, als wäre er nie mit einer Flasche Dom Perignon zu mir gekommen.

Ich beglückwünschte Baxter zu seiner Trauerrede. Er fand das Kompliment berechtigt und lud mich in steifen Worten ein, mit ihm im Wychwood Dragon zu Abend zu essen.

»Geh nicht«, rief Bon-Bon bestürzt. »Bleib heute abend noch hier, Gerard. Du und Worthington, ihr habt die Kinder gebändigt. Dann haben wir wenigstens noch eine ruhige Nacht.«

Im Gedanken an Martin schlug ich Baxters Einladung aus und blieb, um Bon-Bon beizustehen, und als ich nach Mitternacht als einziger noch wach war, setzte ich mich in den Knautschsessel in Martins Zimmer und dachte lange über ihn nach. Dachte an sein Leben, die vielen Erfolge in seiner Laufbahn, und dachte schließlich über den letzten Tag in Cheltenham nach, über die Videokassette und die Frage, was er da aufgenommen haben mochte.

Ich hatte nicht die leiseste Ahnung, was für Informatio-

nen es sein könnten, die so umfangreiche Sicherheitsmaßnahmen erforderten. Allerdings wußte ich, daß Bon-Bon, so lieb und bonbonsüß sie sein mochte, nicht gerade die verschwiegenste war. Bei Bon-Bon war ein Geheimnis nur bis zum nächsten Plausch mit ihrer besten Freundin sicher. Viele ihrer Streitereien mit Martin waren daraus entstanden, daß Bon-Bon ausposaunte, was sie von Martin persönlich oder aus seinen Gesprächen mit anderen über die Siegchancen eines bestimmten Pferdes erfahren hatte.

Tief betrübt, mit hängenden Schultern, saß ich in Martins Sessel. Man hatte so wenig gute Freunde im Leben. Da war keiner entbehrlich. Seine Persönlichkeit erfüllte den Raum in einer Weise, als stünde er leibhaftig hinter mir an seinem Bücherregal und schaute etwas im Rennkalender nach. Das Gefühl, er sei im Zimmer, war so stark, daß ich mich tatsächlich nach ihm umdrehte, aber da waren eben doch nur Bücher, Reihe um Reihe, und kein Martin.

Es schien mir an der Zeit nachzusehen, ob die Außentüren abgeschlossen waren, und noch ein paar Stunden zu schlafen, ehe die letzte Nacht in Martins Haus vorbei war. Ich hatte ihm vor Wochen ein paar Bücher über alte Glasbläsertechniken geliehen, und da sie auf dem langen Tisch am Sofa lagen, bot es sich an, sie jetzt mitzunehmen, ohne Bon-Bon damit zu behelligen. Martins reges Interesse für aufwendig gearbeitete Trinkgläser und Schalen, dachte ich wehmütig, würde mir besonders fehlen.

Am anderen Morgen beim Abschied sagte ich Bescheid, daß ich die Bücher wieder mitnehmen wollte. »Gut, gut«, meinte Bon-Bon zerstreut. »Ich wünschte, du würdest bleiben.«

Sie ließ mich von Worthington mit ihrem weißen Stadtauto nach Broadway bringen. »Höchste Zeit, daß Sie hier verduften«, sagte Worthington unverblümt beim Losfahren, »sonst wird Bon-Bon für Sie zur Venusfliegenfalle.«

»Sie ist unglücklich«, wandte ich ein.

»Anhänglich, attraktiv, und wen sie einmal hat, für den gibt's kein Entrinnen.« Worthington grinste. »Sagen Sie nicht, ich hätte Sie nicht gewarnt.«

»Und Marigold?« neckte ich ihn. »Wie steht's mit der Marigold-Fliegenfalle?«

»Ich kann jederzeit gehen, wenn ich will«, wehrte er sich und fuhr die nächsten Kilometer mit einem Lächeln, als glaubte er daran.

Als er in Broadway anhielt, um mich vor dem Eingang meiner Galerie abzusetzen, sagte er in ernsterem Ton: »Ich habe einen Privatdetektiv beauftragt, sich nach dieser Rose zu erkundigen.« Er schwieg. »Viel weiter als Sie ist er auch nicht gekommen. Eddie Payne glaubt, sie hat gesehen, wer Martin die verdammte Kassette gegeben hat, aber an Ihrer Stelle würde ich nicht darauf bauen. Er hat Angst vor der eigenen Tochter, wenn Sie mich fragen.«

Das war auch mein Eindruck, und dabei beließen wir es. Meine drei Gehilfen nahmen mich freudig wieder im Arbeitsalltag auf, und ich zeigte Hickory – genau wie vor Weihnachten Pamela Jane –, wie man dreimal nacheinander mit der Pfeife Glas aufnahm, so heiß, daß es rot und halb flüssig war und die Form eines dicken Tropfens annahm, der dem Boden (und den Füßen) entgegenfloß, wenn man ihn nicht beizeiten auf der Bank verarbeitete. Er wußte, wie man den länglichen Tropfen in das Farbpulver eintippen

mußte, bevor man die Pfeife unter ständigem Drehen wieder in den heißen Ofen steckte, um den mittlerweile schweren Klumpen Glas auf Arbeitstemperatur zu halten. Ich zeigte ihm, wie man die Form der leicht ballonförmigen Glasblase – des Kölbels – konstant hielt, während man weiter Ideen entwickelte, die in das Endergebnis einfließen sollten.

Hickory verfolgte den laufenden Vorgang mit unruhigem Blick und meinte wie Pamela Jane, als sie sich daran versucht hatte, so weit sei er noch nicht.

»Das ist klar. Üben Sie mit drei Posten. Mit zwei kommen Sie ja prima hin.«

Ein Posten ist die Menge Glasschmelze, die man mit der Glaspfeife dem Ofen entnimmt. Ein Posten kann beliebig groß sein, je nach Geschick und Körperkraft des Glasmachers. Der Umgang mit der schweren Glasmasse strengt an.

Da in Reisekoffern meist wenig Platz ist, wurde bei Logan Glas wenig Ware verkauft, die aus mehr als drei Posten bestand. Pamela Jane hatte den Schwung nach oben und die Blastechnik nie so recht gemeistert. Irish würde bei aller Begeisterung niemals ein erstklassiger Glasmacher werden. Bei Hickory indes hatte ich Hoffnung. Er war geschickt und vor allem furchtlos.

Glasbläser sind gemeinhin eingebildet, vornehmlich weil ihre Kunst so schwer zu lernen ist. Bei Hickory waren bereits Anzeichen von Arroganz zu erkennen, aber wenn er sich im Fach einen Namen machte, würde man ihm das nachsehen müssen. In meinem Fall hatte mein (denkbar arroganter) Onkel darauf bestanden, daß ich zunächst und vor allem Bescheidenheit lernte, und er hatte mich erst an

seinen Schmelzofen herangelassen, als ich das letzte bißchen »Großspurigkeit«, wie er es nannte, abgeschüttelt hatte.

Die Großspurigkeit war nach seinem Tod regelmäßig wieder durchgeschlagen, und jedesmal war ich darüber beschämt gewesen. Nach etwa zehn Jahren hatte ich sie zwar in den Griff bekommen, aber wahrscheinlich mußte ich mein Leben lang auf der Hut sein.

Irish hatte es sich angewöhnt, den Tee zu kochen, den wir aus großen Bechern tranken, um den Flüssigkeitsverlust bei der Arbeit am Ofen auszugleichen. Ich setzte mich auf eine Kiste und stillte meinen Durst, und bis zum Feierabend sah ich meinen Schüler beträchtliche Fortschritte machen, wenn es auch zwischen den Erschöpfungspausen Flüche hagelte und jede Menge Glas zu Bruch ging.

Nur wenige Kunden unterbrachen den Unterricht, und gegen fünf an diesem tristkalten Januarnachmittag schickte ich meine drei Helfer nach Hause und erledigte schweren Herzens einige längst überfällige Büroarbeit. Die an Silvester gestohlenen Einnahmen hinterließen ein böses Loch in dem sonst lebhaften Saisongeschäft. Es fiel mir nicht schwer, die Verlustzahlen nach einer Weile beiseite zu legen und zu den Büchern zu greifen, die ich Martin geliehen hatte.

Mein liebstes von allen historischen Trinkgläsern war ein glutroter Kelch, sechzehneinhalb Zentimeter hoch, geschaffen um 300 v. Chr. (ziemlich alt also, vom Jahr 2000 aus betrachtet). Er bestand aus Glasklumpen, die ein ausgefeiltes goldenes Gitternetz zusammenhielt (die Glasbläserei war damals noch nicht erfunden), und leuchtete grün bei einem bestimmten Lichteinfall. Beim Durchblättern der ersten

Seiten eines der Bücher freute ich mich wie gewohnt an einem Foto dieses Kelches, ein Wunderding genau wie ein paar Seiten weiter hinten der ›Kretische Sonnenaufgang‹, die herrliche Halskette aus Gold und blauem Glas, die ich in tagelanger Arbeit einmal nachgebildet hatte. Ich war müde, und das Buch begann mir von den Knien zu rutschen und wäre beinah auf den blanken Steinboden geschlagen, doch zum Glück bekam ich es noch zu fassen, ehe der Prachtband Schaden nahm.

Erleichtert, aber auch ungehalten über meine Nachlässigkeit, ermahnte ich mich, auf das gute Stück besser achtzugeben, und bemerkte zuerst gar nicht den gelben Briefumschlag, der zu meinen Füßen lag. Ich stutzte, dann wurde ich neugierig, legte den Bildband behutsam zur Seite und hob das neu aussehende Kuvert auf, das, wie ich annahm, zwischen den Seiten gesteckt hatte und herausgefallen war, als ich das Buch abfing.

Der Briefumschlag aus meinem Buch war per Computer nicht an mich, sondern an Jockey Martin Stukely adressiert.

Ich hatte keinerlei Bedenken, den aus einer Seite bestehenden Brief herauszunehmen und zu lesen.

Lieber Martin,

Sie haben recht, so ist es am besten. Ich werde die Kassette wie gewünscht an Silvester zum Pferderennen nach Cheltenham mitbringen.

Diese Informationen sind Sprengstoff.

Geben Sie gut darauf acht.

Victor Waltman Verity

Auch der Brief war computergeschrieben, wobei sich der als Unterschrift gesetzte Name in der Schriftart unterschied. Keine Absenderadresse, keine Telefonnummer, doch auf dem frankierten Kuvert war ein runder Poststempel schwach zu erkennen. Mit Hilfe eines Vergrößerungsglases entzifferte ich in der oberen Hälfte ein »xet« und in der unteren ein »evo«. Nur das Datum ließ sich trotz Farbschwund ohne weiteres lesen.

Der Brief war am 17.12.99 abgeschickt worden.

17. Dezember. Vor noch nicht einem Monat.

xet

evo

Gar so viele Orte mit einem X im Namen gab es in Großbritannien nicht, und für die beiden Buchstabenkombinationen schien mir nur Exeter, Devon, in Frage zu kommen.

Über die Telefonauskunft erfuhr ich, daß es tatsächlich einen Victor Verity in Exeter gab. Eine geisterhafte Stimme sagte: »Die gewünschte Rufnummer ist...« Ich schrieb mit, aber als ich die Nummer wählte, meldete sich nicht Victor Verity, sondern seine Witwe. Ihr lieber Victor war im vergangenen Sommer gestorben. Der falsche Verity.

Ich fragte die Auskunft noch einmal.

»Bedaure«, sagte eine Stimme, die sich eher forsch als bedauernd anhörte, »sonst ist kein Victor oder V. Verity in Devon oder zumindest im Fernsprechbereich Exeter und Umgebung verzeichnet.«

»Und wenn es eine nicht verzeichnete Nummer ist?«

»Tut mir leid, darüber kann ich Ihnen keine Auskunft geben.«

Victor Waltman Verity besaß entweder eine Geheimnummer, oder er hatte den Brief fern von zu Hause aufgegeben.

Leise fluchend warf ich einen Blick auf die leider erst halb erledigte Abrechnung auf meinem Computer, und da lag natürlich die Antwort. Computer. Internet.

Das Internet konnte neben anderen Zaubereien fast jedem beliebigen Namen weltweit eine Adresse zuordnen. Ich gab meine Kennummer und mein Paßwort ein, wartete hoffnungsvoll und ging im Geist Möglichkeiten durch, während der Computer rödelte, bis eine Verbindung hergestellt war.

Bald darauf kam mir eine Web-Adresse in den Sinn, aber ich tippte sie ohne sonderliche Überzeugung: www.192.com.

192.com war richtig.

Ich suchte nach Verity in Devon, und dienstfertig präsentierte mir das Internet, nachdem es sämtliche allgemein zugänglichen Daten wie etwa die Wählerverzeichnisse durchforstet hatte, zweiundzwanzig in Devon wohnhafte Veritys, doch keiner davon hieß Victor.

Sackgasse.

Ich versuchte es mit Veritys in Cornwall: sechzehn, aber immer noch kein Victor.

Versuch's mit Somerset, dachte ich. Kein Victor Verity weit und breit.

Bevor ich meine Suche abbrach, kämmte ich noch die Liste durch und stellte fest, daß in 19 Lorna Terrace, Taunton, Somerset, ein Mr. *Waltman* Verity wohnte. Einen Versuch ist es wert, dachte ich.

Bewaffnet mit der Adresse, rief ich erneut die Auskunft an, und auch diesmal wurde die »Auskunft« mir höflich verweigert. Geheimnummer. Bedaure. Nichts zu machen.

Auch am Sonnabend, der reichlich Kunden brachte, kehrten meine Gedanken immer wieder nach Taunton zu Victor Waltman Verity zurück.

Taunton... Da ich am Sonntag weiter nichts Dringendes zu tun hatte, nahm ich am nächsten Morgen einen Zug nach Westen und fragte mich in Taunton nach Lorna Terrace durch.

Ganz gleich, wie ich mir Victor Waltman Verity vorgestellt hatte, ich lag auf jeden Fall daneben. Victor Waltman Verity war gerade mal fünfzehn.

Die Tür des Hauses Nr. 19 wurde von einer mageren Frau in Hose, Pullover und Pantoffeln geöffnet, die eine Zigarette in der Hand hielt und große rosa Lockenwickler im Haar trug. Mitte Dreißig, höchstens vierzig, dachte ich. Unbekümmert, ließ sich von fremden Besuchern nicht aus der Fassung bringen.

»Ehm... Mrs. Verity?« fragte ich.

»Ja. Was gibt's?« Sie zog gelassen an der Zigarette.

»Mrs. Victor Waltman Verity?«

Sie lachte. »Ich bin Mrs. Waltman Verity, Victor ist mein Sohn.« Über ihre Schulter hinweg rief sie ins Innere des schmalen Reihenhauses: »Victor, hier ist jemand für dich«, und während wir darauf warteten, daß Victor erschien, musterte Mrs. Verity mich eingehend vom Scheitel bis zu den Turnschuhen und kicherte weiter vergnügt vor sich hin.

Victor Waltman Verity kam leise aus dem schmalen Hausflur und betrachtete mich neugierig, aber, wie mir

schien, vielleicht auch eine Spur bestürzt. Er war so groß wie seine Mutter, so groß wie Martin. Er hatte braunes Haar, hellgraue Augen und trat auf, als wüßte er, daß er den Erwachsenen an Klugheit nicht nachstand. Wie sich zeigte, war er gerade im Stimmbruch, ein kieksiges Übergangsstadium, und das weiche Kindergesicht war dabei, männliche Konturen anzunehmen.

»Was hast du wieder ausgefressen, Vic?« fragte seine Mutter, und zu mir sagte sie: »Es ist saukalt hier draußen. Wollen Sie nicht reinkommen?«

»Ehm«, sagte ich. Ich war zwar eher verblüfft als kältescheu, aber sie wartete keine Antwort ab, sondern ging an dem Jungen vorbei und verschwand hinter ihm im Haus. Ich zog den an Martin adressierten Brief aus der Tasche, und prompt gewann Victors Bestürzung die Oberhand über seine Neugier.

»Daß Sie mich ausfindig machen, war nicht vorgesehen«, rief er, »und außerdem sind Sie tot.«

»Ich bin nicht Martin Stukely«, sagte ich.

»Ach so.« Ein ausdrucksloser Blick. »Nein, natürlich nicht.« Verwirrung setzte ein. »Ich meine, was wollen Sie denn?«

»Zunächst mal«, sagte ich unverblümt, »würde ich gern die Einladung deiner Mutter annehmen.«

»Was?«

»Ins Warme zu kommen.«

»Ah. Klar. In der Küche ist es am wärmsten.«

»Dann mal los.«

Er zuckte die Achseln, zog die Tür hinter mir zu und führte mich an der Treppe vorbei ins Herz aller derartigen

Reihenhäuser, den Raum, in dem sich das Leben abspielte. In der Mitte ein Tisch mit einem gemusterten Wachstischtuch und vier ungleichen Stühlen drum herum, daneben eine vollgekramte Küchenkommode. Ein Fernseher stand schief auf einem Abtropfbrett, auf dem sich ringsherum ungespültes Geschirr stapelte, und der Fußboden war mit karierten Vinylfliesen ausgelegt.

Bei aller Unordnung war der Raum hell und frisch gestrichen und hatte nichts unangenehm Schmuddliges an sich. Gelb war der vorherrschende Eindruck.

Mrs. Verity saß auf einem der Stühle, kippelte auf ihm herum und rauchte in tiefen Zügen, als ernährte sie sich davon.

»Uns besuchen alle möglichen Leute wegen Vic und seinem komischen Internet«, sagte sie freundlich. »Würde mich nicht wundern, wenn eines Tages noch ein waschechter Flaschengeist erscheint.« Sie wies zerstreut auf einen Stuhl, und ich setzte mich hin.

»Ich war mit Martin Stukely befreundet«, erklärte ich und fragte Vic, was auf der Kassette war, die er Martin nach Cheltenham gebracht oder geschickt hatte.

»Tja, also, es gibt keine Kassette«, antwortete er kurz. »Ich bin nicht in Cheltenham gewesen.«

Ich nahm Martins Brief aus dem Kuvert und zeigte ihn ihm.

Er zuckte erneut die Achseln, las ihn und gab ihn mir zurück.

»Das war nur ein Spiel. Ich hab die Kassette erfunden.« Trotzdem war er nervös.

»Was für Informationen waren denn da Sprengstoff?«

»Na, gar keine.« Er wurde ungeduldig. »Ich sag doch, ich hab das erfunden.«

»Warum hast du sie Martin Stukely geschickt?«

Ich achtete darauf, daß sich meine Fragen nicht zu aggressiv anhörten, aber aus Gründen, die ich nicht ahnte, verschloß er sich und bekam rote Wangen.

»Um was für eine Kassette geht's denn da?« fragte mich seine Mutter. »Meinen Sie eine Videokassette? Vic hat keine Videos. In den nächsten Tagen bekommen wir allerdings einen Recorder, dann sieht das schon anders aus.«

Ich holte die fällige Erklärung nach. »Jemand hat Martin in Cheltenham eine Videokassette zukommen lassen. Martin gab sie dem Jockeydiener Ed Payne zur Aufbewahrung, und Ed gab sie an mich weiter, aber sie wurde mir gestohlen, bevor ich sehen konnte, was drauf war. Dann wurden sämtliche Videobänder aus Martins Wohnung gestohlen und danach sämtliche Videos aus meiner Wohnung.«

»Jetzt kommen Sie mir bloß nicht damit, daß Vic etwas gestohlen hätte. Ich versichere Ihnen, er klaut nicht.« Mrs. Verity hatte einen Satz von mir falsch aufgefaßt und im übrigen nicht genau zugehört, so daß auch sie jetzt gereizt reagierte, und ich versuchte zwar einzulenken und sie zu beschwichtigen, aber ihre gute Laune war verdorben und mein Bleiben nicht mehr erwünscht. Sie drückte ihre Zigarette aus, statt sich eine neue daran anzuzünden, und bedeutete mir, indem sie aufstand, unmißverständlich, daß es Zeit sei zu gehen.

»Ruf mich an«, sagte ich freundlich zu Victor und schrieb ihm, obwohl er den Kopf schüttelte, meine Handynummer auf den Rand einer Sonntagszeitung.

Dann verließ ich 19 Lorna Terrace, ging ohne Eile die Straße entlang und dachte über zwei merkwürdige offene Fragen nach.

Erstens, wie war Victor überhaupt an Martin geraten?

Zweitens, wieso hatte weder Mutter noch Sohn nach meinem Namen gefragt?

Lorna Terrace machte einen scharfen Knick nach links, so daß Nummer 19 hinter mir außer Sicht verschwand.

Ich blieb stehen und überlegte, ob ich nicht umkehren sollte. Mir war klar, daß ich mich nicht besonders geschickt angestellt hatte. Ich war losgezogen in der Erwartung, vielleicht nicht mühelos, aber doch ohne allzu großen Aufwand das Geheimnis der Videokassette zu lüften. Jetzt hatte ich den Eindruck, eher noch weniger zu wissen als vorher.

Unentschlossen trödelte ich herum und verpaßte den Zug, mit dem ich zurückfahren wollte. Glas blasen konnte ich ja, aber als Sherlock Holmes taugte ich wenig. Ein beschränkter Dr. Watson war ich. Es wurde dunkel, und ich kam erst spät zurück nach Broadway, hatte aber wenigstens das Glück, daß ein Nachbar, der auch im Zug saß, mich vom Bahnhof aus mit in den Ort nahm.

Ohne Martin, dachte ich deprimiert, würde ich mich entweder auf Autostopp verlegen müssen oder ein Vermögen für Taxis ausgeben. Meine Lizenz zum Rasen durfte ich erst in einundachtzig Tagen zurückverlangen.

Ich winkte dem freundlichen Dorfbewohner dankend nach, als er davonfuhr, langte nach meinem Schlüsselbund und stapfte auf die Galerietür zu. Sonntagabend. Kein Mensch zu sehen. Logan Glas erstrahlte in hellem Licht.

Ich hatte noch nicht gelernt, vor Schatten auf der Hut zu sein. Schwarze Gestalten tauchten aus dem tiefen Eingang des Antiquariats nebenan auf und kamen hinter den Mülleimern hervor, die für Montagmorgen herausgestellt worden waren.

Vermutlich waren es vier, die da im Dunkeln herumhuschten; ein Eindruck, gezählt habe ich sie nicht. Vier waren jedenfalls reichlich. Drei, zwei, vielleicht sogar einer hätte den Job erledigen können. Sie warteten da offenbar schon lange, und sie hatten die Nase voll davon.

Ich war auf einen neuerlichen Überfall nicht gefaßt gewesen. Die Erinnerung an den orangen Behälter mit Cyclopropan war verblaßt. Die Gasflasche war, wie ich bald feststellte, leichter zu verschmerzen gewesen als die Lektion, die mir jetzt erteilt wurde. Ich bezog heftigste Prügel von allen Seiten und wurde dreimal gegen die unebene Mauer aus Cotswoldsteinen geknallt, die das Antiquariat mit meinem Laden verband.

Von den Schlägen benebelt, hörte ich wie aus der Ferne die Aufforderung, Informationen herauszugeben, von denen ich wußte, daß ich sie nicht besaß. Das versuchte ich zu erklären. Niemand hörte mir zu.

All das war schon ärgerlich genug, aber erst ihr zweites, zusätzliches Ziel setzte abrupt mein Selbstschutzprogramm in Gang und aktivierte halb verlernte Kickboxtechniken, die ich noch aus meiner Jugend kannte.

Anscheinend ging es ihnen nicht nur einfach ums Zusammenschlagen, denn eine hohe, aufgeregte Stimme gab immer wieder ausdrücklich Anweisung: »Brecht ihm die Handgelenke. Na los, brecht ihm die Handgelenke!« Und

später frohlockte die gleiche Stimme aus der Dunkelheit: »Der ist hinüber.«

Aber sie sollte sich irren. Schmerz kroch mir den Arm hinauf. Ich dachte Gotteslästerliches. Ein Glasmacher war auf gesunde, kräftige, elastische Handgelenke ebensosehr angewiesen wie ein Turner an den Ringen.

Zwei der agilen schwarzen Gestalten schwangen Baseballschläger. In einem erkannte ich an den überentwickelten Schultern Norman Osprey. Als ich nachher zusammengekrümmt auf dem Gehsteig lag und zurückdachte, entsann ich mich, daß einer der beiden Keulenschwinger auf die glorreiche Idee gekommen war, meine Finger glatt an die Wand zu drücken, während sein Kollege mit dem Schlagholz eine Handbreit drunter zielte.

Ich hatte zu viel zu verlieren, und ich hatte nicht gewußt, wie verzweifelt man sich wehren kann, wenn es ums Ganze geht. Die Handgelenke wurden mir nicht gebrochen, nur meine voll getroffene Armbanduhr zerbarst und blieb stehen. Ich hatte überall Beulen und Blutergüsse. Rißwunden. Schrammen. Genug. Aber meine Finger waren heil, und das allein zählte.

Vielleicht hätte ich eine frische Grube neben Martin bezogen, wenn die Bambule ihren Lauf genommen hätte, aber Broadway war keine Geisterstadt im Wilden Westen, sondern ein Ort, wo die Leute sonntagabends ihre Hunde ausführten, und ein Hundehalter war es dann auch, der meine Angreifer anschrie und dank seiner drei Dobermänner, die bellend und zähnefletschend an ihrer Leine zerrten, erreichte, daß die dunklen Gestalten schleunigst umdisponierten und so schnell verschwanden, wie sie gekommen waren.

»Gerard Logan!« Der großgewachsene Hundehalter, der sich verblüfft über mich beugte, kannte mich, genau wie ich ihn, vom Sehen. »Alles in Ordnung?«

Nichts war in Ordnung. »Ja«, sagte ich, wie man das so tut.

Er half mir auf die Beine, obwohl ich eigentlich nur den Wunsch hatte, mich auf einer weichen Matratze auszustrecken.

»Soll ich die Polizei rufen?« fragte er, dabei war er keineswegs ein Freund der Ordnungshüter; weit entfernt davon.

»Tom... vielen Dank. Aber keine Polizei.«

»Was war denn da los?« Er hörte sich erleichtert an. »Sind Sie in Schwierigkeiten? Das sah mir nach einem Racheakt aus.«

»Ein Raubüberfall.«

Tom Pigeon, der das Leben einigermaßen von seiner rauhen Seite kannte, sah mich halb lächelnd, halb enttäuscht an und nahm seine hungrigen Lebensretter kürzer an die Leine. Sie seien eher laut als bissig, hatte er mir einmal versichert. Ob man ihm das glauben konnte?

Er selbst sah aus, als brauchte er nicht laut zu werden. Man spürte, daß er Kraft hatte, obwohl er weder stiernakkig noch besonders breitschultrig war, und sein kurzgeschnittener dunkler Spitzbart ließ ihn älter und weitaus gefährlicher erscheinen als Altersgenossen wie mich.

Tom Pigeon sagte mir, ich hätte Blut in den Haaren, und wenn ich ihm meinen Schlüssel gäbe, würde er mir die Tür aufschließen.

»Den habe ich fallen lassen«, sagte ich und lehnte mich

vorsichtig gegen die Bruchsteinmauer. Alles schwamm und drehte sich mir vor den Augen. Ich konnte mich nicht erinnern, jemals so groggy gewesen zu sein, und noch nicht einmal, als ich bei einem ausgesprochen unfreundlichen Rugbymatch in der Schule zuunterst im Gedränge gelandet war und mir das Schulterblatt gebrochen hatte, war mir so speiübel gewesen.

Tom Pigeon suchte, bis er mit dem Fuß gegen meine klirrenden Schlüssel stieß. Er schloß die Galerietür auf, legte mir den Arm um die Taille und brachte mich bis zur Schwelle. Seine Hunde blieben aufmerksam bei Fuß.

»Mit den Tieren komme ich besser nicht in Ihr Glashaus, hm?« sagte er. »Wird es jetzt gehen?«

Ich nickte. Er lehnte mich gegen den Türrahmen und ließ mich erst los, als er sicher war, daß ich mich auf den Beinen halten konnte.

Tom Pigeon hatte im Ort den Spitznamen Konter, den er seiner Schlagfertigkeit und seinen ebenso schnellen Fäusten verdankte. Er hatte unversehrt achtzehn Monate Gefängnis wegen schweren Einbruchs überstanden und sich als abgebrühter Teufelskerl zurückgemeldet, von dem man voll Ehrfurcht sprach. Zwielichtig oder nicht, er hatte mich unzweifelhaft gerettet, und ich fühlte mich durch seine Hilfsbereitschaft außerordentlich geehrt.

Er wartete, bis ich mich leidlich unter Kontrolle bekam, und blickte mir scharf in die Augen. Was ich in seinen sah, war nicht direkt Freundschaft, aber so etwas wie ein Wiedererkennen.

»Schaffen Sie sich einen Pitbull an«, sagte er.

Ich betrat meinen hell erleuchteten Laden und sperrte die gewalttätige Welt aus. Schade, daß ich die erlittenen Blessuren nicht ebenso leicht aussperren konnte. Schade, daß ich mir so blöd vorkam. Daß ich so wütend und so wacklig war. Vor allem aber, daß ich so gar nicht wußte, was gespielt wurde.

Im hinteren Teil der Werkstatt gab es fließendes Wasser zum Gesicht- und Händewaschen und einen bequemen Sessel zum Ausruhen und Entspannen. Ich setzte mich und ächzte eine Weile, dann rief ich das Taxiunternehmen an und erfuhr, daß sie diesen Samstag und Sonntag leider keine Kapazitäten mehr frei hätten, mich aber auf die Dringlichkeitsliste setzen würden ... ja, danke ... ja, bitte ... ja, gut. Ich hätte einen doppelten Cyclopropanshake mit Eis gebrauchen können. Worthington fiel mir ein, aber als ich ihn anrief, kam Bon-Bon an den Apparat.

»Gerard, mein Lieber. Ich bin so allein.« Sie schien wirklich, wie ihr ältester Sohn sich ausgedrückt hätte, voll auf Trauer zu sein. »Kannst du nicht vorbeikommen und mir Gesellschaft leisten? Worthington holt dich auch ab, und nach Hause fahre ich dich selbst. Versprochen.«

Ich sagte bedauernd, ich wolle sie nicht mit meiner Grippe anstecken, und tat den ganzen unbefriedigenden Abend lang so gut wie gar nichts mehr. Worthingtons Warnung vor der Fliegenfalle ging mir nach. Ich schätzte Bon-Bon als Freundin, wollte sie aber nicht zur Frau.

Gegen halb elf schlief ich in dem weichen Sessel ein, und eine halbe Stunde darauf weckte mich die Türglocke.

Ich mußte erst überlegen, wo ich war, fühlte mich elend, konnte kaum aufstehen und wollte es auch gar nicht.

Es läutete weiter. Ich war immer noch schlapp, stand aber schließlich mit wackligen Beinen auf und ächzte zur Werkstatt hinüber, um nachzusehen, wer um diese Zeit was von mir wollte. Trotz der üblen Abreibung, die ich bekommen hatte, war ich auch jetzt noch nicht so schlau, mich vorsichtshalber zu bewaffnen.

Allerdings entpuppte sich meine späte Besucherin als ziemlich harmlos. Und als willkommen. Wenn sie mich jetzt noch küßte und mich in den Arm nahm, dachte ich, wäre das genau die richtige Medizin.

Kommissarin Catherine Dodd nahm den Finger vom Klingelknopf, als sie mich sah, und lächelte erleichtert, als ich sie hereinließ.

»Wir haben zwei Anrufe aus dem Ort bekommen«, sagte sie als erstes. »Beide Zeugen haben offenbar beobachtet, wie Sie hier vor der Tür überfallen worden sind. Aber Sie selbst haben uns nicht verständigt, obwohl es aussah, als könnten Sie sich kaum noch auf den Beinen halten... na, jedenfalls dachte ich, ich schaue auf der Heimfahrt mal bei Ihnen vorbei.«

Sie trug wieder ihren ledernen Motorradanzug und hatte die Maschine am Bordstein geparkt. Wie schon einmal nahm sie mit einer routinierten Bewegung den Helm ab und schüttelte die rotblonde Mähne frei.

»Einer der Zeugen«, ergänzte sie, »will gesehen haben, daß Ihr Angreifer Tom Pigeon war, mit seinen Hunden. Der Mann ist ein verdammter Quälgeist.«

»Nein, im Gegenteil. Er hat die Quälgeister vertrieben. Wirklich böse Quälgeister.«

»Würden Sie sie wiedererkennen?«

Ich deutete mit einer Handbewegung an, daß ich mir nicht sicher war, führte sie zerstreut von der Galerie zur Werkstatt und bot ihr den Sessel an.

Sie betrachtete den Sessel, betrachtete die Schweißperlen, die ich auf meiner Stirn spürte, und setzte sich auf die Bank, die sonst Irish, Hickory und Pamela Jane vorbehalten war. Dankbar ließ ich mich in den weichen Sessel sinken und antwortete vage auf ihr Wer und Warum, ohne zu wissen, ob sie nun dienstlich oder einfach aus Neugier danach fragte.

»Gerard«, sagte sie, »ich habe schon öfter Leute in Ihrem Zustand gesehen.«

»Die Armen.«

»Seien Sie mal ernst, das ist nicht komisch.«

»Tragisch aber auch nicht.«

»Warum haben Sie meine Kollegen nicht gerufen?«

Tja, dachte ich, gute Frage.

»Weil ich nicht genau weiß, wer mich im Visier hat und weshalb«, sagte ich leichthin, »und weil ich jedesmal, wenn ich meine, weitergekommen zu sein, feststelle, daß ich immer noch im dunkeln tappe. Ihre Kollegen mögen keine Ungewißheit.«

Darüber dachte sie einen Moment nach.

»Dann erzählen Sie mir, was los ist«, sagte sie.

»Jemand sucht etwas, das ich nicht habe. Ich weiß nicht, was. Und ich weiß nicht, wer es sucht. Wie hört sich das an?«

»Das ergibt keinen Sinn.«

Ich verzog das Gesicht und machte ein Lächeln daraus. »Eben. Es ergibt keinen Sinn.« Aber dafür, dachte ich mit

bissigem Humor, habe ich wenigstens Bon-Bon und den Drachen, vor denen ich mich hüten muß, und ich hätte gern Kriminalkommissarin Dodd, weiß aber nicht, ob ich sie kriegen kann, und ich habe Tom Pigeon und Worthington als Schutzengel, Rose Payne alias Robins als mögliche Verdächtige und als Informant den jungen Victor Waltman, der entweder nichts sagen kann oder nichts sagen will.

Was aber den epileptischen Lloyd Baxter anging, den Videos verwahrenden und Videos weitergebenden Eddie Payne, den 1894er Buchmacher Norman Osprey mit den Gorillaschultern oder die liebe, überdrehte Marigold, die oft schon vor dem Frühstück und regelmäßig vor dem Mittagessen stramm war, so konnten sie alle etwas mit Kassetten im Sinn haben und mehr darüber wissen, als ich mir träumen ließ.

Kommissarin Dodd zog die Augenbrauen hoch, so daß sich Falten auf ihrer glatten hellen Haut abzeichneten, und da die Fragestunde noch nicht zu Ende schien, sagte ich ohne Überleitung: »Sind Sie verheiratet?«

Sie sah ein paar Sekunden lang auf ihre ringlosen Hände, bevor sie zurückgab: »Wieso fragen Sie?«

»Sie haben diese Ausstrahlung.«

»Er ist tot.«

Sie schwieg eine Weile, dann erwiderte sie ruhig meine Frage: »Und Sie?«

»Noch nicht«, antwortete ich.

Stille kann mitunter sprechen. Sie lauschte auf das, was ich wahrscheinlich bald fragen würde, und wirkte zufrieden und entspannt.

Die Werkstatt war wie immer durch den Glasofen be-

heizt, auch wenn nachts und sonntags ein großer feuerfester Schirm das dröhnende Feuer in Schach hielt.

Als ich jetzt Catherine Dodds Gesicht über der engen dunklen Lederkleidung betrachtete, sah ich sie ganz deutlich in Glas vor mir – so klar und deutlich, daß der Wunsch, der Impuls, sofort ans Werk zu gehen, sich nicht zurückdrängen ließ. Ich stand auf, rückte den Schutzschirm auf die Seite und entriegelte die Schiebetür, die Zugang zu der Glasschmelze im Hafen bot.

Ich stellte die Zeitschaltuhr aus, damit auch nach zwölf noch das Licht anblieb, und zog Jacke und Hemd aus, um wie gewohnt im Unterhemd, mit blanken Armen zu arbeiten.

»Was machen Sie denn?« Sie hörte sich bestürzt an, aber dazu bestand kein Anlaß.

»Ein Porträt«, sagte ich. »Halten Sie still.« Ich drehte die Ofentemperatur auf, suchte mir die nötigen Glasmacherpfeifen heraus und legte, weil ich Schwarz brauchte, eine hinreichende Menge Manganpulver bereit.

»Aber Ihre Prellungen …«, wandte sie ein. »Die blauen Flecke. Das sieht ja schrecklich aus.«

»Die spüre ich nicht.«

Ich spürte wirklich nichts außer der seltenen Erregung, die mit der Inspiration einhergeht. Wie oft hatte ich mich schon an Glasschmelze verbrannt und nichts davon gespürt. An diesem Sonntagabend nahmen das Bild von der Fahnderin, die wie durch dunkles Glas Einsicht in die Taten anderer erlangt, und die Hoffnung, das Gute könnte sich über das Böse erheben, mich so sehr gefangen, daß meine Wunden und meine Schmerzen nicht nur gestillt, sondern prak-

tisch aus der Welt waren, bis die Flamme der Eingebung ihr Werk getan hatte. Manchmal hatten solche inneren Bilder während der Gestaltung ihre Überzeugungskraft verloren und waren zu Asche geworden, und wenn das geschah, ließ ich das mißlungene Stück auf der Bank stehen, statt es behutsam in den Kühlofen zu stellen. Nach einiger Zeit zerstörte es sich dann durch die unaufgelösten Materialspannungen selbst und ging mit einem dramatischen Krachen zu Bruch – zerbarst, zersprang in lauter Scherben.

Manchen Zuschauern war es etwas unheimlich mit anzusehen, wie ein scheinbar fester Gegenstand ohne ersichtlichen Grund in Stücke ging. Mir zeigte sein Zerspringen lediglich, daß die Grundidee nicht klar und nicht stark genug gewesen war. An diesem Sonntag aber gab es für mich kein Zaudern, kein Überlegen, und ich hantierte mit Glasposten, die, auch wenn ich fit gewesen wäre, meine ganze Kraft beansprucht hätten.

An diesem Abend gestaltete ich Catherine Dodd in drei Teilen, die später zusammengefügt werden sollten. Ich formte kein lebensechtes Porträt ihres Kopfes, sondern ein symbolisches Abbild ihrer beruflichen Tätigkeit. Es kam im wesentlichen auf ein weit geöffnetes Flügelpaar hinaus, der eine Flügel schwarz und glänzend, ausgreifend von einer schwarz-weiß-transparenten Mitte, die zweite Schwinge ein schimmernd golddurchsträhnter, steiler Bogen.

Das Gold faszinierte mein Modell.

»Ist das echtes Gold?«

»Eisenpyrit. Echtes Gold würde genauso schmelzen ... aber ich habe meinen ganzen Vorrat vor acht Tagen aufgebraucht.«

Behutsam hüllte ich die zerbrechliche zweite Schwinge in hitzebeständigen Faserstoff und legte sie vorsichtig in einen der sechs Kühlöfen, und da erst, als alle drei Teile unbeschadet abkühlten, nahm ich die kaum noch erträgliche Anspannung in meinen Gliedern wahr und meinte selbst zu zerspringen.

Catherine stand auf und brauchte eine Weile, bis sie etwas sagen konnte. Schließlich räusperte sie sich und fragte, was ich mit dem fertigen Flügelpaar vorhätte, und ich, der vom schöpferischen Höhenflug wieder zurück auf die Erde kam, hielt mich, wie schon öfter bei solchen Gelegenheiten, ans Greifbare und antwortete, wahrscheinlich würde ich einen Sockel dafür machen und es mit ein, zwei Spots beleuchten, damit seine Form in der Galerie gut zur Geltung kam.

Wir schauten uns an, als wüßten wir beide nicht, was wir noch sagen sollten. Ich beugte mich vor und küßte sie auf die Wange, dann machten wir beide durch kleine Bewegungen einen Mundkuß daraus, der durchaus schon Leidenschaft enthielt, die aber noch nicht überströmte.

Motorradkleidung ist bei einer Umarmung eher hinderlich. Außerdem ließen meine Schmerzen mich unwillkürlich zusammenzucken, und so löste sie sich mit trauriger Belustigung von mir und meinte: »Vielleicht ein andermal.«

»Laß das ›vielleicht‹ weg«, antwortete ich.

4

Meine drei Gehilfen hatten jeder einen eigenen Schlüssel zur Galerie, und es war Pamela Jane, die ich durch schmale Augenschlitze als erste dort zu sehen bekam, als ich wider Willen am Montag morgen gegen acht aufwachte. Nachdem Catherine gegangen war, hatte ich eine Stunde herumüberlegt, ob ich mir nicht ein bequemes Bett im Wychwood Dragon (ohne den Drachen) gönnen sollte, hatte mich mangels Energie dann aber einfach in den großen Sessel in der Werkstatt fallen lassen und mein überreiztes, protestierendes Nervensystem kurzerhand ausgeblendet.

Catherine hatte mich – real und symbolisch – während der dunkelsten Nachtstunden warm und in Bewegung gehalten, aber sie war lange vor dem Morgengrauen gegangen, und danach hatte der Schlaf, der nicht halb so heilsam ist, wie man ihm immer nachsagt, mein Befinden eher verschlechtert.

Pamela Jane sagte entsetzt: »Ehrlich, Sie sehen aus, als hätte Sie eine Dampfwalze überrollt. Waren Sie die ganze Nacht hier?«

Die Antwort lag wohl auf der Hand. Ich war unrasiert, und jede Bewegung löste fürchterliche Reaktionen in meinem bleischweren Körper aus. Man konnte die Gelenke förmlich knacken hören. Nie wieder, versprach ich mir.

Ich hatte mir nicht überlegt, wie ich meinem kleinen Team die Lage erklären sollte. Als ich mit Pamela Jane redete, fühlte sich sogar mein Hals wund an.

»Können Sie...«, ich schwieg, räusperte mich, setzte neu an. »Pam... Kännchen Tee?«

Sie hängte ihren Mantel in den Spind, kochte uns Tee, schloß die Seitentür auf, die wir als Notausgang offenhalten mußten, falls Feuer ausbrach, und machte sich allgemein nützlich. Bis Irish eintraf, war ich schon über das Schlimmste hinweg, und als schließlich Hickory kam, holte ich gerade das in der Nacht entstandene dreiteilige Porträt aus dem Ofen und setzte es sorgfältig zusammen, um es in die endgültige Form zu bringen. Meine Helfer wünschten einhellig, sie hätten gesehen, wie die einzelnen Teile entstanden waren. Ich versprach, es ihnen eines Tages an einer Nachbildung zu demonstrieren.

Es entging ihnen nicht, daß mir fast jede Bewegung zuviel war, aber Hickorys fröhlich geäußerter Verdacht, das müßten die Folgen eines Katers sein, hätte mir wirklich gestohlen bleiben können.

Der erste Kunde kam. Das Leben ging mehr oder minder wieder seinen normalen Gang. Irish legte im Ausstellungsraum einen Sockel für die Flügelskulptur an. Wenn ich mich aufs Glasblasen konzentrierte, konnte ich die vier schwarzen Kapuzenmasken mit den Augenlöchern vergessen.

Später am Morgen fuhr Marigolds Rolls draußen vor und nahm zwei Kundenparkplätze für sich in Anspruch. Worthington sah mit seiner Uniformmütze richtig vornehm aus hinter dem Steuer.

Marigold selbst, so berichtete er durch das herunter-

gelassene Fenster, sei mit Bon-Bon in Bon-Bons Wagen einkaufen gefahren. Beide hätten ihm den Tag freigegeben und ihm den Rolls überlassen, eine Geste, für die er sehr dankbar sei, denn er gedenke mit mir zum Pferderennen zu fahren.

Ich sah ihn unentschlossen an.

»Ich fahre nicht mit«, sagte ich. »Und wohin fahre ich nicht mit?«

»Leicester. Hindernismeeting. Eddie Payne wird dort sein. Rose wird dort sein. Norman Osprey hat dort einen Stand. Ich dachte, Sie wollten herausfinden, von wem Martin das Video bekommen hat. Interessiert es Sie nun, was da drauf ist und wer es gestohlen hat und wer die Frauen, die Kinder und mich mit Gas betäubt hat, oder möchten Sie lieber hierbleiben und in Ruhe hübsche rosa Väslein für Touristen machen?«

Ich antwortete nicht gleich, und er setzte einlenkend hinzu: »Na ja, wenn Sie nicht noch mal solche Prügel kassieren wollen wie gestern abend, kann ich das schon verstehen, dann bleiben Sie eben hier, und ich schnüffle alleine rum.«

»Wer hat Ihnen denn von gestern abend erzählt?«

Er nahm seine Mütze ab und wischte sich mit einem weißen Taschentuch über die Glatze.

»Das hat mir ein Vögelchen erzählt. Oder vielmehr ein mittelgroßer Vogel.«

»Eine Taube vielleicht?« fragte ich mit Bezug auf den Namen Pigeon.

»Gut geraten.« Er grinste. »Ja, eine Taube. Anscheinend hält Pigeon große Stücke auf Sie. Er hat mich extra bei Bon-

Bon angerufen. Er sagte, ich solle die Losung ausgeben, daß in Zukunft jeder, der Ihnen zu nahe tritt, ihm zu nahe tritt.«

Ich war ebenso froh wie überrascht. »Wie gut kennen Sie ihn?« fragte ich. Er antwortete um ein paar Ecken. »Erinnern Sie sich an den sterbenskranken Gärtner von Martin? Der Sie den Führerschein gekostet hat, weil Sie gerast sind, um Martin noch rechtzeitig hinzubringen?«

»Na klar erinnere ich mich.«

»Dieser Gärtner war Tom Pigeons Vater.«

»Ach so. Aber er ist nicht gestorben. Jedenfalls damals nicht.«

»Das tut nichts zur Sache. Kommen Sie mit nach Leicester.«

»Meinetwegen.«

Ich ging in die Werkstatt, zog mir eine Jacke über und sagte Pamela Jane, Irish und Hickory Bescheid, sie sollten Briefbeschwerer machen, bis ich vom Pferderennen wiederkäme. Alle drei hatten Martin lebend, als meinen Freund gekannt, und alle waren auch auf der Trauerfeier gewesen. Sie wünschten mir viel Glück beim Wetten.

Auf der Fahrt saß ich vorn neben Worthington. Wir hielten an, damit ich mir eine billige Armbanduhr kaufen konnte und eine Rennsportzeitung, um mich über die Pferde und Reiter zu informieren. In den Tagesnachrichten auf der Titelseite las ich unter einem Dutzend anderer Notizen, daß die Rennleitung in Leicester zum Gedenken an Jockey Martin Stukely heute Lloyd Baxter (den Besitzer des Hindernisstars Tallahassee) eingeladen hatte.

Nun ja.

Nach ein paar Kilometern erzählte ich Worthington eingehend von meinem Besuch in Lorna Terrace, Taunton. Die Ungereimtheiten im Verhalten von Mutter und Sohn entlockten ihm ein Stirnrunzeln, doch er schien regelrecht bestürzt, als ich fragte: »Haben Sie mir nicht gesagt, die Buchmacherfirma Arthur Robins, seit 1894, sei jetzt in den Händen gewisser Webbers, Browns ... und Veritys?«

Die Bestürzung dauerte zehn Sekunden. »Und das Mutter-Sohn-Gespann in Taunton heißt Verity!« Er schwieg. »Das ist sicher Zufall«, sagte er.

»An solche Zufälle glaube ich nicht.«

Worthington warf mir einen Blick zu, während er schweigend um einen Kreisel fuhr, und sagte schließlich: »Gerard, falls Sie irgendeine klare Vorstellung von all dem haben ... was ist da los? Zum Beispiel, wer waren die schwarz Maskierten, die Sie gestern abend überfallen haben, und wozu? Was wollten sie?«

»Ich glaube, daß gestern der Mann dabei war, der Sie mit Cyclopropan betäubt und mich mit dem leeren Behälter umgehauen hat, und ich wüßte gern, wer das ist. Aber einer der Schwarzmasken, da bin ich mir sicher, war die duftende Rose.«

»Nicht, daß ich das bestreiten will, aber wieso?«

»Wer sonst würde Norman Osprey – oder sonstwem, aber er dürfte es gewesen sein – zuschreien, er solle mir die Handgelenke brechen? Die Stimme von Rose ist unverwechselbar. Dann auch die Art, wie sie sich bewegt ... und was das Wozu angeht – erstens einmal, damit ich nicht mehr arbeiten kann, oder? Und zweitens, um von mir zu bekommen, was ich nicht habe. Und drittens, um zu verhindern,

daß ich auf die Idee komme, das zu tun, was wir gerade vorhaben.«

»Kehren wir um«, sagte Worthington spontan.

»Wenn Sie bei mir bleiben, geht das schon.«

Worthington nahm mich beim Wort und schirmte mich ab wie ein Profi. Wir identifizierten eine der Schwarzmasken schnell und zweifelsfrei, so verblüfft war der gute Mann, mich dort herumlaufen zu sehen, wo sich doch jedes halbwegs vernünftige Überfallopfer mit Eispackungen und Aspirin auf der Couch erholt hätte. Martin selbst hatte mir vorexerziert, wie wenig sich Hindernisjockeys um Arm- oder Rippenbrüche und andere Verletzungen scheren. Nur mit einem gebrochenen Bein, sagte er, kann man wirklich ein paar Wochen nicht reiten. Blaue Flecken waren für ihn an der Tagesordnung, und Schmerzen bewältigte er, indem er abschaltete und an etwas anderes dachte. »Kümmer dich nicht drum«, sagte er. In Leicester folgte ich seinem Beispiel, so gut es ging.

Als Norman Osprey mich sah, hörte er abrupt damit auf, seinen Stand aufzubauen, und spannte seine schweren Muskeln an; und Rose, die das Pech hatte, in dem Moment gerade leicht und unbekümmert auf ihn zuzugehen, verfolgte die Richtung seines ungläubigen Blickes, und es war um ihre Selbstzufriedenheit geschehen. »Zum Teufel«, stieß sie hervor.

Wenn man sich Norman Ospreys Schultern in einem schwarzen Pullover vorstellte, war er eindeutig der Mann, der sich mit dem Baseballschläger mein Handgelenk vorgenommen und mir die Armbanduhr zerschmettert hatte. Ich war im entscheidenden Moment zurückgezuckt und

hatte ihn heftig vors Schienbein getreten. Die schneidende Stimme, die ihn drängte, noch einmal zuzuschlagen, hatte ohne Zweifel zu Rose gehört.

»Schönen Gruß von Tom Pigeon«, sagte ich zu ihnen beiden.

Sie sahen nicht übermäßig erfreut aus. Worthington meinte leise, aber eindringlich zu mir, es sei nicht ratsam, in ein Wespennest zu stechen. Dabei ging er bereits auf Abstand zu Arthur Robins 1894, und zügig, aber nicht überhastet folgte ich ihm.

»Die wissen nicht genau, wonach sie suchen«, erklärte ich und ging wieder langsamer. »Sonst hätten sie das gestern abend ausdrücklich verlangt.«

»Hätten sie ja vielleicht noch, wenn Tom Pigeon mit seinen Hunden nicht dazwischengekommen wäre.« Worthington lenkte uns stetig von Norman Osprey weg und schaute zur Sicherheit trotzdem nach, ob jemand hinter uns her kam.

Meinem Eindruck nach hatte die Aktion vor knapp fünfzehn Stunden den Zweck gehabt, mich zu verletzen und mich zum Sprechen zu bringen. Wenn aber Tom Pigeon nicht aufgetaucht wäre und ich ihre Fragen hätte beantworten können und sie beantworten müssen, um die vielen kleinen Handknochen zu schonen, die laut Martin niemals richtig heilten, hätte ich es dann getan...?

Angeschlagen wie ich war, konnte ich mir nicht vorstellen, daß Martin Informationen besessen hatte, für die er mein Leben aufs Spiel gesetzt haben würde, und mir gefiel die Vorstellung nicht, daß sie – die Schwarzmasken – irrtümlich annehmen könnten, ich wüßte, was sie von

mir hören wollten, und sei lediglich zu stur, es ihnen zu sagen.

Hätte ich genau gewußt, was sie wollten, und wäre Tom Pigeon mit seinen Hunden nicht dazwischengefahren, so gestand ich mir unwillig ein, dann würde ich jetzt wohl kaum auf irgendeiner Rennbahn herumlaufen, sondern hätte ihnen alles gesagt, damit sie mich in Ruhe ließen, und würde mich vor lauter Scham mit Selbstmordgedanken tragen. Und das erzählte ich bestimmt niemandem.

Nur Martins über mir schwebendem Geist konnte ich das anvertrauen. Zum Teufel mit dir, Alter, dachte ich. Was für eine Suppe hast du mir da eingebrockt?

Lloyd Baxter aß in Leicester mit der Rennleitung zu Mittag. In seiner Selbstherrlichkeit hielt er diese beneidenswerte Einladung für nicht mehr als recht und billig. Das gab er mir zu verstehen, als sich unsere Wege zwischen der Tribüne und dem Führring kreuzten.

Für Lloyd Baxter kam die Begegnung unerwartet, doch ich hatte ihn zeitig ausgemacht und mich, während er mit der Rennleitung Roastbeef, Käse und Kaffee genoß, im unangenehm kalten Wind draußen mit Worthington unterhalten.

In der Kälte wirkten Baxters Schädel und Oberkörper noch steinzeitlicher als sonst, und seine Haare waren in gerade mal acht – wenn auch stressigen – Tagen deutlich grauer geworden.

Er war nicht erfreut, mich zu sehen. Sicher reute ihn der ganze Abend in Broadway, doch er strengte sich an, höflich zu sein, und bestimmt war es unfein von mir, anzunehmen,

er sei es nur, weil ich über seine Epilepsie Bescheid wußte. Anscheinend war die Krankheit sein Geheimnis, aber wenn er befürchtete, ich würde es herumerzählen oder mich sogar darüber lustig machen, dann hatte er wirklich keine sehr schmeichelhafte Meinung von mir.

Worthington ließ mich vorübergehend allein, und ich blieb bei Lloyd Baxter, der sich lobend über den Lunch der Rennleitung äußerte und die Qualitäten verschiedener Trainer ansprach, ausgenommen des armen Priam Jones.

»Es war nicht seine Schuld, daß Tallahassee in Cheltenham gestürzt ist«, gab ich zu bedenken.

»Das war Martins Schuld«, kam die schneidende Antwort. »Er hat ihn beim Angehen des Sprungs aus der Balance gebracht. Er war sich zu sicher.«

Martin hatte mir gesagt, ganz gleich, was passierte, bei einem unzufriedenen Besitzer sei generell der Jockey schuld. »Pilotenfehler.« Er hatte gleichmütig die Achseln gezuckt. »Es gibt aber auch ganz andere Besitzer, eben die, für die zu reiten eine Freude ist, die wissen, daß Pferde nicht unfehlbar sind, die sagen: ›So ist der Rennsport‹, wenn ein Unglück passiert, und die den Jockey trösten, der sie gerade um den Sieg ihres Lebens gebracht hat. Und glaub mir«, hatte Martin gesagt, »Lloyd Baxter ist keiner von der Sorte. Wenn ich bei dem ein Rennen verliere, schiebt er es auf mich.«

»Aber«, sagte ich in Leicester ruhig zu Lloyd Baxter, »wenn ein Pferd stürzt, kann jedenfalls der Trainer nichts dafür. Priam Jones war nicht schuld daran, daß Tallahassee gestürzt ist und den Coffee Cup verloren hat.«

»Er hätte ihn besser einspringen sollen.«

»Hm«, wandte ich ein, »das Pferd hatte ja nun bewiesen, daß es springen kann. Es hatte schon mehrmals gesiegt.«

»Ich möchte einen anderen Trainer.« Lloyd Baxters Entschluß stand fest. Mit Argumenten, sah ich, war da nichts zu machen.

Zusätzlich zum Lunch hatte Tallahassees Besitzer noch eine Karte für die Gästeloge der Rennleitung bekommen. Er entschuldigte sich gerade dafür, daß er mich dorthin nicht mitnehmen könne, als jemand von der Rennleitung mich ansprach und dem Ganzen eine neue Richtung gab.

»Sind Sie nicht der Glasmacher?« brummte er freundlich. »Meine Frau ist Ihr größter Fan. Wir haben massenhaft Sachen von Ihnen daheim. Sie waren doch selbst bei uns, um die Beleuchtung für das tolle Pferd auszuklügeln, das Sie ihr gemacht haben, nicht wahr?«

Da ich mich an das Pferd und das Haus noch hinreichend erinnerte, wurde ich – nicht unbedingt zur Freude Lloyd Baxters – eingeladen, mit zum Balkon der Rennleitung zu kommen.

»Dieser junge Mann ist ein Genie, wenn es stimmt, was meine Frau sagt«, meinte das Rennleitungsmitglied zu Baxter und komplimentierte uns hinein. Das Genie wünschte sich bloß, es hätte nicht so weiche Knie.

Daß Lloyd Baxter an der Urteilskraft der Frau des Rennleitungsmitglieds zweifelte, stand ihm in das knochige Gesicht geschrieben, aber vielleicht beeinflußte ihn ihre Meinung schließlich doch, denn als der Beifall für den nächsten Sieger verebbt war, legte er mir zu meiner großen Überraschung leicht die Hand auf den Arm, um anzudeuten, daß

ich bleiben und mir anhören solle, was er zu sagen hatte. Da er damit aber noch zögerte, gab ich ihm Hilfestellung.

»Ich habe mich oft gefragt«, sagte ich freundlich, »ob Sie nicht gesehen haben, wer an Silvester in meine Galerie gekommen ist. Ich meine, klar, Sie waren bewußtlos… aber davor… Als ich draußen auf der Straße war, ist da jemand gekommen?«

Nach einem längeren Schweigen nickte er schwach. »Es kam jemand in den großen Ausstellungsraum, den Sie da haben. Ich weiß noch, daß er nach Ihnen gefragt hat und ich gesagt habe, Sie seien auf der Straße. Aber ich konnte ihn nicht richtig sehen, weil meine Augen… manchmal fangen die an, hin und her zu zucken…« Er schwieg, aber ich sprach für ihn weiter.

»Sie haben doch sicher Tabletten.«

»Ja, natürlich!« Er war gereizt. »Aber in der Aufregung des Tages hatte ich vergessen, sie einzunehmen, und diese winzigen Airtaxis hasse ich sowieso, und den Trainer werde ich auf jeden Fall wechseln.« Mehr sagte er nicht, aber er hatte seine Nöte so klar dargestellt, daß auch ein Schimpanse sie verstanden hätte.

Ich fragte ihn, ob er trotz des Augenzuckens meinen unbekannten Besucher beschreiben könnte.

»Nein«, antwortete er. »Ich sagte ihm, Sie seien draußen, und als ich das nächste Mal richtig zu mir kam, war ich im Krankenhaus.« Er schwieg, während ich mich über seinen Filmriß betrübte, und setzte dann zaghaft hinzu: »Ich weiß, daß ich Ihnen für Ihre Verschwiegenheit Dank schulde. Sie könnten mich immer noch arg in Verlegenheit bringen.«

»Davon hätte niemand was«, sagte ich.

Er musterte eine Weile mein Gesicht, so wie ich einmal das seine studiert hatte. Das Ergebnis überraschte mich. »Sind Sie krank?« fragte er.

»Nein. Müde. Unausgeschlafen.«

»Der Mann, der da war«, sagte er unvermittelt, ohne auf meine Antwort einzugehen, »war dünn, mit einem weißen Bart, und über fünfzig.«

Als Beschreibung eines Diebes hörte sich das sehr unwahrscheinlich an, und offenbar hatte er mir meine Skepsis angesehen, denn um mich zu überzeugen, fuhr er fort: »Als ich ihn sah, fiel mir gleich Priam Jones ein, der seit Jahren davon redet, daß er sich einen Bart wachsen lassen will. Ich sagte ihm, dann würde er wie ein Waldschrat aussehen.«

Fast hätte ich gelacht – das Bild stimmte.

Baxter sagte, der Mann mit dem weißen Bart habe am ehesten wie ein Universitätsprofessor ausgesehen. Ein Dozent.

»Hat er etwas gesagt?« fragte ich. »War es ein normaler Kunde? Hat er von Glas gesprochen?«

Lloyd Baxter konnte sich nicht erinnern. »Wenn er überhaupt etwas gesagt hat, kam das bei mir nur als Wortsalat an. Meine Wahrnehmung verzerrt sich manchmal. Das ist dann so eine Art Warnung. Meistens bekomme ich das einigermaßen unter Kontrolle oder kann wenigstens Vorkehrungen treffen... aber an dem Abend ging alles zu schnell.«

Er war ungewöhnlich offen, fand ich. So viel Vertrauen hätte ich nicht erwartet.

»Der Mann mit dem Bart«, sagte ich, »muß doch zumindest etwas, ehm... von Ihrem Anfall mitbekommen haben. Wieso hat er Ihnen also nicht geholfen? Meinen Sie, er

wußte einfach nicht, was tun, und ist bloß abgehauen, um keine Schwierigkeiten zu bekommen, wie man das kennt, oder hat er sich mit der Beute, ehm ... mit der Segeltuchtasche voller Geld davongemacht?«

»Und mit der Videokassette«, sagte Baxter.

Totenstille trat ein. Dann sagte ich: »Was für eine Videokassette?«

Lloyd Baxter runzelte die Stirn. »Er hat danach gefragt.«

»Und Sie haben sie ihm gegeben?«

»Nein. Ja. Nein. Ich weiß es nicht.«

Offensichtlich war Lloyd Baxters Erinnerung an seinen Abend in Broadway ein gut verrührtes Gemisch aus Ordnung und Chaos. Ich wußte nicht, ob ein Hochschullehrer mit weißem Bart außerhalb seiner Phantasie existierte.

Wir saßen noch weitere zehn Minuten ungestört am idealsten Ort, den es dafür auf einer Rennbahn gibt – dem Balkon für die Gäste der Rennleitung –, und es gelang mir, Lloyd Baxter dazu zu bringen, daß er in Ruhe noch einmal über die ersten Minuten des Jahres 2000 nachdachte, aber es nützte wenig, er blieb bei dem dürren Mann mit dem weißen Bart, der, wenn es ihn denn überhaupt gab, wahrscheinlich – oder auch nur vielleicht – nach einer Videokassette gefragt hatte.

Er gab sich wirklich Mühe. Sein Verhalten mir gegenüber hatte sich merklich geändert, so daß er jetzt eher ein Verbündeter als ein Starrkopf war.

Auch über Martin und mich konnte er mir jetzt Dinge sagen, die früher nicht über seine Lippen gekommen wären. »Ich habe mich in Ihnen getäuscht«, gab er unter heftigem Stirnrunzeln zu. »Martin hat aus der Freundschaft mit

Ihnen Kraft geschöpft, und ich dachte immer, es sei umgekehrt.«

»Wir haben einer vom anderen gelernt.«

Nach einem Augenblick sagte er: »Also der Kerl mit dem weißen Bart, der war wirklich da. Und er wollte die Videokassette. Wenn ich mehr wüßte, würde ich es Ihnen sagen.«

Zu guter Letzt glaubte ich ihm. Es war einfach Pech, daß Baxter ausgerechnet in dem Moment den Anfall bekommen hatte, und Pech für den Weißbart, daß Baxter dort gewesen war, aber wie es aussah, war tatsächlich in der Zeit, als ich im Freien die Ankunft des Jahres 2000 feierte, ein dünner, professorenhafter Mann mit weißem Bart in meine Galerie gekommen, hatte etwas von einer Videokassette gesagt und war mitsamt der Kassette und dem zufällig dabeiliegenden Geld wieder verschwunden, bevor ich zurückkam.

Ich hatte keine weißbärtige Gestalt auf der Straße gesehen. Für Knecht Ruprecht und seinen Chef war es ein paar Tage zu spät gewesen. Lloyd Baxter konnte mir nicht sagen, ob der Bart echt oder der Amtstracht des Weihnachtsmanns entlehnt war.

Als wir uns trennten, gaben wir uns zum allerersten Mal die Hand. Ich ließ ihn bei der Rennleitung zurück und ging hinaus zu Worthington, der zitternd und offensichtlich hungrig in der Kälte stand. Zum nächsten Imbiß war es nicht weit, und er langte mit enormem Appetit zu.

»Warum essen Sie nichts?« fragte er mit vollem Mund.

»Aus Gewohnheit«, sagte ich. Eine Gewohnheit, die auf das Exempel eines gewichtsbewußten Jockeys zurückging. Martin hatte mein Leben offenbar stärker beeinflußt, als mir bewußt war.

Ich erklärte Worthington, während er zwei volle Portionen Fleischpastete mit Nieren vertilgte – nämlich meine und seine –, daß wir jetzt hinter einem dünnen Mann in den Fünfzigern mit weißem Bart her waren, der wie ein Hochschuldozent aussah.

Worthington schaute mich ernst an, während er Pastete auf seine Gabel lud. »Das«, meinte er, »klingt mir aber gar nicht nach jemand, der eine Tasche voll Geld stiehlt.«

»Sie überraschen mich, Worthington«, neckte ich ihn. »Ich dachte, Sie müßten doch eigentlich wissen, daß ein Bart nicht unbedingt für Ehrlichkeit steht! Lassen Sie mich das mal ausspinnen. Sagen wir, Mr. Weißbart gibt Martin eine Kassette, der gibt sie an Eddie Payne weiter, und der gibt sie mir. Als Martin dann stirbt, hätte Mr. Weißbart seine Kassette gern zurück, und er forscht nach, wo sie geblieben ist... das heißt, er kommt nach Broadway. Er findet die Kassette und nimmt sie an sich, und weil die Gelegenheit günstig ist, läßt er noch die Geldtasche mitgehen, die ich dummerweise habe herumstehen lassen, und nun wird er sich hüten, irgend jemand zu erzählen, daß er seine Kassette wiederhat.«

»Weil er sonst den Gelddiebstahl zugibt?«

»Genau.«

Mein Leibwächter putzte seinen Teller leer. »Und dann?« fragte er. »Wie ging es dann weiter?«

»Da kann ich nur raten.«

»Bitte. Tun Sie das. Es war nämlich kein alter Knacker, der uns mit dem Gas betäubt hat. Daniel hat ja die Turnschuhe beschrieben, die der Gasmann anhatte, und wirklich, so was bindet sich nur Jungvolk an die Füße.«

Dieser Meinung war ich nicht. Exzentrische Weißbärte konnten alles mögliche anziehen. Sie konnten auch Sexvideos aufnehmen. Sie konnten auch jemandem erzählen, das Video sei ein Vermögen wert und in den Händen Gerard Logans. Warum nicht ein paar kleine Lügen? Ablenkungsmanöver. Greift euch Logan, schlagt ihn, bis er entweder das Video herausrückt oder wenigstens ausspuckt, was drauf war.

Was hatte Martin mir zur Aufbewahrung geben wollen?

Wollte ich das überhaupt noch wissen?

Was ich nicht wußte, konnte ich nicht ausplaudern. Wenn sie aber dachten, ich wüßte Bescheid und wollte nur nichts sagen... Verdammt, dachte ich, so weit waren wir doch fast schon mal, und du kannst nicht erwarten, daß Tom Pigeon und die Dobermänner jedesmal zur Stelle sind.

Das Geheimnis auf dem Video nicht zu kennen war vielleicht schlimmer, als es zu kennen. Kurz und gut, ich kam zu dem Schluß, daß ich nicht nur herausfinden mußte, wer es gestohlen hatte, sondern auch, was die Diebe sich davon versprochen hatten und was wirklich darauf zu sehen war.

Als Worthingtons Hunger vorerst gestillt war und wir unser Geld auf ein Pferd verwettet hatten, das Martin sonst geritten hätte, kehrten wir zu den dicht gestaffelten Ständen der Buchmacher zurück, die schon ihre Quoten für das letzte Rennen ausriefen.

Mit Worthingtons wohlbekannter Muskelkraft als Sicherheit und Garantie für freien Abzug näherten wir uns dem Herrschaftsbereich von Arthur Robins (seit 1894). Norman Ospreys Reibeisenstimme übertönte ungehemmt

die seiner Nachbarn, bis er uns unter seinen Zuhörern bemerkte, und als er dann verstummte, bekam endlich auch die Konkurrenz eine Chance.

So nah, daß ich die einzelnen Härchen seiner Elviskoteletten sehen konnte, sagte ich: »Richten Sie Rose aus –«

»Sagen Sie's ihr selbst«, unterbrach er mich laut. »Sie steht direkt hinter Ihnen.«

Ich drehte mich ohne Eile um, so daß ich Worthington im Rücken hatte. Rose starrte mich böse an, und aus ihrer steifen Körperhaltung sprach ein Haß, den ich zu diesem Zeitpunkt nicht verstand. Wieder sah ich in ihrer spröden Haut das Anzeichen eines berechnenden Charakters, doch heute hatte ich noch weitere gute Gründe für diese Annahme, da ich auf Baseballschläger, zerbrochene Uhren, fliegende Fäuste und eine ganze Latte anderer Tätlichkeiten, inszeniert und beklatscht als Sonntagabendunterhaltung für die Truppe, zurückblicken konnte.

Als sie jetzt gerade einmal zwei, drei Meter von mir entfernt stand, liefen mir Schauer über das gegerbte Fell, aber sie dachte anscheinend, mit schwarzer Maske und schwarzem Gymnastikanzug sei sie unmöglich zu erkennen gewesen.

Ich stellte ihr noch einmal die Frage, auf die sie mir die Antwort verweigert hatte.

»Wer hat Martin Stukely in Cheltenham ein Video gegeben?«

Diesmal antwortete sie, sie wisse es nicht.

»Heißt das«, sagte ich, »Sie haben nicht gesehen, wie jemand Martin ein Päckchen gegeben hat, oder Sie haben es gesehen, kennen aber den Überbringer nicht?«

»Ein ganz Schlauer, was?« meinte Rose sarkastisch. »Suchen Sie es sich aus.«

Mit Worten, dachte ich, ließ sich Rose nicht aufs Glatteis führen. Wahrscheinlich hatte sie die Übergabe gesehen und kannte auch den Überbringer, aber selbst ein Großinquisitor hätte Mühe gehabt, das aus ihr herauszuholen, und wir hatten bei Logan Glas keine Daumenschrauben.

Ohne groß zu hoffen, daß sie mir glaubte, sagte ich: »Ich weiß nicht, wo das Video geblieben ist, um das es Ihnen geht. Ich weiß nicht, wer es gestohlen hat, und ich weiß nicht, warum. Aber ich habe es nicht.«

Rose schürzte die Lippen.

Als wir davongingen, stieß Worthington einen frustrierten Seufzer aus. »Man sollte meinen, Norman Osprey sei der starke Mann in dem Verein. Er ist so gebaut, und er tönt auch so. Alle denken, er ist bei Arthur Robins am Drücker. Aber haben Sie gesehen, wie er Rose ansieht? Sie kann noch soviel Mist bauen, sie ist und bleibt der Kopf. Sie ist der Boss. Sie gibt den Ton an. Mein Privatdetektiv hat mich angerufen. Ich muß sagen, er ist sehr von ihr beeindruckt.«

Ich nickte.

Worthington, der Welterfahrene, fügte an: »Sie haßt Sie. Schon gemerkt?«

Ich antwortete ihm, das sei mir in der Tat aufgefallen. »Aber ich weiß nicht, warum.«

»Genau erklären kann Ihnen das wohl nur ein Psychiater, aber was ich da gehört habe, kriegen Sie gratis. Sie sind ein Mann, Sie sind kräftig, sehen gut aus, Sie haben Erfolg im Beruf, und Sie haben keine Angst vor ihr. Ich wüßte

noch mehr, aber das reicht erst mal. Dann läßt sie Sie vermöbeln, und schon stehen Sie wieder vor ihr wie neu, wenn Sie sich auch nicht so fühlen, und lachen ihr praktisch ins Gesicht, und glauben Sie mir, bei mir dürfte ein Widersacher noch nicht mal gähnen, da würde ich ihn schon über den nächsten Zaun befördern.«

Worthingtons Einschätzung war sicher klug, aber ich sagte: »Ich habe ihr nichts getan.«

»Sie fühlt sich durch Sie bedroht. Sie sind ihr überlegen. Sie würden das Match gewinnen. Da läßt sie Sie vielleicht lieber umbringen. Sie wird es nicht selbst tun. Und schieben Sie meine Warnung nicht einfach weg. Es gibt Menschen, die aus Haß töten, Menschen, die unbedingt gewinnen wollen.«

Nicht zu reden von Mord aus rassistischen oder religiösen Motiven, dachte ich; aber um sich vorzustellen, daß man selbst davon betroffen sein könnte, mußte einem erst mal die Uhr zertrümmert werden.

Ich nahm natürlich an, Rose habe ihrem Vater, Eddie Payne, erzählt, daß ich auf der Rennbahn war, aber da irrte ich. Worthington und ich legten uns nach dem letzten Rennen auf die Lauer und nahmen ihn problemlos in die Zange, als er aus der Jockeystube kam, um zu seinem Wagen zu gehen.

Er freute sich nicht. Wie ein in die Enge getriebenes Tier blickte er von einem zum anderen, und ich sagte ruhig, als gelte es ein verschrecktes Pferd zu besänftigen: »Tag, Ed. Wie geht's?«

»Ich weiß nicht mehr, als ich schon gesagt habe«, begehrte er auf.

Wenn du ihm ein paar hübsche Köder hinwirfst, dachte ich, beißt vielleicht ein Fisch an, von dem du gar nichts ahnst; eine im Uferschilf versteckte Forelle sozusagen.

Also fragte ich: »Ist Rose mit Norman Osprey verheiratet?«

Sein Gesicht hellte sich fast zu einem Lachen auf. »Rose heißt immer noch Rose Payne, nennt sich aber Robins oder auch *Mrs.* Robins, wenn's ihr paßt, aber sie mag keine Männer, meine Rose. Schade drum, aber so ist es nun mal.«

»Aber sie kommandiert sie gern?«

»Sie hat schon immer Jungs nach ihrer Pfeife tanzen lassen.«

»Waren Sie gestern abend mit ihr zusammen?« Ich stellte ihm die Frage beiläufig, aber er wußte sofort, wovon ich sprach.

»Ich habe Sie nicht angerührt«, sagte er schnell. »Ich war das nicht.« Er blickte von mir zu Worthington und wieder zurück, jetzt jedoch eher verwirrt als erschrocken. »Hören Sie«, säuselte er, als bitte er um Verzeihung, »gegen die hatten Sie keine Chance. Ich sagte Rose, das sei unfair...« Er stockte und schwieg.

»Heißt das, Sie waren selbst einer der Schwarzmaskierten gestern abend in Broadway?« fragte ich interessiert und konnte es kaum glauben, als ich den Ausdruck der Scham auf seinem Gesicht sah, mit dem er es zugab.

»Rose sagte, wir würden Ihnen nur einen Schreck einjagen.« Er sah mich mit unglücklichen Augen an. »Ehrlich, ich habe versucht, sie zurückzuhalten. Ich hätte nie gedacht, daß Sie heute hierherkommen. So schlimm, wie es aussah, kann es also nicht gewesen sein – aber ich weiß, es war

furchtbar. Ich bin gleich zur Beichte und habe um Vergebung gebeten…«

»Das waren also Sie und Rose«, meinte ich sachlich, obwohl ich aus dem Staunen nicht herauskam, »und Norman Osprey. Und wer noch? Einer von Norman Ospreys Schreibern, oder?«

»Nein.«

Die Angst brachte ihn plötzlich zum Schweigen. Er hatte schon viel mehr gesagt, als seiner Tochter recht sein konnte, und wenn der noch unerkannte Schwarzmaskierte einer der beiden Schreiber war, die bei Norman Osprey für Arthur Robins (seit 1894) arbeiteten, würde Eddie das nun nicht mehr ohne weiteres zugeben.

Ich versuchte es mit einem neuen Köder.

»Kennen Sie irgend jemanden, der an Betäubungsmittel herankommt?«

Fehlanzeige.

Weiter.

»Oder jemanden mit einem weißen Bart, den Martin kannte?«

Da zögerte er zunächst, schüttelte aber schließlich den Kopf.

Ich sagte: »Kennen Sie persönlich jemanden mit einem weißen Bart, der wie ein Hochschullehrer aussieht?«

»Nein.« Mit fester Stimme geantwortet, aber sein Blick wich mir aus.

»War das Päckchen im braunen Papier, das Sie mir in Cheltenham gegeben haben, dasselbe, das Sie an dem Tag von Martin bekommen hatten?«

Diesmal nickte er, ohne erst hin und her zu überlegen.

»Ja, es war dasselbe. Rose war wütend. Sie meinte, ich hätte es nach Martins Tod stillschweigend einbehalten sollen. Wenn wir es behalten hätten, wäre nicht so ein Theater darum gemacht worden.«

»Wußte Rose, was in dem Päckchen war?«

»Genau wußte das nur Martin. Ich habe ihn mehr oder weniger direkt gefragt, was drin sei, und er meinte, die Zukunft des Planeten, aber das war natürlich ein Scherz.«

Martins Scherz klang mir zu plausibel, um lustig zu sein.

Ed war noch nicht fertig. »Ein paar Wochen vor Weihnachten«, fuhr er immer noch belustigt fort, »sagte Martin im Gespräch mit den anderen Jockeys, als sie sich vor der Heimfahrt beim Umziehen darüber unterhielten, was sie ihren Frauen, ihren Freundinnen schenken wollten... das war nur so nebenher geredet, aber er sagte, er würde Bon-Bon eine antike Halskette aus Gold und Glas schenken oder vielmehr – und da lachte er – eine wesentlich billigere Replik davon, die Sie ihm erst noch machen müßten. Er sagte, Sie hätten ein Lernvideo darüber. Dann war das gleich schon wieder vergessen, weil ihm einfiel, daß sich Bon-Bon ein Paar gefütterte Stiefel wünschte, und hauptsächlich hat er sowieso von der King George Chase am Zweiten Weihnachtstag in Kempton geredet und daß er nichts von der Gans essen darf, weil er noch abnehmen muß. Um sein Gewicht war er ja immer besorgt, wie die meisten Jockeys.«

»Er hat sich viel mit Ihnen unterhalten«, meinte ich. »Mehr als andere.«

Das fand Ed nicht. Er rede immer gern mit den Jungs, sagte er. Über die könne er uns so einiges erzählen. Dabei

zwinkerte er, als wären alle Jockeys ausgemachte Schürzenjäger, und mit dieser kleinen Vertraulichkeit gewann er mehr oder weniger die Gelassenheit des kompetenten Jockeydieners zurück, als den ich ihn durch Martin kennengelernt hatte.

Worthington faßte auf der Heimfahrt unsere Ausbeute an Informationen zusammen. »Ich würde sagen, Martin und Weißbart war es Ernst mit diesem Video.«

»Ja«, stimmte ich bei.

»Und vielleicht ist Rose durch ihren Vater auf die Idee gekommen, auf dem Video sei zu sehen, wie eine antike Halskette hergestellt wird.«

»Da muß mehr dahinter sein«, meinte ich skeptisch.

»Nun ... vielleicht wird da ja gesagt, wo die Kette sich befindet.«

»Eine Schatzsuche?« Ich schüttelte den Kopf. »Mir ist nur eine einzige wertvolle antike Kette aus Gold und Glas bekannt, obwohl ich mich auf dem Gebiet ziemlich auskenne, und die liegt in einem Museum. Unbezahlbar. Sie ist vor dreieinhalbtausend Jahren auf Kreta oder jedenfalls in der Ägäis geschaffen worden. ›Kretischer Sonnenaufgang‹ heißt sie. Davon habe ich allerdings eine Replik gemacht, und die habe ich Martin mal geliehen. Und es gibt ein Video, in dem ich erkläre, wie die Kette im einzelnen entstanden ist. Das habe ich Martin auch geliehen, und er hat es noch – oder vielmehr, weiß der Teufel, wo das jetzt ist.«

»Und wenn es zwei gibt?« fragte Worthington.

»Meinen Sie jetzt, zwei Videos? Oder zwei Ketten?«

»Warum nicht zwei Videos?« überlegte Worthington, als

spreche plötzlich einiges dafür. »Rose könnte sie durcheinandergebracht haben.«

Es war ebensogut möglich, daß Worthington und ich hier alles durcheinanderwarfen, aber als wir bei Bon-Bon ankamen, konnten wir zumindest zweierlei als gesichert ansehen: Erstens, Rose, Eddie Payne und Norman Osprey hatten den Sonntagabend gemeinsam in Broadway zugebracht, und zweitens, ein schon älterer, magerer Hochschullehrertyp mit weißem Bart war in meinen Laden marschiert, als das neue Jahrtausend eingeläutet wurde, und hatte sich nicht damit aufgehalten, dem von einem epileptischen Anfall heimgesuchten Lloyd Baxter zu helfen.

Als wir auf dem knirschenden Kies von Bon-Bons Einfahrt anhielten, kam Marigold mit weit ausgebreiteten Armen zu uns heraus.

»Bon-Bon braucht mich nicht mehr«, verkündete sie theatralisch. »Holen Sie die Landkarten raus, Worthington. Wir fahren Skilaufen.«

»Ehm... wann?« fragte ohne Verwunderung der Chauffeur.

»Morgen früh natürlich. Tanken Sie voll. Wir fahren über Paris. Ich brauche was Neues zum Anziehen.«

Worthington nahm das gelassener als ich. Er flüsterte mir zu, daß sich Marigold mehrmals die Woche neue Kleider kaufe und daß der Skiurlaub insgesamt höchstens zehn Tage dauern werde. Sie werde bald davon genug haben und nach Hause wollen.

Bon-Bon nahm die Nachricht von der Abreise ihrer Mutter mit wohlverhüllter Erleichterung auf und fragte mich hoffnungsvoll, ob »die leidige Videogeschichte« jetzt erle-

digt sei. Sie wollte, daß Ruhe in ihr Leben einkehrte, und ich hatte keine Ahnung, ob damit zu rechnen war. Ich erzählte ihr weder von Rose noch von der heftigen Unruhe, die Rose verbreitete.

Ich fragte Bon-Bon nach dem Weißbart. Sie sagte, sie habe ihn noch nie gesehen und nie von ihm gehört. Als ich erklärte, was mit ihm war, rief sie Priam Jones an, der, durch Lloyd Baxters Trainerwechsel stark in seiner Selbstachtung gekränkt, bedauerte, ihr nicht helfen zu können.

Bon-Bon wandte sich noch an mehrere andere Trainer, doch unter den Besitzern von Rennpferden gab es anscheinend keine dünnen, schon etwas älteren mit weißem Bart. Als sie es leid war, überredete sie ihre Mutter, Worthington erst noch einmal freizugeben, da ich sicher noch weiter wolle. Ich küßte sie dankbar und wollte nichts als heim zu meinem Haus am Hang und mich hinlegen.

Worthington sagte, als wir losfuhren, er freue sich aufs Skilaufen. Er möge Paris. Er möge Marigold. Er bewundere ihre Vorliebe für ausgefallene Mode. Mit der Löwin Rose müsse ich nun leider allein fertig werden. Viel Glück, meinte er fröhlich.

»Ich könnte Sie erwürgen«, sagte ich.

Während Worthington hinterm Steuer vergnügt in sich hineinlachte, schaltete ich mein Handy ein, um Irish daheim anzurufen und mich zu erkundigen, wie es im Laden gelaufen war, doch bevor ich die Nummer drücken konnte, meldete sich meine Mailbox, und die metallische Stimme des jungen Victor W. V. sagte mir knapp ins Ohr: »Schicken Sie mir Ihre E-Mail-Adresse an vicv@freenet.com.«

Verdammt noch mal, dachte ich, Victor hatte mir etwas

mitzuteilen. Hinlegen konnte ich mich nachher noch. Nur mein Computer in Broadway war für E-Mail gerüstet. Resigniert änderte Worthington die Fahrtrichtung, hielt schließlich vor der großen Glastür und bestand darauf, mit mir in den Laden zu kommen und nachzusehen, ob sich dort keine maskierten oder anderen Finsterlinge versteckt hielten.

Der Laden war leer. Keine Rose im Hinterhalt. Wieder draußen am Rolls, gab mir Worthington die Hand, sagte mir, ich solle auf mich aufpassen, und nachdem er noch einmal prophezeit hatte, daß er in spätestens zwei Wochen zurück sei, fuhr er wohlgemut davon.

Fast sofort vermißte ich den Muskelmann, nicht nur als Schutzschirm, sondern auch als Vertreter einer realistischen Lebensanschauung. Paris und Skilaufen waren eine Reise wert. Ich seufzte über meine unentrinnbaren Blessuren, startete meinen schlummernden Computer, ging ins Internet und schickte Victor eine E-Mail mit meiner Adresse.

Ich nahm an, es würde eine ganze Weile dauern, bis ich von Victor hörte, aber fast augenblicklich – das hieß, er hatte am Computer gesessen und gewartet – erschien auf dem Bildschirm meines Laptops die Frage: »Wer sind Sie?«

Ich mailte: »Martin Stukelys Freund.«

Er fragte: »Name?«, und ich gab an: »Gerard Logan.«

Seine Antwort lautete: »Was wünschen Sie?«

»Woher kanntest du Martin Stukely?«

»Ich kannte ihn von früher, habe ihn mit meinem Großvater oft beim Pferderennen gesehen.«

Ich schrieb: »Warum hast du Martin diesen Brief geschickt? Woher wußtest du von einem Video? Bitte sag mir die Wahrheit.«

»Ich habe gehört, wie meine Tante meiner Mutter davon erzählt hat.«

»Woher wußte deine Tante davon?«

»Meine Tante weiß alles.«

Ich begann an seinem Wirklichkeitssinn zu zweifeln, und mir fiel ein, daß er gesagt hatte, er spiele ein Spiel.

»Wie heißt deine Tante?« Ich erwartete nichts Bestimmtes, ganz sicher aber keine Antwort, bei der mir die Spucke wegblieb.

»Meine Tante heißt Rose. Ihren Nachnamen ändert sie dauernd. Sie ist die Schwester meiner Mutter.« Kaum hatte ich das gelesen, hängte er an: »Ich mach jetzt besser Schluß. Sie ist gerade gekommen!«

»Warte.« Gebannt von seiner Enthüllung, gab ich rasch ein: »Kennst du einen dünnen alten Mann mit weißem Bart?«

Als ich mich längst damit abgefunden hatte, keine Antwort zu bekommen, erschienen drei Wörter.

»Dr. Force. Wiedersehen.«

5

Zu meiner großen Freude parkte Catherine Dodd ihr Motorrad wieder am Straßenrand und nahm ihren Helm ab, bevor sie über den Gehsteig zu meinem Laden kam, wo ich ihr schon die Tür aufhielt. Es schien ganz selbstverständlich, daß wir uns zur Begrüßung küßten, und schließlich blieb sie vor den Schwingen stehen, die ich gerade erst richtig ausgeleuchtet hatte.

»Das ist fabelhaft«, sagte sie beeindruckt. »Viel zu schade für Broadway.«

»Schmeicheleien finden immer ein offenes Ohr«, versicherte ich ihr und nahm sie mit in die Werkstatt, wo es am wärmsten war.

Meine E-Mail-Unterhaltung mit Victor lag ausgedruckt auf dem Stahltisch, und ich gab sie ihr zu lesen. »Was denkst du?« fragte ich.

»Ich denke, du brauchst stärkere Schmerztabletten.«

»Nein. Von Victor.«

Diesmal setzte sie sich in den Sessel, nachdem ich ihr versprochen hatte, mich in dem Secondhand- und Antiquitätenladen am Ort nach einem zweiten umzusehen.

»Vorausgesetzt«, korrigierte ich das Versprechen, »du kommst wieder und setzt dich rein.«

Darauf nickte sie, als verstünde sich das von selbst, und

las Victors E-Mail. Als sie damit fertig war, legte sie das Blatt Papier auf ihre schwarzledernen Knie und hatte selbst ein paar Fragen.

»Okay«, sagte sie. »Als erstes, wer ist Victor noch mal?«

»Der fünfzehnjährige Enkel von Ed Payne, dem Jockeydiener, der Martin Stukely auf der Rennbahn betreut hat. Ed gab mir die Videokassette, die dann hier gestohlen wurde und die dich zu mir geführt hat. Victor hat Martin diesen Brief hier geschrieben.« Ich zeigte ihr den Brief, und sie zog skeptisch die Brauen hoch, als sie ihn las.

»Victor sagt, das sei alles nur ein Spiel«, sagte ich.

»Dem kann man doch kein Wort glauben«, meinte sie.

»Doch, kann man schon. Er spielt mit wahren Versatzstücken. Oder, wenn du so willst, er hat, wie das jedem schon mal passiert ist, etwas gehört und gedacht, es bedeute etwas anderes.«

»Ein Mißverständnis?« fragte Catherine. »Und die Fakten?«

»Tja... die Fakten, wie ich sie sehe.« Ich unterbrach mich kurz, um Kaffee zu kochen, da sie Wein nicht wollte, obwohl ihr Dienst zu Ende war. Sie trank den Kaffee schwarz, lieber warm als heiß.

»Ich kann nur mutmaßen«, sagte ich.

»Tu das.«

»Beginnen wir mit einem weißbärtigen Mann, der nach Hochschullehrer aussieht und möglicherweise Dr. Force heißt. Nehmen wir an, dieser Dr. Force hat irgendwelche Informationen, die er sicher aufbewahrt wissen will, und so nimmt er sie mit nach Cheltenham zum Pferderennen und gibt sie Martin.«

»Verrückt«, seufzte Catherine. »Warum hat er sie nicht auf die Bank gebracht?«

»Da müssen wir ihn fragen.«

»Und du bist auch verrückt. Wie sollen wir ihn denn finden?«

»Du bist die Polizistin«, meinte ich lächelnd.

»Nun, ich werde es versuchen.« Sie lächelte zurück. »Und dann?«

»Dann ging Dr. Force wie geplant zum Pferderennen. Er gab Martin das Video. Nach Martins Unfall war unser Dr. Force bestimmt sehr unglücklich und besorgt, und ich könnte mir denken, daß er da in der Nähe der Jockeystube herumgestanden und überlegt hat, was er tun soll. Dann sah er, wie Ed Payne das in braunem Papier verpackte Video mir gab, und er wußte, daß es seines war, weil er es selbst darin eingepackt hatte.«

»Du solltest Polizist werden«, neckte mich Catherine. »Also gut, Dr. Force findet heraus, wer du bist, und kommt hierher nach Broadway, und als du einen Moment deine Tür aufläßt, um draußen die Millenniumsluft zu schnuppern, läuft er schnell rein und nimmt sein Video wieder an sich.«

»Genau.«

»Und stiehlt kurz entschlossen noch dein Bargeld.«

»Genau. Aber da merkt er auf einmal, daß hinten im Laden noch jemand anders ist, und zwar Lloyd Baxter, der anfängt, sich in epileptischen Krämpfen zu winden.«

»Unangenehm für Dr. Weißbart Force«, meinte sie trokken.

Ich nickte. »Er ist getürmt.«

»Einer unserer Beamten hat Lloyd Baxter im Kranken-

haus befragt. Mr. Baxter sagte aus, er habe niemanden in die Galerie kommen gesehen.«

»Lloyd Baxter hat es nicht interessiert, ob ich das Video oder das Geld zurückbekomme. Er war vor allem daran interessiert, seine Krankheit, soweit es ging, geheimzuhalten.«

Catherine reagierte gereizt. »Wie sollen wir Fälle lösen, wenn die Leute nicht sagen, was Sache ist.«

»Das müßt ihr doch gewohnt sein.«

Etwas Unrechtes, an das man gewöhnt sei, werde dadurch noch nicht recht, antwortete sie. Es war die für ihren Beruf typische, mißbilligende Strenge, die da kurzzeitig hochkam. Denk daran, sagte ich mir, daß der innere Verbrechensbekämpfer immer da ist, immer Dienst hat, immer ein Teil von ihr ist. Sie schüttelte die Strenge ab und schaltete sichtlich wieder auf mehr Gelassenheit um.

»Okay«, sagte sie und nickte, »Dr. Force hat also seine Kassette wieder. Auch gut. Wer hat aber dann die Stukelys mit Gas betäubt, und wer hat deine Privatwohnung geplündert und dich gestern abend zusammengeschlagen? Und ich verstehe nicht ganz, was dieser halbwüchsige Victor mit der Geschichte zu tun hat.«

»Alles kann ich dir nicht beantworten, aber denk an Rose.«

»Rosen?«

»Rose. Das ist Ed Paynes Tochter und Victors Tante. Sie hat eine scharfe Zunge, ein scharf geschnittenes Gesicht und, wie ich glaube, ziemlich kriminelle Neigungen. Sie zieht gern voreilige Schlüsse, und das macht sie um so gefährlicher.«

»Zum Beispiel?«

»Zum Beispiel ... ich könnte mir denken, daß sie es war, die bei mir und Bon-Bon die ganzen Videos gestohlen hat, weil die Möglichkeit bestand, daß das Video, das ich von der Rennbahn mitgebracht hatte, in einer anderen Hülle gelandet war.«

»Du liebe Zeit!« rief Catherine aus. »So was passiert schnell.«

»Das dachte Rose wahrscheinlich auch. Ich nehme an, sie schwätzt ziemlich viel mit ihrer Schwester – Victors Mutter –, und ich gehe mal davon aus, daß er mitbekommen hat, wie sie sagte, sie habe von einem Video gehört, das ein Vermögen wert sei.«

Hätte Martin mir doch nur erklärt, um was es ging! So war das viel zuviel Raterei, und entschieden zuviel Rosenduft.

Seufzend gab Catherine mir Victors Ausdruck zurück, stand auf und sagte: »Ich muß gehen«, obwohl es ihr offenbar widerstrebte. »Ich war so froh, dich hier anzutreffen, aber ich habe versprochen, den Abend mit meinen Eltern zu verbringen. Wenn du aber zufällig jetzt nach Hause möchtest – also um auf dem Soziussitz mitzufahren, brauchst du keinen Führerschein.«

Sie legte die Kripo-Anteile zwangsläufig ab. Ich faßte sie eng um die Taille, nachdem ich, so gut es ging, ihren Ersatzhelm aufgesetzt hatte, der mir zu klein war und auf dem Kopf wackelte. Wacklig fuhren wir auch los, aber die Maschine hatte Kraft genug, um uns, ohne zu stottern, die Hügel hinaufzutragen, und Catherine lachte, als sie vor meiner unkrautbewachsenen Einfahrt anhielt.

Ich dankte ihr fürs Mitnehmen. Sie brauste immer noch

lachend davon. Ich merkte, daß ich jetzt gerne Worthington oder ersatzweise Tom Pigeon und seine Dobermänner bei mir gehabt hätte, aber diesmal lag keine dornige Heckenrose auf der Lauer. Als ich die Seitentür aufschloß und eintrat, strahlte das Haus Ruhe aus, wie ein Echo all der Jahre, die die Familie Logan dort verlebt hatte, Vater, Mutter und zwei Söhne, alle auf ihre Weise glücklich und zufrieden. Jetzt war nur ich noch übrig, und da die zehn Zimmer von lebhaften Erinnerungen erfüllt waren, hatte ich mich nicht nach einer kleineren oder geeigneteren Bleibe umgesehen. Irgendwann vielleicht. Noch fühlte ich mich hier in jeder Hinsicht gut aufgehoben – es war mein Zuhause und das Zuhause aller, die dort gelebt hatten.

Ich ging bewußt durch die Zimmer, als wäre Catherine bei mir, und fragte mich, ob es ihr hier gefallen und ob umgekehrt das Haus sie akzeptieren würde. Einmal hatte sich das Haus klar gegen jemanden entschieden, ein andermal hatte ich bunt gemusterte Tapeten gezeigt bekommen, mit denen ich im Heiratsfall die hellgestrichenen Wände überkleistern sollte, und hatte zum Entsetzen der Familie der Braut einen Rückzieher gemacht, und auch bei der Trennung von einer anderen jungen Frau hatte ich das Haus als Entscheidungshilfe genutzt, als sie anfing, von ihr und mir als »Einheit« zu sprechen und Fragen mit »wir« zu beantworten. *Wir* meinen.

Nein, wir meinen nicht.

Ich wußte, daß einige Leute mich für herzlos hielten. Für einen, der immer neue Abenteuer suchte und es mit keiner lange aushielt. Man würde Catherine davon abraten, sich mit diesem Typen einzulassen, der in dem Ruf stand, so

spröde zu sein wie sein Glas. Ich kannte den Klatsch zur Genüge, aber wenn das Haus und ich eines Tages eine Partnerin fürs Leben fanden, dann würde das nicht geschehen, um den Klatschbasen eins auszuwischen.

Die Videoräuber hatten bei ihrem Einbruch kein allzu großes Chaos hinterlassen. Ich hatte drei Fernseher mit Videorecordern: einen in der Küche und zwei in den beiden Wohnzimmern, in denen meine Mutter und ich fast zehn Jahre lang mit- und nebeneinander gelebt hatten.

Da ich seit ihrem Tod an den Räumen noch nichts geändert hatte, war es, als könnte sie jederzeit aus ihrem Schlafzimmer kommen und mit mir schimpfen, weil ich meine schmutzigen Sachen auf dem Boden hatte herumliegen lassen.

Nirgends war noch eine einzige Videokassette zu finden. Meine Mutter hatte in bezug auf Filme und Fernsehaufzeichnungen einen völlig anderen Geschmack gehabt, aber das spielte jetzt keine Rolle mehr. Aus meinem Zimmer war ein Satz ziemlich wertvoller Glasmacher-Lehrfilme verschwunden, von denen ich mir vielleicht aber Kopien besorgen konnte. Einige dieser Filme hatte ich selber für Hochschulkurse aufgenommen. Das waren Grundkurse, die sich vorwiegend mit der Herstellung wissenschaftlicher Geräte für den Laborgebrauch beschäftigten. Ich konnte mir nicht vorstellen, daß es ein Dieb speziell auf diese Lehrfilme abgesehen hatte.

In der Küche hatten Aufzeichnungen von Fernsehshows und Kochkursen, von Tennis- und Footballturnieren gelegen. Alle weg. Die Polizei hatte um eine vollständige Liste gebeten. Na, danke.

Viel sauberzumachen war nicht, bis auf ein wenig Staub und ein paar tote Spinnen dort, wo die Fernsehapparate gestanden hatten.

Ich schlief ungestört hinter verriegelten Türen, und am Morgen ging ich (wie gewohnt in dieser autolosen Zeit) zu Fuß hinunter ins Städtchen und kam vor Irish, Hickory und Pamela Jane bei Logan Glas an. Erleichterung war mein vorrangiges Gefühl beim Anblick der Flügelskulptur; Erleichterung darüber, daß es irgendwie niemand geschafft hatte, sie über Nacht zu zertrümmern.

Durch Irishs Sockel und meine Beleuchtung war eine ungewollte Beschädigung weitgehend ausgeschlossen, aber gegen Sturm oder Axt gab es keinen sicheren Schutz.

Ich fertigte den ganzen Morgen dekorative kleine Segelboote an und kaufte in der Mittagspause einen bequemen Sessel, der mich auch die verbliebenen Wehwehs vergessen ließ. Gefolgt von einem Sesselträger im braunen Overall kehrte ich zu Logan Glas zurück und stellte die Möbel um. Meine Mitarbeiter grinsten vielsagend.

Ich holte Hickory von seinem zunehmend hohen Roß herunter, indem ich ihn zur Übung ein Segelboot machen ließ, wobei ein klägliches Häuflein klumpiger, schiefer Masten und ein Großsegel zustande kamen, das nie ein Seewind blähen würde.

Sein gutes Aussehen und seine sehr männliche Ausstrahlung würden Hickory immer Aufgaben einbringen, denen er nicht gewachsen war. Schon in den ersten acht Tagen mit dem attraktiven Burschen hatte ich mehr von seinen Grenzen als von seinem Können zu sehen bekommen, aber alle Kunden mochten ihn, und er war ein toller Verkäufer.

»Für Sie ist das gut und schön«, beklagte er sich, als er jetzt von meinem Demomodell eines Segelboots zu dem farbenfrohen Klumpatsch schaute, den er in mühevoller Kleinarbeit verfertigt hatte. »Sie wissen, wie ein Segler aussieht. Bei mir kriegen die keine Konturen.«

Die halbe Miete bei allem, was ich machte, so versuchte ich ihm zu erklären, ohne dabei überheblich zu werden, war das innere Auge des Zeichners, das die Dinge dreidimensional sah. Ich konnte tatsächlich ganz gut malen und zeichnen, und kleine Segelboote aus Glas waren bei der plastischen Vorstellungskraft, die mir in die Wiege gelegt worden war, ein Kinderspiel.

Als Hickorys dritter Versuch unter dem leisen, mitfühlenden Gemurmel von uns anderen zum Teufel ging, unterbrach das Telefon den angehenden Glaskünstler bei seiner wenig überzeugenden Erklärung, Wassertropfen, die im kritischen Augenblick auf sein Werk gefallen seien, hätten es zerspringen lassen, und dafür könne er wahrhaftig nichts...

Ich hörte ihm nicht zu. Die Stimme am Telefon war die von Catherine.

»Ich war den lieben langen Morgen bei der Arbeit. Hast du wirklich noch einen Sessel besorgt?«

»Der wartet hier auf dich.«

»Prima. Und für dich habe ich Neuigkeiten. Mein Dienst geht bis sechs, dann komme ich vorbei.«

Um die Zeit totzuschlagen, schickte ich eine E-Mail an Victor und dachte, ich müßte auf die Antwort warten, da ich ihn in der Schule wähnte, aber wie schon einmal war er startklar.

Er schrieb: »Es hat sich etwas geändert.«

»Was denn?«

Eine Pause von mehreren Minuten entstand.

»Sind Sie noch da?« schrieb er.

»Ja.«

»Mein Dad ist im Gefängnis.«

E-Mails durchqueren den Äther ohne Betonung. Victors geschriebenes Wort gab keinen Hinweis auf seine Gefühle.

Ich schrieb zurück: »Wo? Weswegen? Für wie lange? Es tut mir sehr leid.«

Victors Erwiderung hatte nichts mit den Fragen zu tun.

»Ich hasse sie.«

»Wen?« fragte ich nur.

Eine Pause, dann: »Tante Rose natürlich.«

Ich hätte die Antworten gern schneller gehabt, aber mein Instinkt sagte mir, daß er sich zurückziehen würde, wenn ich ihn zu sehr bedrängte.

Ohne die heftigen Gefühle, mit denen er sicherlich zu kämpfen hatte, schrieb er: »Er sitzt seit zehn Wochen. Sie haben mich zu meinem Onkel Mac nach Schottland geschickt, als der Prozeß war, damit ich davon nichts mitkriege. Angeblich war mein Dad als Küchenchef mit einer Südpolexpedition unterwegs. Er ist nämlich Koch. Ein Jahr hat er gekriegt, aber er wird vorher rauskommen. Unterhalten Sie sich jetzt noch mit mir?«

»Klar«, schrieb ich zurück. »Natürlich.«

Wieder eine lange Pause, dann: »Rose hat Dad verpetzt.« Ich wartete, und es ging weiter. »Er hat Mum verprügelt. Ihr das Nasenbein und ein paar Rippen gebrochen.« Nach einer noch längeren Pause schrieb er: »Mailen Sie mich mor-

gen wieder an«, und ich erwiderte rasch, solange er vielleicht noch online war: »Wer ist Dr. Force?«

Entweder war er schon aus dem Netz, oder er wollte nicht antworten, aber Dr. Force war Fehlanzeige. Victors Schweigen dauerte den ganzen Tag.

Ich widmete mich wieder dem Unterricht. Hickory gelang schließlich ein Boot, das vielleicht geschwommen wäre, hätte es aus Fiberglas bestanden und ein Stoffsegel gehabt. Er gestattete sich ein selbstzufriedenes Lächeln, das wir ihm alle gönnten. Glas zu blasen war eine schwierige Sache, auch für Leute wie Hickory, die anscheinend alles hatten, was man dazu brauchte – Schwung, Wendigkeit und Phantasie. Als Hickory das kleine Boot behutsam in den Kühlofen stellte, wußte er, daß ich ihm das Schmuckstück am nächsten Morgen, wenn es fertig war, überlassen würde.

Gegen sechs hatte ich sie glücklich alle nach Hause geschickt, und um dreiundzwanzig Minuten nach sechs bewunderte Zivilfahnderin Dodd bereits den neuen Sessel und las Victor Waltman Veritys Sorgenpost.

»Der arme Junge«, meinte sie.

»Da er seine Tante Rose dafür haßt, daß sie seinen Vater verpfiffen hat«, sagte ich bedauernd, »erfahre ich von ihm jetzt vielleicht auch nichts mehr. Petzen scheint für ihn eine Todsünde zu sein.«

»Mhm.« Sie las die ausgedruckten Seiten noch einmal und sagte dann gutgelaunt: »Also ob Victor dir weiterhilft oder nicht, dein Dr. Force geht klar.« Sie freute sich, ihn gefunden zu haben. »In den einschlägigen Verzeichnissen der Hochschullehrer habe ich ihn allerdings umsonst gesucht. Der Mann ist kein Dozent, jedenfalls nicht in erster Linie,

sondern, ob du's glaubst oder nicht, er ist Arzt. Approbiert und alles.« Lächelnd reichte sie mir einen Briefumschlag. »Ein Kollege von mir verbringt seine Zeit damit, Ärzte aufzustöbern, denen die Zulassung entzogen worden ist. Er hat ihn gesucht und schließlich auch gefunden.«

»Ist ihm die Lizenz entzogen worden?« Das käme hin, dachte ich, aber Catherine schüttelte den Kopf.

»Nein, er ist noch zugelassen, aber bis vor kurzem hat er in irgendeinem Forschungslabor gearbeitet. Deshalb war er so schwer ausfindig zu machen. Hast du alles in dem Briefumschlag.«

»Und er ist über fünfzig, mit weißem Bart?«

Sie lachte. »Sein Geburtsdatum findest du in dem Kuvert. Die Bartfarbe wäre etwas viel verlangt.«

An dieser Stelle fanden wir beide, daß es Spannenderes im Leben gab als die Jagd nach obskuren Medizinern.

Ich schlug vor, daß wir uns im Take-away etwas zu essen holten, sie bot mir an, mich noch einmal auf dem Soziussitz den Berg hinaufzufahren; wir machten beides. Ich hatte die Zentralheizung angelassen, so daß es angenehm warm war, und Catherine ging lächelnd im ganzen Haus herum.

»Man hat mir prophezeit, daß du mir den Laufpaß geben wirst«, meinte sie beiläufig.

»Nicht jetzt gleich.«

Ich hatte noch das Kuvert mit den Einzelheiten über Dr. Force und öffnete es hoffnungsvoll, erfuhr aber nur wenig Brauchbares. Er hieß Adam Force, war sechsundfünfzig und hatte unzählige Titel.

Ich sagte verdutzt: »Ist das alles?«

Sie nickte. »Alles, was an Fakten vorliegt. Aber was so er-

zählt wird – also von verschiedenen Seiten hört man, daß er ein brillanter Forscher ist, der schon in jungen Jahren hochrangige Arbeiten veröffentlicht hat. Über einen weißen Bart konnte meinem Kollegen keiner etwas sagen. Er hat mit niemandem gesprochen, der den Mann persönlich kennt.«

»Hat Dr. Force eine Adresse?« fragte ich.

»Noch unbekannt«, antwortete sie. »In dem *Who's Who,* das wir benutzt haben, steht nur, was die Leute selbst angeben. Man wird da gar nicht erwähnt, wenn man nicht drinstehen will.«

»Ausgesprochen höflich.«

»Nein, eher ärgerlich.«

Sie hörte sich aber nicht verärgert an, da sie sich mit dem Internet auskannte. Wir nahmen uns vor, ihn am nächsten Morgen im Netz zu fangen.

Wir aßen das mitgebrachte Essen, oder besser gesagt, kosteten davon, da sich unser Appetit verlagert hatte, und ich drehte die Heizung in meinem Schlafzimmer ein wenig auf, ohne etwas erklären zu müssen.

Sollte sie einmal an übergroßer Schüchternheit gelitten haben, so hatte sie diese im Lauf ihres Lebens abgelegt. Die Catherine, die zu mir ins Bett kam, tat es selbstbewußt und leise zugleich, eine für mich berauschende Kombination. Jedenfalls waren wir beide erfahren genug, um einander ebensoviel Freude zu schenken, wie wir empfingen, oder zumindest so viel, daß wir danach schläfrig und befriedigt waren.

Das Tempo, mit dem unsere gegenseitige Zuneigung sich entwickelte, erschien mir nur natürlich, nicht erschreckend, und wenn ich an die Zukunft dachte, war es definitiv eine

Zukunft mit Catherine. »Wenn du Lust hast, die hellen, einfarbigen Wände mit bunt gemusterter Tapete zu bekleben, tu dir keinen Zwang an.«

Sie lachte. »Ich mag so ruhige, helle Wände. Warum sollte ich die ändern?«

»Schön, daß du es nicht willst«, sagte ich nur und bot ihr etwas gegen den Durst an. Wie Martin trank sie offenbar lieber Mineralwasser als Alkohol, nur war es bei ihr nicht wegen des Gewichts, sondern weil sie einen Polizeiausweis und ein Motorrad hatte. Vor Tagesanbruch fuhr sie nüchtern und sicher auf zwei Rädern nach Hause.

Ich wanderte schon bald im langsam dämmernden Januarmorgen den Berg hinab und kam lange vor den anderen in die Werkstatt. Als ich aber ins Internet ging, ließ sich die Suche nach Adam Force wesentlich schlechter an als die nach Waltman Verity aus Taunton. Es hatte eine ganze Horde Veritys gegeben. Adam Force fand sich kein einziger.

Auch Hickory traf an diesem Morgen früher ein als sonst, denn er konnte es kaum erwarten, sein kostbares Segelboot aus dem Kühlofen zu holen. Er entriegelte die Ofentür und nahm das noch warme gute Stück heraus. Die durchscheinenden Farben würde er mit der Zeit noch sauberer hinbekommen, aber sein Versuch war nicht schlecht, und das sagte ich ihm. Er hörte es jedoch nicht gern. Er wollte uneingeschränktes Lob. Ein Ausdruck der Verachtung huschte über sein Gesicht, als wüßte ich seine Kunst nicht richtig zu würdigen. Wenn er sich an die wirklich schwierigen Sachen wagt, bekommt er Probleme, dachte ich, aber wie vor Zeiten schon einem anderen, ähnlich talentierten Gehilfen würde ich ihm gute Referenzen geben, wenn er sich nach

einem anderen Lehrer umsah, und das dauerte jetzt sicher nicht mehr lange.

Am meisten würde er mir im Verkauf fehlen, wegen des Umsatzes, aber auch als Mitarbeiter, mit dem es nie langweilig war.

Irish, der sein Können eher herunterspielte, und die nervöse Pamela Jane, die sich selbst als hoffnungslosen Fall ansah, kamen gemeinsam aus der Morgenkälte hereingefegt und zollten dem Segelboot die überschwengliche Bewunderung, die es Hickorys Meinung nach verdiente. So waren die drei in gewohnter Harmonie vereint, aber ich glaubte nicht recht, daß es noch lange so blieb.

Den ganzen Tag schauten sie mir zu und gingen mir zur Hand, während ich die an Weihnachten ausgegangenen minarettförmigen Flakons nachmachte, acht Stück die Stunde, von Blau über Türkis zu Pink, Grün, Weiß und Purpurrot, so daß die fertigen Fläschchen serienweise in den Kühlofen gestellt werden konnten. Tempo war für den geschäftlichen Erfolg so wichtig wie das plastische Sehen, und in den Cotswold Hills mußte man im Winter für die Sommertouristen vorbauen. Also arbeitete ich von morgens früh bis sechs Uhr abends durch, um nicht nur Boote und Flakons, sondern auch Fische, Pferde, Schälchen und Vasen parat zu haben.

Als am Abend gegen sechs mein ermattetes Team verkündete, alle sechs Öfen seien voll, schickte ich sie nach Hause, räumte die Werkstatt auf und machte alles für den nächsten Tag bereit. Dann kam auch schon Catherine Dodd geradewegs vom Dienst zum Laden, lud einen Sozius auf ihr Motorrad und brachte ihn nach Hause. Wann immer es

sich in dieser Woche machen ließ, schlief Kommissarin Dodd in meinen Armen und verließ mich wieder, bevor das große Aufstehen anfing, und in der ganzen Zeit war die Adresse von Adam Force nicht zu ermitteln.

Vom Glasblasen einmal abgesehen, hatte das Wochenende drei Tage nach Worthingtons und Marigolds fröhlichem Aufbruch zum Shopping in Paris für mich keinerlei Verlockungen zu bieten, da Catherine am Freitag morgen zu einem fest verabredeten Klassentreffen gefahren war.

An ebendiesem Freitag stopfte Bon-Bon, die es ohne Martin und wohl auch ohne ihr tägliches Gezänk immer noch schwer aushielt, ihren Nachwuchs in den BMW, der vom Lärm der Kinder schier aus den Fugen ging, und holte mich in Broadway von der Arbeit ab.

»Tatsache ist«, gestand Bon-Bon, als wir bei mir zu Hause vorbeifuhren, damit ich Hemden und Socken zum Wechseln einpacken konnte, »Worthington gefällt der Gedanke nicht, daß du allein hier oben bist.«

»Worthington?«

»Ja. Er hat mich deswegen irgendwo südlich von Paris angerufen und erzählt, daß du vorigen Sonntag in Broadway von einer ganzen Bande überfallen worden bist, daß aber Leute mit Hunden dazwischenkamen, und er meint, hier forderst du das Schicksal heraus. Martin hätte dich zu uns eingeladen, sagte er.«

»Worthington übertreibt«, wandte ich ein, aber als wir bei Bon-Bon angekommen waren, nutzte ich den Abend dort, um für die Kinder ein Gewinnspiel zu erfinden, das den schönen Namen trug: ›Jagd nach der orangen Gasflasche und den Schnürsenkeln‹.

Bon-Bon machte Einwände. »Sie haben der Polizei doch alles erzählt, was sie wissen. Dabei kommt nichts Brauchbares heraus.

»Und wenn wir damit fertig sind«, überging ich sie sanft, »spielen wir ›Jagd nach den Briefen eines Mannes namens Force an Daddy‹, und jeder Fund wird belohnt.«

Sie spielten mit Begeisterung bis zum Schlafengehen, da sie die ausgesetzten Goldtaler (Geldprämien) gleich in Empfang nehmen durften, und als sie sich lärmend nach oben verzogen hatten, breitete ich ihre gesammelten Funde in Martins Zimmer auf dem Schreibtisch aus.

Sie hatten ohne Hemmungen auch in Ecken gesucht, die ich eher ausgelassen hätte, und so war ihre Ausbeute in mancher Hinsicht spektakulär. Das Verblüffendste war vielleicht die Urschrift des Briefs, von dem Victor Martin eine Kopie geschickt hatte.

Lieber Martin, begann er und ging dann übereinstimmend weiter bis zur Unterschrift, die nicht vom Computer gedruckt Victor Waltman Verity lautete, sondern original handgeschrieben »Adam Force«.

»Den Brief haben die Kinder in einem Geheimfach von Martins Schreibtisch gefunden«, sagte Bon-Bon. »Ich wußte gar nicht, daß er ein Geheimfach hat, aber die lieben Kleinen.«

»Hm«, überlegte ich, »liegt sonst noch was in dem Geheimfach?«

Sie würde fragen gehen, sagte sie und kam bald darauf mit dem elfjährigen Daniel, ihrem Ältesten, zurück, der mit einer eleganten Drehbewegung ein halb verstecktes Fach in dem Schreibtisch öffnete und fragte, ob es dafür noch eine

Prämie gebe. Er habe nämlich das Fach nicht geplündert, da ihm gleich der Brief in die Finger gefallen sei – der Brief, um den sich das ganze Spiel drehte, geschrieben an seinen Daddy von einem Mann namens Force.

Natürlich hatte niemand eine Spur von einer orangen Gasflasche oder von beweiskräftigen Schnürsenkeln für Turnschuhe gefunden.

Mit Freuden händigte ich noch ein paar Goldtaler aus, ging das zehn Zentimeter hohe Geheimfach unter der Tischplatte doch über die ganze Breite des Schreibtischs. Daniel zeigte mir geduldig, wie man es öffnete und schloß. Aufgeweckt und pfiffig wartete er noch mit weiteren Verstecken auf und freute sich besonders, daß ich ihm die Hinweise bezahlte, obwohl die Verstecke leer waren.

Bon-Bon durchstöberte das Schreibtischfach und wurde rot, als sie zu ihrer Verwunderung einen Stoß eigener Liebesbriefe fand, die Martin dort aufbewahrt hatte. Sie ging damit zu dem schwarzen Ledersofa und weinte dicke Tränen, während ich ihr sagte, daß das sogenannte Geheimfach nicht wirklich geheim gewesen sei, sondern zur Standardausstattung moderner Schreibtische gehörte.

»Es ist für einen Laptop gedacht«, erklärte ich Bon-Bon. »Martin hat nur keinen Laptop drin aufbewahrt, weil er hier den Tischcomputer mit Tastatur und Bildschirm benutzt hat.«

»Und woher weißt du das?«

»Daniel hat es mir gesagt.«

»Wie traurig das alles ist«, meinte Bon-Bon durch ihre Tränen und griff nach einem Papiertaschentuch, um sich die Augen zu wischen.

Für mich jedoch war das gar nicht so geheime Laptopfach hochinteressant, da es neben Adam Forces Brief an Martin eine Fotokopie von Martins Brief an Force enthielt, der auch nicht viel länger war als die knappe Antwort.

Er lautete:

Lieber Adam Force,
jetzt habe ich in Ruhe über die Sache mit Ihren Formeln und Methoden nachgedacht. Nehmen Sie bitte, wie Sie es vorhatten, alles auf Video auf, und kommen Sie an Silvester zum Pferderennen nach Cheltenham. Da können Sie es mir bei der erstbesten Gelegenheit geben, nur nicht gerade, wenn ich an den Start gehe.

Herzlich,

Martin Stukely

Ich starrte auf den Brief, und ich fragte mich, was er bedeutete. Daniel, der mir über die Schulter sah, wollte wissen, was mit den Formeln gemeint sei. »Sind das Geheimnisse?« fragte er.

»Kann sein.«

Als Bon-Bon den letzten Liebesbrief gelesen und ihre Tränen getrocknet hatte, fragte ich sie, wie gut Martin Dr. Force gekannt habe.

Mit verweinten Augen sagte sie, sie wisse es nicht. Sie bereute bitterlich die vielen Stunden, die sie und ihr Mann sich für nichts und wieder nichts gezankt hatten. »Wir konnten nie miteinander reden, ohne uns in die Haare zu kriegen. Du weißt, wie es war. Aber ich habe ihn geliebt... und er hat mich geliebt, das weiß ich.«

Sie hatten sich leidenschaftlich geliebt und leidenschaftlich gezankt in den vier Jahren, seit ich sie kannte. Zu denken, ach hätte Martin sich ihr trotz ihrer Geschwätzigkeit doch anvertraut, half gar nichts, denn dies eine Mal waren sie übereingekommen, daß ich und nicht Bon-Bon es sein sollte, der Martins Geheimnis hütete.

Welches Geheimnis? Was für ein Geheimnis, du lieber Gott?

Als Bon-Bon mit Daniel zu den anderen Kindern hinaufgegangen war, ging ich das Fach systematisch durch und sortierte die vielen losen Briefe nach ihrem Inhalt. Dazu kamen mehrere alte Scheckhefte mit Kontrollabschnitten, auf denen zwar Beträge angegeben waren, oft aber weder Datum noch Empfänger. Martin mußte seinen Steuerberater zur Verzweiflung gebracht haben. Offenbar hatte er sämtliche Steuerunterlagen, Quittungen und Zahlungsbelege, wie sie gerade kamen, in das Extrafach geworfen.

Manchmal geschehen jedoch kleine Wunder, und auf einem Kontrollabschnitt, datiert vom November 1999 (kein bestimmter Tag), fand ich den schlichten Namen Force (ohne Dr., ohne Adam). In der Zeile darunter stand einsam das Wort *Puste,* und im Kasten für den überwiesenen Betrag standen drei Nullen, 000, ohne Zahl davor und ohne Komma.

Bei der Durchsicht der Kontrollabschnitte von drei anderen Scheckheften stieß ich auf eine Anzahl ähnlich unvollständiger Angaben. Verfluchter Martin! Wirklich ein Mann fürs Geheime, wer solche Rätsel aufgab.

Der Name Force tauchte noch einmal in einem Notizblock auf, wo es in Martins krakeliger Handschrift hieß:

»Force, Bristol, Mittwoch, falls P Legup in Newton Abbot nicht als Starter angibt.«

Legup in Newton Abbot ... War Legup ein Pferd und Newton Abbot die Rennbahn, für die es genannt war? Ich stand von Martins Schreibtisch auf und nahm mir die gesammelten Rennberichte in seinem Bücherregal vor, aber Legup hatte zwar vier oder fünf Jahre lang etwa acht Rennen im Herbst und Frühjahr absolviert, doch nur selten einmal mittwochs, und war offenbar nie daheim geblieben, wenn er genannt worden war.

Ich kehrte zum Schreibtisch zurück.

Ein Merkheft, das er wohl mit besonderer Sorgfalt geführt hatte, war im Vergleich zu seinem anderen Schreibkram von beispielhafter Übersichtlichkeit. Mit Datum waren dort Beträge aufgeführt, die Martin seit dem vergangenen Juni an den Jockeydiener Eddie Payne gezahlt hatte. Sogar sein Todestag mit der dafür fälligen Zahlung stand drin. Da Jockeydiener meines Wissens nach festen Tarifen bezahlt wurden, schien das Merkheft auf den ersten Blick weniger wichtig zu sein als vieles andere in dem papiernen Durcheinander, aber auf die erste Seite hatte Martin die Namen Ed Payne, Rose Payne, Gina Verity und Victor gekritzelt. In einem Eckkasten mit dicken Gitterstäben stand Waltman geschrieben. Kleine Strichzeichnungen zeigten Ed mit seiner Schürze, Gina mit ihren Lockenwicklern, Victor mit seinem Computer und Rose ... Rose hatte einen Kranz aus Stacheln um den Kopf.

Martin, überlegte ich, hatte diese Familie fast so lange gekannt, wie Ed sein Jockeydiener gewesen war. Als er den Brief von Victor Waltman Verity bekam, wußte er also, daß

da ein Fünfzehnjähriger sein Spiel trieb. In der Rückschau wurde mir klar, daß ich die falschen Fragen gestellt hatte, da ich von den falschen Voraussetzungen ausgegangen war.

Mit einem Seufzer legte ich das Heft weg und las die Briefe durch, die vorwiegend von Besitzern stammten, für die Martin gesiegt hatte. Aus all diesen Briefen sprach die Wertschätzung, die einem ehrlichen Jockey entgegengebracht wurde, und nirgends war auch nur andeutungsweise von Geheimnissen auf Video die Rede.

Dann kam ein Terminkalender von 1999 an die Reihe, den ich nicht im Geheimfach, sondern direkt auf dem Schreibtisch fand, wo eins der Kinder ihn hingelegt hatte. Es war ein reiner Jockeykalender, in dem kein Renntag fehlte. Martin hatte seine sämtlichen Rennen eingekreist und die Namen der von ihm gerittenen Pferde hinzugefügt. Für den letzten Tag des Jahrhunderts, den letzten seines Lebens, hatte er Tallahassee eingetragen.

Ich lümmelte mich in Martins Sessel, trauerte um ihn und wünschte wie verrückt, er könnte wenigstens für fünf Minuten noch einmal lebendig werden.

Mein auf dem Schreibtisch liegendes Handy gab seinen kurzen Rufton von sich, und in der Hoffnung, es sei Catherine, meldete ich mich.

Es war nicht Catherine.

Victors kieksige Stimme sprach mir hastig ins Ohr.

»Können Sie am Sonntag nach Taunton kommen? Bitte ja, bitte nehmen Sie den gleichen Zug wie schon mal. Mir geht das Telefongeld aus. Bitte sagen Sie ja.«

Ich horchte auf seinen dringlichen, der Panik nahen Ton.

»Ja, gut«, sagte ich, und die Verbindung brach ab.

Arglos und unbekümmert wäre ich an diesem Sonntag nach Taunton gefahren, hätte mich Worthington nicht unter viel Geknister von einem fernen Berg herab gewarnt.

»Haben Sie immer noch nicht begriffen, daß Sie da vielleicht in einen Hinterhalt marschieren?«

»Nicht bei Victor«, widersprach ich. »Der lockt mich nicht in eine Falle.«

»Ach nein? Und ist dem Opferlamm etwa bewußt, daß es gebraten werden soll?«

Lammbraten oder nicht, ich nahm den Zug.

6

Tom Pigeon, der mit seinen drei kräftigen Dobermännern ein paar Gehminuten entfernt wohnte, kam am späten Samstagvormittag zur Eingangstür von Logan Glas und lud mich auf ein Bier ein. Egal wo, nur nicht im Dragon gegenüber, meinte er.

In einer überfüllten, dunklen Kneipe, vor der er die Hunde brav an eine Bank festband, trank Tom Pigeon durstig sein Pint und sagte mir, daß Worthington der Meinung war, ich bewiese im Umgang mit den Verity-Paynes mehr Mut als Verstand.

»Mhm. Ein Wespennest, hat er gesagt«, stimmte ich bei. »Wann hat er sich denn mit Ihnen unterhalten?«

Tom Pigeon sah mich über den Glasrand an, während er austrank. »Er meinte, sonst seien Sie nicht auf den Kopf gefallen. Heute morgen hat er mir das gesagt.« Ein Lächeln. »Er rief aus Gstaad an. Seiner Chefin ist ja nur das Beste gut genug.«

Er bestellte das zweite Pint, während ich mich noch an meinem ersten festhielt. Wegen seiner durchtrainierten Erscheinung und seinem leicht piratenhaften, dunklen kleinen Spitzbart ging man uns aus dem Weg. Ich war in seinem Alter und so groß wie er, aber niemand fand mich bedrohlich oder wich instinktiv vor mir zurück.

»Morgen ist es eine Woche her«, sagte er, »daß Sie vermöbelt worden sind, bis Sie kaum noch stehen konnten.«

Ich dankte ihm für meine Rettung.

»Worthington möchte, daß Sie derartigen Ärger meiden«, sagte er. »Besonders solange er in der Schweiz ist.«

Ich hörte jedoch heraus, was Tom Pigeon von solchen Strategien hielt. Sicherheit als Lebensmotto schien ihn genauso anzuöden wie Worthington selbst, als der mich neulich zum Pferderennen nach Leicester gelotst hatte.

»Worthington macht einen auf Papa«, sagte Tom.

»Auf Leibwächter«, meinte ich trocken, »und er fehlt mir.«

Tom Pigeon sagte beiläufig, aber mit unverkennbarer Aufrichtigkeit: »Nehmen Sie mich so lange.«

Ich überlegte kurz, daß es sicher nicht in Worthingtons Absicht gelegen hatte, Tom zu diesem Angebot zu veranlassen, und fragte mich, was meine liebe Kommissarin Dodd davon halten würde, wenn ich mich mit einem ehemaligen Knastbruder zusammentat, der einen Spitznamen wie Konter führte. Dessenungeachtet sagte ich: »Wenn Sie auf mich hören, ja.«

»Mal sehen.«

Ich lachte und erklärte ihm, was ihm vielleicht am morgigen Sonntag bevorstand. Er machte große Augen und war sofort Feuer und Flamme. »Nur legal muß es sein«, schränkte er ein. »Ich geh nicht noch mal in den Bau.«

»Es ist legal«, versicherte ich ihm, und als ich am nächsten Morgen den Zug nahm, saß im Dienstabteil meine neue Rückendeckung, begleitet von drei der unheimlichsten schwarzen Hunde, die mir jemals die Finger geleckt hatten.

Es war nur eine Zugverbindung möglich, wenn ich zur gleichen Zeit in Lorna Terrace ankommen wollte wie am vergangenen Sonntag. Und das mußte Victor gemeint haben. Tom hatte den Plan ändern und einen Wagen nehmen wollen. Er werde fahren, sagte er. Ich schüttelte den Kopf und stimmte ihn um.

»Wenn es nun aber nicht der Hinterhalt ist, den Worthington befürchtet«, hatte ich eingewandt, »sondern lediglich ein Junge, der vor Kummer nicht mehr weiterweiß?« Wäre ja möglich, hatte ich gesagt.

Wir fanden jedoch einen Kompromiß. Wir würden einen Wagen mit Fahrer mieten, der uns vom Bahnhof Taunton aus folgen und uns eisern auf den Fersen bleiben sollte, um uns bei Bedarf einzuladen, nach Broadway zurückzubringen und daheim abzusetzen.

»Das kostet«, hatte Tom Pigeon beanstandet.

»Ich zahle«, hatte ich gesagt.

Victor selbst erwartete uns auf dem Bahnsteig in Taunton, als der Zug sanft in die Station einfuhr. Ich hatte vorn gesessen, um eventuell unerwünschte kleine Empfangskomitees beizeiten ausmachen, unter die Lupe nehmen und mich an ihnen vorbeistehlen zu können, doch der Junge war offenbar allein. Und, wie mir schien, nervös. Und vom Januarwind durchgeblasen. Darüber hinaus ein Rätsel.

Toms Hunde sprangen aus dem hinteren Teil des Zuges auf den Bahnsteig und sorgten sofort für eine scharfe Trennung zwischen Hundefreunden und Leuten, die etwas gegen Reißzähne hatten.

Ich nahm an oder hoffte zumindest, daß Victor Tom und seine Hunde nicht vom Sehen kannte, wenn auch Rose und

der Rest ihrer Familie sie nach dem Schwarzmaskenauftritt in Broadway bestimmt wiedererkennen würden.

Eine schwarze Maske brauchte ich für mein Treffen mit Victor zwar nicht, aber ich hatte schon von der Kripo gelernt und trug eine Baseballmütze im derzeit angesagten Winkel, einen marineblauen Trainingsanzug und darüber eine gefütterte Weste in hellerem Blau. Annehmbare Freizeitkleidung, weg von meiner üblichen Hose und dem weißen Hemd.

Bestärkt durch das verstohlene Kichern von Bon-Bons Kindern am Morgen und den ausdruckslosen Blick, mit dem mich Tom kurz danach gestreift hatte, als wäre ich ein Fremder, näherte ich mich auf leisen Turnschuhsohlen Victors Rücken und sagte ihm leise »Tag« ins Ohr.

Er fuhr herum und musterte überrascht mein verändertes Aussehen, schien vor allem aber erleichtert zu sein, daß ich überhaupt da war.

»Ich hatte Angst, Sie würden nicht kommen«, sagte er. »Nachdem Sie so zusammengeschlagen worden sind, wie ich gehört habe. Ich weiß nicht, was ich machen soll. Ich möchte, daß Sie mir helfen. Die lügen mich nur an.« Er zitterte ein wenig, aber wohl mehr aus Nervosität als vor Kälte.

»Gehen wir erst mal von dem zugigen Bahnsteig runter«, sagte ich, »und dann erzählst du mir, was deine Mutter meint, wo du jetzt bist.«

Draußen vor dem Bahnhof polierte der von mir gemietete Fahrer einen dunkelblauen Kombi, der für unsere Zwecke groß genug war. Tom Pigeon kam mit seinen Hunden aus dem Gebäude, sagte etwas zu dem Fahrer und ver-

frachtete die Dobermänner in den für sie hergerichteten Laderaum.

Victor, der noch nicht ahnte, daß der Kombi und die Hunde etwas mit ihm zu tun hatten, beantwortete meine Frage und ein Dutzend andere dazu. »Mum glaubt, ich bin zu Hause. Sie ist ins Gefängnis zu meinem Dad. Heute ist Besuchstag. Ich hab gehört, wie sie und Tante Rose ausgemacht haben, was sie mir sagen, nämlich daß Mum eine Frau mit einer schlimmen Krankheit besuchen müßte, die mich abschreckt. Jedesmal, wenn sie Dad besuchen fährt, denken sie sich was aus, damit ich daheim bleibe. Und ich hab gehört, daß sie, wenn Mum von Dad zurück ist, noch mal versuchen wollen, aus Ihnen herauszukriegen, wo das Video ist, das Sie von Opa Payne bekommen haben. Das soll Millionen wert sein. Meine Tante Rose sagt, es ist Quatsch, wenn Sie behaupten, Sie wüßten nicht, wo das Band ist. Bitte, bitte sagen Sie es ihr, oder sagen Sie ihr, was drauf ist, denn ich halte es nicht aus, wenn sie die Leute mit Gewalt zum Sprechen bringt. Schon zweimal hab ich welche bei uns auf dem Dachboden schreien und stöhnen gehört, und da lacht sie bloß und sagt, die hätten Zahnweh.«

Ich drehte mich von Victor weg, damit er mir nicht das Entsetzen ansah, das mich überkam und mir zweifellos ins Gesicht geschrieben stand. Schon bei dem Gedanken, daß sich die rabiate Rose auch Zähne vornahm, schmolz jeder Widerstand, den zu leisten ich mir theoretisch zutraute, dahin.

Zähne.

Zähne und Handgelenke und weiß der Teufel was noch...

Jetzt mußte ich unter allen Umständen herausfinden, was für Geheimnisse das waren, die ich angeblich schon kannte, und dann entscheiden, was ich mit dem Wissen anfing. Victor, dachte ich, war vielleicht in der Lage, aus den unbewußten Tiefen seiner Erinnerung die Teilchen zutage zu fördern, die ich noch brauchte, um ein plausibles Ganzes zusammenzusetzen. Ich hatte Bruchstücke. Aber zu wenig.

Innerlich schaudernd fragte ich: »Wo ist deine Tante Rose jetzt? Besucht sie auch deinen Vater?«

Er schüttelte den Kopf. »Ich weiß nicht, wo sie ist. Mit zum Gefängnis ist sie nicht, weil Dad nicht mehr mit ihr redet, seit sie ihn verpfiffen hat.« Er schwieg, dann sagte er heftig: »Ich wünschte, ich würde einer normalen Familie angehören. Einmal habe ich Martin geschrieben und ihn gefragt, ob ich nicht eine Zeitlang bei ihm wohnen könnte, aber er meinte, sie hätten keinen Platz. Ich habe ihn angefleht ...« Seine Stimme kippte. »Was soll ich nur machen?«

Offensichtlich hatte Victor schon sehr lange jemanden gebraucht, den er um Rat fragen konnte. Kein Wunder, daß er jetzt am Rand eines Nervenzusammenbruchs war.

»Fahren wir ein Stück?« fragte ich freundlich und hielt ihm die Tür hinter dem Fahrer des Kombis auf. »Ich bringe dich nach Hause, bevor du vermißt wirst, und erst mal können wir uns über deine Probleme unterhalten.«

Er zögerte nur kurz. Schließlich hatte er mich ja kommen lassen, damit ich ihm half, und offenbar war ich für ihn jemand, dem man trauen konnte, auch wenn seine Familie mich als Feind ansah. In seinem verzweifelten Zustand konnte Victor weder klar denken noch handeln.

Wenn dies ein Hinterhalt war, dann war Victor das ahnungslose Opferlamm.

Ich fragte ihn, ob er wußte, wo Adam Force zu finden war. Auf die Frage hin zögerte er sehr viel länger, um dann den Kopf zu schütteln. Er weiß es, dachte ich, aber wenn er es mir sagt, wäre das vielleicht gepetzt.

Tom Pigeon saß neben dem Fahrer und machte ihn durch seine bloße Anwesenheit nervös. Victor und ich saßen auf der Rückbank, von den Hunden im Laderaum durch ein Gitter getrennt. Der Fahrer, der noch kein Wort gesagt hatte, fuhr los, sobald wir eingestiegen waren, und über gewundene Landstraßen ging es durch Somerset, bis wir schließlich zu dem weitgedehnten Heideland von Exmoor kamen. Ich konnte mir vorstellen, daß das selbst im Sommer ein grimmiger und öder Landstrich war, ein Ort unerfüllt gebliebener Träume, dessen weiter Horizont im Nebelregen verschwamm. An diesem Sonntag im Januar war der wolkenlose Himmel klar, kalt und frisch. Der Fahrer lenkte von der Straße herunter auf einen befestigten Touristenparkplatz, wies mit knappen Worten auf einen gerade noch erkennbaren Pfad weiter vorn und sagte mir, daß er in wegloses Moor führte, wenn man weit genug ging.

Er werde auf uns warten, sagte er, und wir könnten uns Zeit lassen. Wie vereinbart habe er ein Picknickpaket für uns alle mitgebracht.

Tom Pigeons Hunde, endlich frei, sprangen begeistert umher und schnüffelten mit unvorstellbarem Genuß an Heidekraut und fetter dunkelroter Erde. Tom selbst stieg aus, streckte die Arme, dehnte die Brust und atmete in tiefen Zügen die reine Luft.

Victor, wie verwandelt durch den Wechsel vom Reihenhaus-Taunton zum weiten, offenen Land, sah beinah unbeschwert, beinah glücklich aus.

Tom und seine schwarzen Gefährten liefen zügig den Weg entlang und wurden bald von der hügeligen Landschaft verschluckt. Victor und ich blieben hinter ihnen, gingen aber bald langsamer, während Victor sein Herz ausschüttete und von seinem verheerenden Elternhaus, seinen Schwierigkeiten redete wie vermutlich noch nie in seinem Leben.

»Mum ist in Ordnung«, sagte er. »Und Dad eigentlich auch, außer wenn er in der Kneipe war. Wenn Mum oder ich ihm dann zu nahe kommen, scheuert er uns ein paar.« Er schluckte. »Nein, das wollte ich jetzt nicht sagen. Aber letztes Mal hat er ihr die Rippen und das Nasenbein gebrochen, und ihr Gesicht war auf der einen Seite ganz blau, und als Tante Rose das sah, ist sie zu Polizei, was irgendwie seltsam ist, denn ich habe auch schon gesehen, wie sie meinen Vater geschlagen hat. Sie hat Fäuste wie ein Boxer, wenn's drauf ankommt. Sie kann austeilen, bis die armen Kerle um Gnade flehen, und dann lacht sie sie aus, und wenn sie ihnen dann noch eine oder zwei gelangt hat, tritt sie einen Schritt zurück und lächelt... und manchmal gibt sie dem Verprügelten dann einen Kuß.« Gespannt warf er mir einen Blick zu, um zu sehen, was ich vom Verhalten seiner Tante Rose hielt.

Ich dachte bei mir, daß ich in der Nacht der Schwarzmasken vielleicht noch glimpflich davongekommen war, weil Rose jemand gefunden hatte, der ihr an Rabiatheit nicht nachstand – meinen Freund mit den Hunden, der jetzt vor uns übers Moor ging.

»Hat Rose dich auch schon mal geschlagen?« fragte ich Victor.

Er war verblüfft. »Natürlich nicht. Sie ist doch meine Tante.«

In ein, zwei Jahren würde seine Tante ihn als erwachsenen Mann betrachten und nicht mehr als Kind.

Wir gingen ein Stück weiter, während ich überlegte, wie wenig ich von der Psychologie einer Frau wie Rose verstand. Männer, die sich gern von einer Frau schlagen ließen, waren nicht ihr Fall. Es ging ihr darum, den Willen der Männer zu brechen.

Der Weg war schmaler geworden, so daß ich, zum Reden eher ungünstig, vor Victor hergehen mußte, aber dann kamen wir plötzlich auf einen breit angelegten Platz, der eine gute Aussicht nach allen Seiten bot. Tom Pigeon stand weiter unten vor uns, und die Dobermänner tollten ausgelassen um ihn herum.

Nachdem ich ein Weilchen zugesehen hatte, stieß ich einen scharfen Pfiff aus – mein Vater und mein Bruder hatten so das schier unmögliche Kunststück zustande gebracht, im dicksten Londoner Regen Taxis anzuhalten.

Tom Pigeon blieb stehen, drehte sich in dem hügeligen Gelände um, winkte als Antwort und kam uns entgegen. Die Hunde hielten schnurgerade auf mich zu.

»Mensch«, sagte Victor beeindruckt. »Wie machen Sie das?«

»Leg die Zunge an den Gaumen.« Ich zeigte es ihm, und ich bat ihn noch einmal, mir von Dr. Force zu erzählen. Den müsse ich sprechen, sagte ich.

»Wen?«

»Du weißt doch ganz genau, wen. Dr. Adam Force. Der Schreiber des Briefs, den du kopiert und an Martin geschickt hast.«

Solcherart zurechtgewiesen, brauchte Victor einen Augenblick, bis er wieder in Gang kam.

»Martin wußte, daß es ein Spiel war«, sagte er schließlich.

»Das glaube ich schon«, pflichtete ich ihm bei. »Er hat dich gekannt, er kannte Adam Force, und Adam Force kennt dich.« Ich beobachtete, wie Tom Pigeon zu uns heraufstapfte. »Vielleicht kennst du auch ihr Geheimnis, das Geheimnis auf dem Video, von dem alle reden.«

»Nein«, sagte Victor, »keine Ahnung.«

»Lüg nicht«, ermahnte ich ihn. »Du hältst doch nichts von Lügnern.«

»Ich lüge nicht«, sagte er empört. »Martin wußte, was auf dem Band war, und Dr. Force natürlich auch. Als ich Martin den Brief schickte, hab ich einfach nur Dr. Force gespielt. Ich spiele oft andere Leute, auch Tiere manchmal. Manchmal rede ich mit Leuten, die es gar nicht gibt.«

Harvey das Kaninchen, dachte ich – und ich selbst war früher Lokführer und Rennreiter gewesen. Victor würde das bald hinter sich lassen, aber jetzt im Januar 2000 noch nicht.

Ich fragte ihn, wie er an den Brief von Dr. Force gekommen sei, den er dann unter seinem eigenen Namen an Martin geschickt hatte.

Als Antwort zuckte er nur mit den Schultern.

Ich fragte ihn einmal mehr, wo dieser Dr. Force zu finden sei, aber er druckste herum und meinte, Martin habe das bestimmt irgendwo notiert.

Anzunehmen. Victor wußte, wo, aber er wollte es mir nicht sagen. Irgendwie mußte ich ihn überreden – ihn dahin bringen, daß er es mir sagen wollte.

Tom Pigeon und seine drei lebhaften Gefährten kamen zu uns auf die Aussichtsplattform, und alle waren sichtlich guter Laune.

»Das nenne ich einen Pfiff«, meinte Tom Pigeon bewundernd, worauf ich ihn in voller Lautstärke wiederholte, so daß die Hunde mit wachen Blicken, zuckenden Nüstern mir verblüfft die Schnauzen zukehrten. Tom tätschelte sie, und sie wedelten wie wild mit den Stummelschwänzen.

Auf dem Rückweg zum Wagen mühte sich Victor redlich, die Hunde mit einem ähnlich starken Pfiff zu beeindrucken, doch seine hauchigen Versuche zeigten keine Wirkung. Den Tieren stand der Sinn jetzt mehr nach Wasser und reichlich Hundekuchen, die ihr Halter mitgebracht hatte, und danach war es Zeit für ihre Siesta.

Tom selbst, der Fahrer, Victor und ich verzehrten Sandwiches im Wagen, vor dem Wind geschützt; dann hielten auch sie ein Schläfchen. Ich stieg aus, ging gemütlich noch einmal den Fußweg entlang, versuchte Victors Verwirrspiel zu verstehen, es mir möglichst einfach zu erklären und die Möglichkeiten im Verity-Payne-Videokassettenkarussell auf die wahrscheinlichsten einzugrenzen. Es blieb dabei, daß ich zunächst einmal unbedingt Adam Force finden mußte, und der Weg zu ihm führte immer noch über Victor.

Ich mußte Victor dahin bringen, mir intuitiv so zu vertrauen, daß er mir, ohne zu überlegen, seine geheimsten Gedanken mitteilte. Außerdem mußte ich ihn schnell dahin

bringen, und ich wußte nicht, ob solch eine totale Gehirnwäsche machbar, geschweige denn ethisch vertretbar war.

Als sich am Wagen etwas regte, kehrte ich um und sagte den gähnenden Ausflüglern, nach meiner billigen neuen Uhr sei es Zeit aufzubrechen, wenn wir wieder in Lorna Terrace sein wollten, bevor Victor seine Mum zurückerwartete.

Tom ging in die Büsche, um sich zu erleichtern, und bedeutete mir mit einer Kopfbewegung, ich solle mitkommen.

Krisenplanung stand an. Der Tag war ihm zu glatt gelaufen. Hatte ich auch gewisse Eventualitäten bedacht?

Wir bedachten sie gemeinsam und kehrten zum Wagen zurück, wo der schweigsame Fahrer einen Draht zu Victor entdeckt hatte und mit ihm über Computer fachsimpelte.

Die Zufriedenheit über den Tag draußen auf dem Moor schwand nach und nach und verflüchtigte sich, als der Kombi unausweichlich auf Lorna Terrace zusteuerte. Victors Nervenzittern machte sich wieder bemerkbar, und er versuchte mir vom Gesicht abzulesen, ob ich vorhatte, ihn wieder in sein unbefriedigendes Leben zurückzustoßen. Er wußte genau, daß er in seinem Alter auf Gedeih und Verderb der Justiz ausgeliefert wäre und daß ihn die Justiz mit Sicherheit der Obhut seiner Mutter unterstellen würde. Selbst die kettenrauchende Gina mit den großen Lockenwicklern würde dann sehr wahrscheinlich als von einem undankbaren Kind im Stich gelassene Mama betrachtet werden. Im Gegensatz zu ihrer Schwester, die immer und überall etwas bedrohlich wirkte, würde sie vor Gericht so dastehen, wie ich sie zuerst erlebt hatte, als eine ausgeglichene, tolerante und liebevolle Mutter, die unter schwierigen Bedingungen ihr Bestes gab.

Der Fahrer hielt auf Tom Pigeons Geheiß an einer Straßenecke, damit der Wagen von Nr. 19 aus nicht gesehen werden konnte. Victor und ich stiegen an der Ecke aus, und ich konnte ihm die Verzagtheit und Hoffnungslosigkeit, die sich in den jetzt wieder gekrümmten Schultern zeigten, sehr gut nachfühlen. Ich ging mit ihm zur Haustür von Nummer 19, die man wie bei vielen derartigen Reihenhäusern über einen betonierten Fußweg erreichte, der durch ein kleines Gartenviereck mit staubigem Gras führte. Victor zog einen Schlüssel aus der Tasche, schloß auf und führte mich wie schon einmal durch den Flur in die helle, wohnliche kleine Küche, da ich ihm versprochen hatte, mit ihm dort zu warten, bis seine Mutter nach Hause kam, auch wenn ihr das vielleicht nicht gefiel.

Beim Anblick der Küchentür blieb Victor verwirrt und unbehaglich stehen. »Ich bin sicher, ich hab die Tür verriegelt, bevor ich weg bin.« Er zuckte die Achseln. »Na ja, die Tür vom Hinterhof hab ich auf jeden Fall verriegelt. Wenn ich das vergesse, wird Mum böse.«

Er öffnete die Küchentür und trat hinaus in den Hinterhof mit seinem Unkraut und welken Gras. Die hohe Ziegelmauer hatte ein großes braunes Tor auf der anderen Seite, aber die beiden Riegel oben und unten waren auch dort nicht vorgeschoben, was Victor erst recht beunruhigte.

»Mach sie zu«, drängte ich, aber Victor blieb betreten und verwirrt vor mir stehen, und obwohl mir schlagartig klar wurde, was los war, kam ich nicht schnell genug an ihm vorbei. In dem Moment, als ich von der Küche über den Rasen darauf zulief, wurde das Tor geöffnet.

Rose kam von der Straße herein. Gina und der Gorilla

Norman Osprey kamen triumphierend hinter uns aus dem Haus marschiert. Rose und Osprey waren mit abgeschnittenen Gartenschlauchstücken bewaffnet. Das von Rose war mit einem Hahn versehen.

Victor stand wie erstarrt neben mir und wollte nicht glauben, was er sah. Die Worte, die er dann an seine Mutter richtete, waren ein kaum verständliches »Du bist schon wieder da?«

Rose pirschte sich wie eine Löwin auf der Jagd an mich heran, schwang den grünen Schlauch mit dem schweren Messinghahn und leckte sich förmlich die Lippen.

Gina, ausnahmsweise ohne Lockenwickler und entsprechend hübsch, versuchte das Bevorstehende damit zu rechtfertigen, daß sie Victor wehleidig erklärte, sein eingesperrter Vater habe ihr gesagt, sie solle sich verziehen, er sei nicht in der Stimmung, sich ihr dämliches Gewäsch anzuhören. In ihrer Wut sagte sie Victor zum ersten Mal, daß sein Vater ›im Bau‹ sei und daß er es verdiene.

»Er kann ein fieses Schwein sein, dein Vater«, sagte Gina. »Und dafür fahren wir die ganze Strecke! Also hat Rose mich wieder hergebracht, und die Hexe nebenan meinte, du hättest dich heimlich zum Bahnhof geschlichen. Sie ist dir nämlich nachgegangen, weil sie sowieso da lang mußte, und du hast dich mit dem Kerl da getroffen, dem Kerl, der uns, wie Rose sagt, eine Million stehlen will. Wie kannst du nur, Vic? Rose meint, daß sie ihn diesmal schon dazu bringen wird, uns zu sagen, was wir wissen wollen, aber bei dir bräuchten wir uns dafür nicht zu bedanken.«

Ich hörte nur ein Teil davon. Ich beobachtete Victors Gesicht und sah mit Erleichterung, wie Ginas selbstgerechter

Tonfall ihn zunehmend befremdete. Je mehr sie sagte, desto weniger gefiel es ihm. Man sah dem Jungen an, wie sein Widerstand wuchs.

Die augenblickliche und sich anbahnende Situation hier hatte zwar nicht zu den Eventualitäten gehört, die Tom und ich im Gebüsch durchgespielt hatten, aber eventuell – wenn ich mir schnell etwas einfallen ließ, wenn ich mir Victors Entsetzen über den Sermon seiner Mutter zunutze machen konnte, wenn ich Roses Überredungskünsten ein wenig standhielt – bekam Victor nach dem unbeschwerten Tag im Moor doch noch Lust, mir zu erzählen, was er mit Sicherheit wußte. Vielleicht würde ihn der Anblick seiner brutal auf mich losgehenden Tante Rose dazu treiben, mir als Wiedergutmachung ein Geschenk anzubieten... mir das anzubieten, von dem er wußte, daß ich es haben wollte. Dafür ließ sich ein wenig Unbehagen vielleicht aushalten. Also los, sagte ich mir. Wenn's sein muß, dann bring es hinter dich.

Vorigen Sonntag, dachte ich, hatten die Schwarzmasken mich überrumpelt. Diesen Sonntag war es anders. Ich konnte den Angriff selbst herausfordern, und das tat ich, indem ich Richtung Tor lief, direkt auf Rose und ihren schwingenden Wasserschlauch zu.

Sie war schnell und hemmungslos und konnte zwei Treffer anbringen, ehe ich ihren rechten Arm zu fassen bekam und ihn ihr auf den Rücken drehte, ihr Gesicht mit den Sommersprossen und dem trockenen Teint nah an meinem, die Zähne vor Haß und jähem Schmerz gebleckt. Gina fluchte gotteslästerlich und schrie mir ins Ohr, ich solle ihre Schwester loslassen.

Ganz kurz sah ich Victors entsetztes Gesicht, bevor Norman Osprey mich von hinten mit seinem Schlauchstück erwischte. Rose wand sich aus meinem Griff, stieß Gina aus dem Weg und holte schon wieder mit dem Schlauch aus. Ich brachte aus der Drehung einen Kickboxschlag an, der Norman den Gorilla erst einmal mit dem Gesicht aufs Gras warf, und kassierte dafür einen fürchterlichen Kinntreffer von Rose, der mir die Haut aufriß.

Genug, dachte ich. Nein, mehr als reichlich. Überall floß Blut. Ich griff zu meiner einzigen echten Waffe, dem gellenden SOS-Pfiff, der nach Absprache mit Tom ›Sofort kommen‹ bedeutete.

Aber was, wenn ich pfiff und er kam nicht…?

Ich pfiff noch einmal, lauter und länger, nicht, um im Londoner Regen ein Taxi zu ergattern, sondern um unentstellt und mit intakter Selbstachtung davonzukommen. Ich hätte Rose zwar nicht direkt sagen können, wo sich die begehrte Videokassette befand, aber wenn ich zu arg in Bedrängnis geraten wäre, hätte ich mir wohl etwas aus den Fingern gesogen. Ob sie mir dann geglaubt hätte oder nicht, stand auf einem anderen Blatt, und ich brauchte es hoffentlich nicht herauszufinden.

Glücklicherweise brauchte ich auch nicht herauszufinden, wie sich Rose den Abschluß ihrer sportlichen Sonntagnachmittagsbetätigung gedacht hatte. Ein lautes Krachen und Klirren ertönte, dann die Stimme von Tom, der seinen Hunden ein Kommando zurief, und drei knurrende Dobermänner schossen sturmwindartig durch die weit offene Küchentür auf den engen kleinen Hinterhof.

Tom hatte eine Eisenstange dabei, die von einem stadt-

eigenen Geländer stammte. Norman Osprey wich vor ihm zurück, denn dagegen war sein Gummischlauch nun schlapp und nutzlos, und vorbei war das fröhliche Sonntagsvergnügen.

Rose, das Zielobjekt der Hunde, gab Fersengeld und verließ recht überstürzt den Schauplatz durch das Tor, indem sie sich durch einen Spalt zwängte und es hinter sich zuzog.

Ich verließ mich darauf, daß die Hunde mich gut genug kannten, um ihre Fänge bei sich zu behalten, ging zwischen ihnen durch und legte die beiden Riegel am Tor vor, damit Rose auch ja draußen blieb.

Gina schrie Tom lediglich einmal und ohne allzu großen Einsatz an, als sei es sinnlos, sich gegen einen solchen Fels zu stemmen. Sie war sogar still, als sie feststellte, daß Tom die Haustür eingetreten hatte, um hereinzukommen. Sie versuchte nicht, ihren Sohn zurückzuhalten, als der an ihr vorbei durchs Haus rannte und im Flur hinter mir her rief.

Tom und die Dobermänner waren bereits draußen auf dem Gehsteig und unterwegs zum Wagen.

Ich blieb sofort stehen, als Victor rief, und wartete, bis er bei mir war. Entweder sagte er es mir jetzt oder nicht. Entweder der Schlauch und der Wasserhahn hatten sich ausgezahlt oder nicht. Es würde sich zeigen.

»Gerard...« Er war außer Atem, nicht vom Laufen, sondern von dem, was er auf dem Hof gesehen hatte. »Das halte ich alles nicht aus. Wenn Sie's wissen wollen... Dr. Force wohnt in Lynton«, sagte er. »Valley of the Rocks Road.«

»Danke«, sagte ich.

Victor sah unglücklich zu, wie ich mir mit Küchen-

tüchern seiner Mutter das Blut abtupfte, das mir am Gesicht herunterlief. »Und denk dran, es gibt E-Mail.«

»Wieso sprechen Sie überhaupt noch mit mir?«

Ich grinste ihn an. »Weil ich noch meine Zähne habe.«

»Seien Sie vor Rose auf der Hut«, meinte er besorgt. »Sie gibt nie auf.«

»Frag doch mal, ob du bei deinem Großvater wohnen kannst«, riet ich ihm. »Da wärst du sicherer als hier.«

Schon wirkte er nicht mehr ganz so gequält. Ich legte ihm zum Abschied die Hände auf die Schulter und ging dann die Lorna Terrace hinunter zu Tom Pigeon.

Tom betrachtete mein ramponiertes Gesicht und meinte: »Sie haben sich mit dem Pfeifen verdammt lang Zeit gelassen.«

»Mhm.« Ich lächelte. »Dumm von mir.«

»Sie haben absichtlich gewartet!« rief er, und ihm ging ein Licht auf. »Diese Furie sollte Sie schlagen!«

»Im großen ganzen bekommt man, wofür man bezahlt«, sagte ich.

Blaue Flecke gehen meistens innerhalb von acht Tagen weg, hatte Martin gesagt; und die große Rißwunde ließ ich mir am Montag von einem Arzt verpflastern.

»Du hast dich wohl wieder an einer schwarzmaskierten Tür gestoßen«, vermutete Zivilfahnderin Dodd entgeistert. »Dir mag ja Rose keine Angst machen, aber nach allem, was ich so mitkriege, hätte ich eine Heidenangst vor ihr.«

»Rose hat auf die Maske verzichtet«, sagte ich, als ich am Montag abend in der Küche meines Hauses am Hang ein würziges Reisgericht zubereitete. »Magst du Knoblauch?«

»Nicht besonders. Was gedenkst du gegen Rose Payne zu unternehmen? Du solltest zur Polizei Taunton gehen und sie wegen Körperverletzung anzeigen. Die Wunde da fällt vielleicht schon unter schwere Körperverletzung.«

Schwere Körperverletzung, dachte ich. Nicht halb so schwer, wie sie es beabsichtigt hatte.

»Was soll ich denen denn sagen – eine flüchtige Bekannte hat mich derart verprügelt, daß ihr ein vorbestrafter Freund von mir die Tür eintreten und seine Hunde auf sie hetzen mußte?«

Sie fand das nicht lustig. »Was willst du also machen?« hakte sie nach.

Ich antwortete nicht direkt. Statt dessen sagte ich: »Morgen fahre ich nach Lynton in Devon, und es wäre mir lieber, wenn sie das nicht wüßte.« Stirnrunzelnd betrachtete ich eine grüne Paprikaschote. »Ein kluger Mensch kennt seine Feinde«, fügte ich hinzu, »und ich kenne unsere Rose.«

»Im biblischen Sinn?«

»Gott behüte!«

»Aber Rose Payne ist nicht die einzige«, sagte Catherine, die wie üblich Mineralwasser trank. »Du sagst, es waren vier Schwarzmaskierte.«

Ich nickte. »Norman Osprey, der Buchmacher, war Nummer zwei, und Ed Payne, der Jockeydiener von Martin Stukely und Vater von Rose, war Nummer drei und bereut es, und diese drei wissen, daß ich sie erkannt habe. Auch der letzte kam mir bekannt vor, aber da muß ich mich geirrt haben. Er war derjenige, der mich festgehalten hat, damit die anderen schlagen konnten, und ich denke ihn mir als Nummer vier. Er war meistens hinter mir.«

Catherine hörte schweigend zu und schien zu warten.

Immer wieder einmal glitt der noch nicht Identifizierte, den ich einfach als Schwarzmaske vier bezeichnete, durch meine lückenhafte Erinnerung, und ich entsann mich bei ihm hauptsächlich an die Unmenschlichkeit, mit der er zu Werke gegangen war. Norman Osprey hatte mir zwar die Armbanduhr zerschmettert, aber Schwarzmaske vier hatte ihm meine Finger hingehalten. Trotz der ungeheuren Kräfte Norman Ospreys war Schwarzmaske vier derjenige, der mir am meisten Angst eingejagt hatte und der jetzt, neun Tage danach, auf beängstigende Weise in meine Träume eindrang, Alpträume, in denen der Vermummte darauf aus war, mich in die 1400 Grad heiße Glasschmelze im Innern meines Ofens zu werfen.

Als in dieser Nacht Kommissarin Dodd friedlich in meinen Armen schlief, war sie es, die von Schwarzmaske vier in den todbringenden Ofen gestoßen wurde.

Ich erwachte schweißgebadet und verwünschte Rose Payne mit Wörtern, die ich sonst selten gebrauchte, und mehr denn je widerstrebte es mir, Catherine zu ihrer riskanten verdeckten Ermittlungsarbeit ziehen zu lassen.

»Sieh du mal selber zu, daß du heil wiederkommst«, sagte sie besorgt, als sie im Morgengrauen davonbrauste, und fest entschlossen, mich an ihre Weisung zu halten, ging ich in die Stadt zu meinem unschuldigen Ofen und erledigte die Tagesarbeit, bevor sich meine drei Gehilfen einfanden.

Tags zuvor hatten sie noch über meine wiederkehrenden Montagsblessuren gewitzelt, die nach Irishs fester Überzeugung nur von Wirtshausschlägereien stammen konnten. Ich hatte das nicht bestritten, und am Dienstag ließ ich sie

im Alleingang Schälchen machen, während ich gutgelaunt loszog, um den Bus zu nehmen.

Weder Rose noch Gina noch sonst jemand, den ich kannte, war zu sehen, und als ich in der nächsten Stadt vor einer großen Zeitschriftenhandlung ausstieg und mich in den dorthin bestellten Wagen mit Fahrer setzte, war ich mir sicher, von niemand beschattet zu werden. Tom Pigeon, der Erfinder dieses ›simplen Abgangs für Glasbläser‹, hatte mich bekniet, wenn schon nicht ihn, dann doch wenigstens einen seiner Hunde mitzunehmen. War ich nicht schon genug verprügelt worden? fragte er. Hatte er mich nicht schon zweimal retten müssen? War es nicht Wahnsinn, jetzt unbedingt allein losziehen zu wollen?

Wahrscheinlich schon, gab ich zu. Und bat ihn um Rat.

Dank seiner Tips kam ich also unbehelligt nach Lynton an der Küste des nördlichen Devon und schlug im Wählerregister die vollständige Adresse des Dr. Adam Force in der Valley of the Rocks Road nach.

Nach dieser gelungenen kleinen Recherche war zu meiner großen Enttäuschung niemand zu Hause.

Ich klopfte und klingelte, wartete und versuchte es noch einmal, aber das hohe graue Gebäude wirkte völlig verlassen und hallte hohl wider, als ich an der Hintertür rüttelte. Bei den Nachbarn klopfte ich vergebens. Einer war nicht da und der andere halb taub. Eine Hausfrau, die vorüberging, meinte, Dr. Force arbeite wohl in Bristol und komme nur zum Wochenende nach Hause. Ach was, widersprach ein dahinschlurfender Alter, der wütend seinen Gehstock schwenkte, dienstags finde man Dr. Force in dem Pflegeheim oben auf Hollerday Hill.

Der Zorn des alten Mannes, erklärte die Frau, sei eine geistige Störung. Dr. Force sei jeden Dienstag im Hollerday Phoenix House, insistierte der Gehstock.

Mein Fahrer – »Sagen Sie Jim zu mir« – wendete geduldig und fuhr zurück ins Stadtzentrum, wo wir zu unserem Vergnügen herausfanden, daß beide Auskünfte richtig waren. Dr. Force arbeitete drei Tage pro Woche in Bristol, hielt sich sonntags und montags in der tristen Valley of the Rocks Road auf und fuhr dienstags zum Pflegeheim. Ein kleines Mädchen mit blonden Zöpfen zeigte uns den Weg zum Hollerday Phoenix House und sagte, wir sollten dort nicht hinfahren wegen der Gespenster.

Gespenster?

Ja, wußten wir denn nicht, daß es im Phoenix House spukte?

Im Rathaus hatte man für die Gespenstermär nur Spott übrig, da man die Frühlings- und Sommerurlauber nicht abschrecken wollte.

Einer der hier wie überall so nützlichen »Sprecher« erklärte, das von Sir George Newnes auf Hollerday Hill errichtete Landschloß sei 1913 durch Brandstiftung von bis heute unbekannter Hand zerstört und später im Rahmen einer Heeresübung in die Luft gesprengt worden. Das in unmittelbarer Nachbarschaft der überwachsenen Ruine neu errichtete Phoenix House sei eine Privatklinik. Von Gespenstern könne dort keine Rede sein. Dr. Force habe Patienten in der Klinik, die er dienstags empfange.

Mein Fahrer, der an das Übernatürliche glaubte, war zu feig, um mich zum Hollerday Phoenix House zu bringen, so daß ich zu Fuß gehen mußte, doch er versprach mir hoch

und heilig, er werde warten, bis ich zurück sei, und das glaubte ich ihm, denn er hatte sein Geld noch nicht.

Ich dankte dem »Sprecher« für seine Hilfe. Konnte er mir Dr. Force noch beschreiben, damit ich ihn erkannte, wenn ich ihn sah?

»Klar«, sagte der Sprecher, »den erkennen Sie leicht. Er hat tiefblaue Augen, einen kurzen weißen Bart und trägt bestimmt orange Socken.«

Ich blinzelte.

»Er kann rot und grün nicht sehen«, sagte der Sprecher. »Er ist farbenblind.«

7

Ich nahm den stillen alten Weg durch die Wälder, den übergrünten, sanft ansteigenden Fahrweg, den der rücksichtsvolle Sir George Newnes in den Fels hatte sprengen lassen, damit sich die Kutschpferde an dem gar zu steilen Schloßberg nicht überanstrengten.

An diesem Dienstag im Januar ging ich allein durch den Wald. Der Autoverkehr, allenfalls als ein fernes Summen vernehmbar, kleckerte über eine moderne Straße auf der anderen Seite des Berges zu dem Neubaukomplex hinauf, der neben dem alten Schloß errichtet worden war.

Es gab keine Vögel, wo ich ging, keine Lieder. Mitten am Tag war es dunkel, die dichtstehenden immergrünen Bäume wuchsen über mir zusammen. Meine Füße tappten geräuschlos über Fichtennadeln, und stellenweise schaute noch der blanke, aufgesprengte graue Fels hervor. Der hundert Jahre alte Weg bescherte mir eine Gänsehaut. Er führte an einem verwilderten Tennisplatz vorbei, auf dem Leute aus einer anderen Welt gelacht und gespielt hatten. Gespenstisch war schon das richtige Wort dafür, aber Gespenster sah ich nicht.

Ich kam von oben herunter zum Hollerday Phoenix House, wie der »Sprecher« es vorhergesagt hatte, und sah, daß sich das Dach weitgehend aus großen, metallgerahmten

Glasplatten zusammensetzte, die sich öffnen und schließen ließen wie bei einem Gewächshaus. Das Glas interessierte mich natürlich – es war dickes, getöntes Floatglas, das die ultravioletten A- und B-Strahlen des Sonnenlichts herausfilterte –, und ich mußte an die Sanatorien von einst denken, wo sich Schwindsüchtige in der trügerischen Hoffnung, viel Luft und Sonne würde sie heilen, ganz unromantisch aus dem Leben husteten.

Hollerday Phoenix House bestand aus einem Haupttrakt mit zwei langen Flügeln. Ich ging nach vorn zu dem imposanten Eingangstor und stellte fest, daß das Gebäude, das ich am Ende des gespenstischen Weges betrat, eindeutig einundzwanzigstes Jahrhundert war und keinesfalls ein Tummelplatz für Geister.

Die Eingangshalle sah aus wie eine Hotelhalle, doch wie es tiefer drinnen ausschaute, bekam ich wegen der beiden weißbekittelten Personen, die sich am Empfang unterhielten, erst einmal nicht mit. Es waren ein Mann und eine Frau, und der Mann hatte einen Bart in der Farbe seines Kittels und trug tatsächlich orange Socken.

Sie sahen flüchtig zu mir herüber, als ich eintrat, wurden dann aber berufsbedingt auf meine Schrammen und blauen Flecke aufmerksam, an die ich, bis sie mich anschauten, gar nicht mehr gedacht hatte.

»Dr. Force?« versuchte ich mein Glück, und Weißbart antwortete wie gewünscht: »Ja?«

Seine sechsundfünfzig Jahre standen ihm gut zu Gesicht, und die gepflegte Frisur und der Bart gaben seinem Kopf eine Form, die für Filmstars bares Geld war. Dem vertrauen die Patienten, dachte ich. Ich hätte ihn vielleicht auch selbst

gern als Arzt gehabt. Bei der Autorität, die er ausstrahlte, würde es nicht leicht sein, ihn dahin zu schocken, wo ich ihn haben wollte.

Und fast sofort wurde mir klar, daß die Schwierigkeit nicht darin bestand, ihn zu schocken, sondern den verschlungenen Wegen seines Verstandes zu folgen. Immer wieder schwenkte er, während wir uns unterhielten, von scheinbar liebenswürdiger Freundlichkeit auf Abwehr oder unterdrückte Feindseligkeit um. Er war auf Draht, und er war klug, und obwohl ich ihn im großen ganzen sympathisch fand, überkam mich zwischendurch doch manchmal eine heftige Abneigung. Adam Force, so schien mir, war eine sehr anziehende Persönlichkeit, deren Charme kommen und gehen konnte wie Flut und Ebbe.

»Sir«, redete ich ihn als den Älteren an, »ich bin wegen Martin Stukely hier.«

Er setzte eine Trauermiene auf und teilte mir mit, daß Martin Stukely tot war. Gleichzeitig spannten sich seine Gesichtsmuskeln vor Schreck; diesen Namen hatte er auf Lyntons Hollerday Hill nicht zu hören erwartet. Ich sagte ihm, ich wisse, daß Martin Stukely tot sei.

»Sind Sie Journalist?« fragte er argwöhnisch.

»Nein«, sagte ich, »Glasmacher.« Und setzte meinen Namen hinzu. »Gerard Logan.«

Sein ganzer Körper straffte sich. Er schluckte und verdaute die Überraschung und fragte schließlich entgegenkommend: »Was wünschen Sie?«

Ich sagte ebenso freundlich: »Ich hätte gern die Videokassette zurück, die Sie an Silvester aus dem Ausstellungsraum von Logan Glas in Broadway entwendet haben.«

»Hätten Sie gern, hm?« Er lächelte. Darauf war er vorbereitet. Es lag ihm fern, mir den Wunsch zu erfüllen, und er gewann seine Fassung zurück. »Ich weiß nicht, wovon Sie reden.«

Dr. Force musterte mich in meinem bewußt konservativen Anzug mit Krawatte langsam von Kopf bis Fuß, und ich spürte so sicher, als hätte er es ausgesprochen, daß er sich fragte, ob ich imstande sei, ihm Schwierigkeiten zu machen. Offenbar war er Realist genug, sich eine ehrliche, wenn auch unliebsame Antwort darauf zu geben, denn er sagte nicht einfach »Schwirr ab«, sondern schlug vor, wir sollten die Sache im Freien besprechen.

Mit »im Freien«, so stellte sich heraus, meinte er den Weg, den ich gerade heraufgekommen war. Er führte mich dorthin und musterte mich heimlich von der Seite, um den Grad meines Unbehagens abzuschätzen, der gleich Null war. Lächelnd tippte ich an, daß mir auf dem Weg nach oben keine herumstreifenden Gespenster begegnet waren.

Falls ihm mein Gesicht etwas lädiert vorkomme, sagte ich, so hätte ich das Rose Payne zu verdanken, die überzeugt sei, ich müsse entweder im Besitz seiner Videokassette sein oder wissen, was drauf war. »Sie glaubt, wenn sie mir genügend zusetzt, gebe ich ihr die Kassette oder die Information, nur habe ich beides nicht.« Ich hielt inne und sagte: »Was schlagen Sie vor?«

»Geben Sie ihr irgendwas«, antwortete er prompt. »Diese Kassetten sehen doch alle gleich aus.«

»Sie glaubt, Ihre Kassette sei eine Million wert.«

Adam Force schwieg.

»Stimmt das?« fragte ich.

»Ich weiß es nicht«, erwiderte Force leise, und das hörte sich nach der Wahrheit an.

»Martin Stukely«, sagte ich ebenso leise, ohne Angriffslust, »hat Ihnen einen Scheck mit vielen Nullen ausgestellt.«

Force, hocherregt, sagte scharf: »Er hat versprochen, das niemand zu erzählen –«

»Er hat es nicht erzählt.«

»Aber –«

»Er ist gestorben«, sagte ich. »Er hat Scheckhefte mit Kontrollabschnitten hinterlassen.«

Ich spürte förmlich, wie er überlegte, was Martin sonst noch hinterlassen hatte, und ich ließ ihn spekulieren. Schließlich fragte er in scheinbar echter Besorgnis: »Wie haben Sie mich gefunden?«

»Dachten Sie, ich würde das nicht schaffen?«

Er schüttelte kurz den Kopf und lächelte ein wenig. »Ich hätte nicht gedacht, daß Sie überhaupt suchen. Die meisten Leute überlassen so etwas der Polizei.«

Er hätte mir durchaus sympathisch sein können, dachte ich, wäre da nicht Lloyd Baxters epileptischer Anfall gewesen und eine verschwundene Tasche voll Geld.

»Rose Payne«, sagte ich ausdrücklich noch einmal – und diesmal berührte ihr Name bei Adam Force eine empfindliche Saite –, »Rose«, wiederholte ich, »ist überzeugt, daß ich weiß, wo Ihre Videokassette ist, und wie gesagt steht für sie fest, daß ich weiß, was drauf ist. Wenn Sie nicht einen Weg finden, sie mir buchstäblich vom Leib zu halten, könnte es sein, daß mir ihre Aufmerksamkeiten zuviel werden und daß ich ihr sage, was sie unbedingt wissen will.«

Als hätte er wirklich keinen Schimmer, wovon ich redete,

fragte er: »Wollen Sie damit sagen, daß ich diese Rose kenne? Und wollen Sie andeuten, daß ich gewissermaßen für Ihre, ehm... Verletzungen verantwortlich bin?«

»Genau«, sagte ich vergnügt.

»Das ist Unsinn.« Sein Gesicht war voller Berechnung, als wüßte er nicht recht, wie er die heikle Situation angehen sollte, schlösse aber, nomen est omen, auch Gewaltanwendung nicht aus.

Schon im Begriff, ihm zu verraten, weshalb ich glaubte, so gut Bescheid zu wissen, meinte ich auf einmal Worthington und Tom Pigeon zu hören, wie sie mir zuriefen, man müsse aufpassen, wenn man in Wespennestern stochere. Ihre besorgten Vorhaltungen hallten durch die Stille des dunklen Fichtenwaldes. Ich sah in das nachdenklich-gütige Gesicht des Arztes und setzte eine reuige Miene auf.

Kopfschüttelnd gab ich ihm recht: Natürlich hätte ich Unsinn geredet. »Aber die Kassette«, fügte ich nach Rücksprache mit meinen beiden abwesenden Leibwächtern hinzu, »die Kassette haben Sie mir trotzdem gestohlen, also sagen Sie mir doch bitte wenigstens, wo sie jetzt ist.«

Mein veränderter Tonfall beruhigte ihn weitgehend. Worthington und Tom Pigeon verstummten wieder. Dr. Force beriet sich mit seinem eigenen inneren Wachdienst und antwortete mir unbefriedigend.

»Nehmen wir mal an, Sie haben recht und ich habe das Video. Da Martin für die sichere Aufbewahrung der Informationen nicht mehr zur Verfügung stand, wurde es nicht mehr gebraucht. Vielleicht habe ich es also überspielt und eine Sportsendung darauf aufgezeichnet. Auf der Kassette sind jetzt vielleicht nur noch Pferderennen zu sehen.«

Er hatte Martin geschrieben, die Informationen auf dem Video seien Sprengstoff. Wenn er den Sprengstoff mit Pferderennen entschärft und quasi Millionen durch den Schornstein (oder den Aufnahmeknopf) gejagt hatte, dann besaß er mit Sicherheit noch alles Nötige, um einen Klon zu erstellen.

Niemand tilgt so nebenbei ein Vermögen, wenn er nicht sicher ist, daß er es zurückholen kann. Zumindest tut es niemand absichtlich.

Also fragte ich ihn: »Haben Sie es absichtlich gelöscht oder aus Versehen?«

Er lachte in seinen Bart. »Versehen gibt es bei mir nicht.«

Der Schauder, den ich empfand, war kein Nervenzittern im tiefen winterlichen Fichtenwald, sondern die sehr viel nüchternere Reaktion auf eine bekannte und ganz und gar menschliche Schwäche: Mochte er noch so einnehmend sein, der Herr Doktor hielt sich für Gott.

Er blieb neben einem umgestürzten Fichtenstamm stehen, setzte kurz einen Fuß darauf und sagte, hier werde er umkehren, da er Patienten zu versorgen habe. »Wenn man bis hierher gekommen ist, ist normalerweise alles gesagt«, fuhr er fort, und sein Tonfall entließ mich: »Sie finden bestimmt allein nach unten.«

»Ein paar Fragen hätte ich noch«, sagte ich. Meine Stimme klang dumpf, es war keine Akustik zwischen den Bäumen.

Er nahm den Fuß vom Baumstamm und machte sich wieder auf den Weg nach oben. Sichtlich zu seinem Ärger ging ich mit ihm.

»Ich sagte, unsere Unterredung ist beendet, Mr. Logan.«

»Tja…«, ich zögerte, aber Worthington und Tom Pigeon waren still, und von den Hunden kam kein Piep, »wie haben Sie Martin Stukely denn kennengelernt?«

»Das braucht Sie nicht zu kümmern«, erwiderte er ruhig.

»Sie kannten sich, aber Sie waren nicht befreundet.«

»Haben Sie nicht gehört?« rief er. »Das geht Sie nichts an.«

Er legte einen Zahn zu, als wollte er fliehen.

Ich sagte: »Martin hat Ihnen einen schönen Batzen Geld gegeben für die Informationen, die Sie als Sprengstoff bezeichnet haben.«

»Nein, da liegen Sie falsch.« Er ging schneller, aber ich hielt mühelos mit ihm Schritt. »Sie sind überhaupt nicht im Bilde«, sagte er, »und ich möchte, daß Sie gehen.«

Ich erwiderte, ich hätte nicht die Absicht, so bald schon zu gehen, wo doch jetzt die Antwort auf zahlreiche ungelöste Rätsel vielleicht zum Greifen nahe sei.

»Wußten Sie«, fragte ich ihn, »daß Lloyd Baxter, der Mann, den Sie in meiner Galerie seinem epileptischen Krampfanfall überlassen haben, der Besitzer von Tallahassee ist, dem Pferd, das Martin Stukely erdrückt hat?«

Er stieg rascher bergauf. Ich blieb an ihm dran.

»Hätten Sie gedacht«, fragte ich im Gesprächston, »daß Lloyd Baxter Sie trotz des einsetzenden epileptischen Anfalls noch bis auf die Socken beschreiben konnte?«

»Hören Sie auf.«

»Und natürlich wissen Sie, daß Norman Osprey und Rose und Gina ausgesprochen gewalttätig sind…«

»Nein.« Er hob die Stimme, und er hustete.

»Und was mein Geld angeht, das Sie zusammen mit der Kassette haben verschwinden lassen...«

Adam Force hörte ganz plötzlich auf zu gehen, und in der Stille hörte ich deutlich das pfeifende Atemgeräusch in seiner Brust.

Ich erschrak. Statt ihm noch mehr einzuheizen, fragte ich besorgt, ob es ihm gutgehe.

»Nein, dank Ihnen.« Sein Atem pfiff weiter, bis er aus der Tasche seines weißen Kittels ein Spray hervorzog, wie ich es von Asthmatikern kannte. Er nahm zwei Sprühstöße, atmete tief durch und sah mich dabei voller Abneigung an.

Ich war versucht, mich zu entschuldigen, aber sein Charme und sein einnehmendes Äußeres konnten nicht davon ablenken, daß ich es ihm zu verdanken hatte, in Broadway von den Schwarzmasken und in einem Tauntoner Hinterhof mit einem Stück Schlauch bearbeitet worden zu sein; und wenn es dabei blieb, konnte ich noch von Glück sagen. Also ließ ich ihn wortlos den Rest des Steilwegs hinauf japsen und keuchen. Allerdings begleitete ich ihn, damit er unterwegs nicht zusammenklappte, und im Empfangsbereich setzte ich ihn in einen bequemen Sessel und ging jemand suchen, dessen Obhut ich ihn übergeben konnte.

Ich hörte, wie er mich keuchend zurückrief, aber da war ich schon halbwegs durch einen der Flügel gelaufen, ohne auch nur eine Menschenseele erblickt zu haben, ob Krankenschwester, Patient, Arzt, Frau mit Bücherwagen oder Blumenmädchen. Nicht, daß in den Zimmern dort keine Betten gestanden hätten. Sämtliche Zimmer waren mit Betten, Nachttischen, Lehnstühlen und eigenem Bad ausgestattet, aber menschenleer. Von jedem Zimmer ging eine Fen-

stertür auf ein sehr gepflegtes, gepflastertes Areal hinaus. Teile des Glasdachs standen so weit offen, wie es eben ging.

Ich hielt kurz vor einem als »Apotheke« ausgewiesenen Raum, der ein geöffnetes Oberlicht und eine weitmaschige Gittertür zum Flur hatte. Durch das Gitter war eine Fülle beschrifteter Medikamente zu sehen, aber immer noch kein Mensch.

Irgendwo muß doch jemand sein, dachte ich, und als ich die einzige geschlossene Tür am Ende des Flügels öffnete, herrschte dahinter ein geradezu emsiges Treiben.

Gut zwanzig Männer und Frauen in dicken weißen Frotteebademänteln nahmen offenbar willig an einer umfassenden medizinischen Untersuchung teil, deren einzelne Schritte in Druckschrift auf Tafeln abzulesen waren wie etwa »Hier wird Ihr Blutdruck gemessen« oder »Wie ist Ihr Cholesterinspiegel heute?« Eine sehr alte Dame befolgte den Rat »Halten Sie sich fit auf dem Laufband«, und an einer dickwandigen separaten Kabine stand: »Zum Röntgen. Bitte warten, bis Sie hereingerufen werden.«

Die Testergebnisse wurden auf Klemmbrettern notiert und an einem zentral stehenden Tisch in Computern gespeichert. Optimismus lag in der Luft.

Als ich eintrat, sah mich eine Krankenschwester, die gerade die Vorhänge um eine Kabine mit dem schlichten Hinweisschild »Urologie« geschlossen hatte. Auf quietschenden Gummisohlen kam sie durch den blitzblanken Raum, um mir lächelnd mitzuteilen, ich sei spät dran, und meinte nur: »Oje«, als ich ihr sagte, der gute Dr. Force liege womöglich in den letzten Zügen.

»Er kriegt oft Anfälle, wenn er Besuch hat«, vertraute

mir die mütterliche Schwester an. »Wenn Sie weg sind, legt er sich wahrscheinlich hin und schläft.«

Der gute Dr. Force hatte nichts dergleichen vor. Vor Wut zitternd, kochend wie ein Boiler, dampfte er heran und wies auf eine Tür, an der verhüllend »Das Örtchen«, aber auch »Hier geht's hinaus« geschrieben stand. Ich erklärte treuherzig, daß es mir nur darum gegangen sei, Hilfe wegen seines Asthmas zu holen, und er entgegnete schroff, das sei nicht nötig. Er kam mit einer Spritze in einer Metallschale auf mich zu, und bald konnte ich sehen, daß die Spritze fast ganz mit einer Flüssigkeit gefüllt war. Dann nahm er das wahrhaft bedrohliche Utensil in die Hand und zeigte damit auf mich und auf den Ausgang; und diesmal dankte ich ihm für seine Aufmerksamkeit und ging.

Vorbei an zahlreichen Umkleidekabinen kam ich vom Untersuchungsraum in eine großzügige Halle und von dort auf einen Vorplatz.

Unverhofft sah ich dort den Mietwagen stehen, und daneben lief mein Fahrer Jim nervös auf und ab. Während er mir den Schlag aufhielt, erklärte er, die Sorge um mein Wohlergehen habe über seine ureigenen Instinkte gesiegt. Ich dankte es ihm von Herzen.

Dr. Force, der mir nach draußen gefolgt war, wartete, bis ich im Wagen saß, und ging erst wieder hinein, nachdem ich ihm unschuldig-fröhlich zum Abschied gewinkt hatte, ein Gruß, den er nicht erwiderte.

»Ist das der Typ, den Sie sprechen wollten?« fragte Jim.

»Ja.«

»Nicht übermäßig freundlich, was?«

Ich konnte nicht genau sagen, was mit dieser Örtlichkeit

nicht stimmte, und als dann ein elegant einbiegender großer Reisebus auf dem Vorplatz zum Stehen kam, war ich auch noch nicht schlauer. *Avon Paradise Tours* stand schwarzweiß auf den lila Seitenflächen des Busses, und in kleinerer Schrift darunter eine Adresse in Clifton, Bristol.

Jim fuhr schnell bergab, bis wir uns wieder in der seines Erachtens spukgeschützten Innenstadt befanden. Und er erklärte sich bereit, mich, wenn ich nicht wieder von irgendwelchen Schrecken der Nacht anfing, in Lynton herumzufahren, damit ich mir die Stadt ansehen konnte.

Um die Wahrheit zu sagen, war ich in vieler Hinsicht unzufrieden mit mir, und ich wollte Zeit zum Nachdenken, bevor wir zurückfuhren. Wie gern hätte ich jetzt meinen Wagen und die damit verbundene Freiheit gehabt, aber es war nicht zu ändern. Tatsächlich war ich oft genug unbehelligt gerast, bevor ich auf der Fahrt zu dem schwerkranken Gärtner erwischt wurde, und wenn Zivilfahnderin Catherine Dodd vorhatte, die Zukunft mit mir zu teilen, würde ich ohnehin den Fuß vom Gas nehmen müssen.

Einstweilen überredete ich Jim, in einer Nebenstraße anzuhalten. Den Stadtplan in der Hand, ging ich von dort zum North Walk, einem Fußweg auf einem grasbewachsenen Kliff, der im kalten Januarwind mehr oder minder verlassen war.

Bänke standen in Abständen am Wegrand. Ich setzte mich eine Zeitlang und fror und dachte über den Adam Force nach, der farbenblind, asthmatisch, wetterwendisch und unsteten Wesens war und Visite in einer obskuren Privatklinik machte, nur um den Menschen Gutes zu tun. Ein unbedeutender Arzt, wie es schien, trotz besten Qualifika-

tionen und einem Ruf als brillanter Forscher. Ein Mann, der seine Talente vergeudete. Ein Mann, der an einem empfindlich kalten Tag mit einem Besucher nach draußen ging und sich in einen Asthmaanfall manövrierte.

Ich stapfte langsam umher, genoß die herrliche Aussicht vom North Walk, wünschte den Sommer herbei. Ich dachte an allerlei Unzusammenhängendes wie Zufall und Ausdauer und Videokassetten, die eine Million wert waren und die Welt retten konnten. Und ich dachte an das Schmuckstück aus Glas und Gold, das ich gefertigt hatte und das nicht nur wirklich alt aussah, sondern von dem 3500 Jahre alten Original nicht zu unterscheiden war. Eine Kette im Wert von einer Million... aber nur die echte Kette, das in einem Museum liegende antike Stück, hatte diesen Wert. Die Replik, die ich nach einem bei Bedarf wiederholbaren Verfahren angefertigt hatte, war buchstäblich nur ihr Gewicht in achtzehnkarätigem Gold wert, plus die Kosten der farbigen Glasteile und vielleicht noch mal soviel für das technische Wissen und Können, das darin steckte.

Wie viele Künstler und Kunsthandwerker konnte ich den Grad der Meisterschaft, die ich in meinem Fach erlangt hatte, nur mir selbst eingestehen. Und auch das Arroganzverbot meines Onkels Ron trug dazu bei, daß ich meine Sachen ohne Pauken und Trompeten in die Welt setzte.

Wenn es sich in den Jockeystuben herumgesprochen hatte, daß es von mir ein Video über die Herstellung der Kette gab, dann störte mich das nicht. Ich hatte sie selbst gemacht. Ich hatte den Vorgang mit Worten beschrieben und Handgriff für Handgriff gezeigt, wie es ging. Ich hatte es so aufgezeichnet, wie mein Onkel Ron es mir in jungen

Jahren beigebracht hatte. Die von mir nachgebildete Kette lag, wie das Video normalerweise auch, in einem Bankfach. Davon überzeugte ich mich am besten noch einmal. Das Lehrvideo hatte ich ja Martin geliehen, und mir war gleich, ob er es anderen gezeigt hatte, aber ich wünschte doch sehr, er hätte es mir zurückgegeben, bevor es mit all den anderen aus seinem Zimmer verschwand.

Ziemlich entschlossen kehrte ich zum Anfang des Spazierwegs zurück, wo Jim hin und her lief und versuchte, sich die Finger zu wärmen. Ich dachte, er hätte vielleicht keine Lust, mich am nächsten Tag noch einmal zu fahren, aber zu meiner Überraschung war er damit einverstanden. »Sonst hetzt Tom Pigeon seine Hunde auf mich«, meinte er. »Er hat mich gerade im Auto angerufen, ich soll nach Ihnen sehen.«

Ich unterdrückte ein Lachen. Solche Leibwächter lobte ich mir.

Jim entschuldigte sich dafür, daß er im Kickboxen mit Worthington und Tom nicht mithalten könne.

»Aber ich kann Köpfe gegen Wände knallen«, sagte er.

Lächelnd meinte ich, das werde schon reichen.

»Ich wußte gar nichts über Sie, als ich Sie abgeholt habe«, bekannte Jim. »Ich dachte, Sie wären irgend so ein Windei. Doch Tom erzählte mir gerade dies und jenes am Telefon, und einer, für den Tom kämpft, der kann auch auf mich zählen.«

»Danke«, sagte ich schwach.

»Wohin fahren wir also morgen?«

»Was halten Sie von Bristol?« sagte ich. »In eine Gegend mit Krankenhaus?«

Er lächelte breit, und sein eben noch verdrießliches Gesicht strahlte. In Bristol kannte er sich aus. Ein Krankenhaus gab es in der Horfield Road und in der Commercial Road unten am Fluß. Überhaupt kein Problem. Er sei dort ein Jahr lang Ambulanzfahrer gewesen, sagte Jim.

Boxen und Treten, meinte er, sei nicht so sein Ding, aber im Fahren mache ihm so schnell keiner was vor. Wir gaben uns die Hand darauf, und ich hatte Bodyguard Nummer drei, einen, der schneller um die Ecken düste als die Formel eins.

Jim fuhr mich nach Hause, kam offenbar auf Tom Pigeons Drängen mit hinein und kontrollierte sämtliche zehn Zimmer auf unerbetene Besucher.

»Sie brauchen eine kleinere Wohnung«, befand er, als er mit der Inspektion der Fensterschlösser durch war. »Oder...«, er sah mich von der Seite an, »eine Horde Kinder.«

Genau in dem Moment traf Catherine auf ihrem Motorrad ein. Jim warf einen vielsagenden Blick auf sie, und ich mußte das mit der Horde Kinder erklären. Kommissarin Dodd fand die Idee offenbar gar nicht schlecht.

Quietschvergnügt fuhr Jim davon. Catherine regte sich über meine jüngsten Scherereien auf und sagte, das Klassentreffen habe sie von der ersten bis zur letzten Minute gelangweilt.

»Nächstes Mal pfeif auf die Langeweile und komm nach Hause.«

Das war mir einfach so herausgerutscht. Ich hatte nicht bewußt »nach Hause« gesagt. Ich hatte ihr nur das Haus als

Zuflucht anbieten wollen. Das erklärte ich ihr. Sie nickte. Erst später, als ich sie im Bett in den Armen hielt, mußte ich an Sigmund Freud und seinen berühmten Versprecher denken.

In Bristol nieselte es.

Mein Fahrer – »Sagen Sie Jim zu mir« – war klein und untersetzt und konnte nicht begreifen, daß ich lieber Ruhe im Auto hatte statt Dauerberieselung durchs Radio.

Verständlicherweise fragte er, wo wir in der Stadt genau hin wollten. Zum nächsten Telefonbuch, antwortete ich, und in den gelben Seiten fand ich ohne Mühe die Avon Paradise Tours. Sie boten Erlebnisreisen durch Cornwall, Devon, Somerset und rund um London an.

Jim, dessen Krankentransportfahrergedächtnis nützlicher war als jede Karte, fuhr uns zielsicher zu ihrem lila Stammsitz und präsentierte mir mit großer Geste das Busdepot wie ein aus dem Hut gezaubertes Kaninchen.

Als die Frauen im Sekretariat von Avon Paradise Tours erst einmal erfaßt hatten, was ich wissen wollte, waren sie zwar einigermaßen hilfsbereit, gaben aber doch nur zurückhaltend Auskunft, um nicht gegen irgendwelche Hausregeln zu verstoßen.

Das verstand ich doch, oder?

Ich verstand.

Daraufhin öffneten sie die harmlosen Schleusen und sagten mir alles.

Die Mitglieder eines Fitneßclubs aus der Gegend von Bristol unternahmen regelmäßig dienstags Busfahrten zum Hollerday Phoenix House, um sich in der dortigen Klinik

auf Herz und Nieren prüfen zu lassen und Gesundheitstips mit nach Hause zu nehmen. Dr. Force, der die Klinik betrieb, weil er in Lynton wohnte, wurde für seinen einmal wöchentlichen Dienst von dem Fitneßclub und Avon Paradise Tours gemeinsam bezahlt. Die Sekretärinnen steckten die Köpfe zusammen und fügten an, das Forschungslabor, in dem Dr. Force gearbeitet hatte, habe auf ihn verzichtet (»ihn also entlassen, Sie verstehen?«).

Welches Labor? Das wußten sie nicht. Sie schüttelten gemeinsam die Köpfe, doch eine sagte, sie habe gehört, sein Fachgebiet seien Lungenkrankheiten gewesen.

Ich ließ mir von den Avon-Paradise-Damen ein Branchenverzeichnis geben, rief an Ort und Stelle die unterschiedlichsten in Frage kommenden Institute an und erkundigte mich nach einem Dr. Force. Dr. Force? Unbekannt, unbekannt, unbekannt. Der allseits unbekannte Dr. Force trieb mich ans Fenster, wo ich den in der Ferne schimmernden, Hochwasser führenden Avon erblickte und mich fragte, was nun?

Lungenkrankheiten.

Kontrollabschnitte. Lauter Nullen. Zahlungsempfänger ... Puste. Ein handgeschriebenes Wort von Martin, das weder Bon-Bon noch mir etwas gesagt hatte.

Im Telefonbuch für Bristol und Umgebung war nichts und niemand namens Puste verzeichnet, und mehr wußte auch die Auskunft nicht.

Aber Martin hatte in großen Blockbuchstaben unmißverständlich PUSTE notiert.

PUSTE konnte sehr wohl für Lunge stehen.

Meine Gedanken schweiften ab. Regen platschte an das

Fenster. Die Damen wurden unruhig und gaben zu verstehen, daß ich lange genug geblieben sei.

PUSTE.

Nun ja, warum nicht?

Unvermittelt fragte ich, ob ich noch einmal ihr Telefon benutzen dürfe, und als sie mir das nun doch etwas widerstrebend gestatteten, sah ich mir die Tastenziffern für Puste an, die auf 78783 lauteten. Sorgfältig drückte ich die Nummer. Ich hatte nichts zu verlieren.

Als ich es rund ein dutzendmal hatte klingeln lassen und es gerade aufgeben wollte, meldete sich eilig und energisch eine Frau: »Ja? Wer ist da?«

»Könnte ich bitte Dr. Force sprechen?«

Ein langes Schweigen trat ein. Ich wollte schon auflegen, um nicht noch mehr Zeit zu verschwenden, da erkundigte sich ein Mann mit tiefer Stimme, ob ich der Anrufer sei, der nach Dr. Force gefragt habe.

»Ja«, erwiderte ich. »Ist er da?«

»Bedaure. Nein. Hier ist er seit einigen Wochen nicht mehr. Würden Sie mir Ihren Namen sagen?«

Ich war mir nicht sicher, wie ich darauf antworten sollte. Allmählich wurde ich doch vorsichtig. Ich sagte, ich würde gleich noch einmal anrufen, und legte auf. Zur Verwunderung der Paradise-Damen bedankte ich mich dann aber nur herzlich, nahm Jim ins Schlepptau und ging.

»Wohin?« fragte er.

»Zum Essen in ein Pub.«

Jims Gesicht hellte sich auf wie der lichte Morgenhimmel. »Kunden wie Sie könnte ich den ganzen Tag fahren.«

In der Kneipe trank er dann lediglich ein großes Glas

Bier mit Limo, ganz wie ich es mir von einem guten Fahrer wünschte.

Das Pub hatte ein Münztelefon. Als wir im Begriff waren zu gehen, wählte ich noch einmal PUSTE, und sofort meldete sich die Stimme des Mannes.

Er sagte: »Ich habe mich mit Avon Paradise Tours unterhalten.«

»Dachte ich mir schon«, erwiderte ich lächelnd. »Und jetzt haben Sie wahrscheinlich die Nummer der Fernsprechzelle auf dem Display. Spart es nicht Zeit, wenn wir uns einfach treffen? Sagen Sie, wo, und ich komme hin.«

Ich nannte Jim den vorgeschlagenen Treffpunkt und ersah aus seinem Nicken, daß er ihn kannte. »Halbe Stunde«, sagte Jim, und zweiundzwanzig Minuten später hielt er im Halteverbot vor dem Eingang eines winterlichen Parks. Entgegen der einhelligen Ermahnung von Worthington, Tom Pigeon und Jim, ohne sie keinen unbekannten Ort aufzusuchen, stieg ich aus, bedeutete Jim weiterzufahren und ging allein in den Park.

Der Nieselregen hörte langsam auf.

Die Anweisung für das Treffen hatte geheißen: »Gehen Sie nach links bis zum Standbild«, und dort, neben einem tänzelnden Pferd aus Kupfer, traf ich einen großgewachsenen Mann, der sehr gebildet und vernünftig aussah und sich vergewisserte, daß ich derjenige war, auf den er wartete.

8

Es war, als führte er ein Selbstgespräch. »Größe zirka eins fünfundachtzig. Braune Haare. Dunkle Augen. Alter achtundzwanzig bis vierunddreißig, würde ich sagen. Sympathisches Erscheinungsbild, sieht man von einer neueren Verletzung rechts am Kinn ab, die ärztlich versorgt worden ist und heilt.«

Er sprach in ein kleines Mikrofon, das er in der Hand hielt. Offenbar gab er für den Fall, daß ich in irgendeiner Weise tätlich wurde, eine Personenbeschreibung von mir durch, und ich gab ihm zu verstehen, daß mir das klar war. An jedem anderen Tag hätte ich über die Vorstellung gelacht.

»Er kam mit einem grauen Rover.« Er gab Jims Kennzeichen durch und beschrieb meine Kleidung.

Als er eine Pause einlegte, sagte ich: »Er heißt Gerard Logan und ist Glasmacher, mit einem eigenen Geschäft in Broadway, Worcestershire. Und wer sind Sie?«

Er war die Stimme am Telefon. Er lachte über meinen trockenen Tonfall und stopfte das Mikrofon in eine Tasche. Er sei George Lawson-Young, sagte er, Professor der Pulmologie, also Lungenspezialist.

»Und 78783?« fragte ich. »Gibt es dazu eine Anschrift?«

Bei allen Möglichkeiten der modernen Technik konnte er sich nicht vorstellen, wie ich ihn gefunden hatte.

»Altmodische Ausdauer und Rätselraten«, meinte ich. »Das erkläre ich Ihnen, wenn Sie mir sagen, was Sie über Adam Force wissen.«

Ich mochte den Professor auf Anhieb, ohne die Vorbehalte, die ich gegenüber Adam Force verspürt hatte. Professor Lawson-Young ließ keinerlei böse Absicht erkennen, sondern warf im Gegenteil seine anfängliche Vorsicht über Bord. Mein erster Eindruck, einen gutmütigen und sehr vernünftigen Menschen vor mir zu haben, wurde bald zur Gewißheit, und so erzählte ich ihm ohne Umschweife von Martin und seiner Vereinbarung mit Dr. Force, dessen Videoband in Verwahrung zu nehmen.

»Martin wollte dann aber, daß ich es aufbewahre«, sagte ich, »und als er starb, kam das Band in meine Hände. Force ist mir nach Broadway gefolgt und hat das Band wieder an sich gebracht, und wo es jetzt ist, weiß ich nicht.«

Draußen auf der Straße fuhr Jim langsam mit dem grauen Rover vorbei, und sein blasses Gesicht hielt durchs Fenster nach mir Ausschau.

»Ich habe einen Leibwächter dabei«, sagte ich und winkte beruhigend zur Straße hin.

Belustigt gestand Professor Lawson-Young, daß auch er nur in sein Mikrofon zu brüllen brauchte, um Hilfe herbeizuholen. Anscheinend war er genauso froh wie ich, daß sich das nun erübrigte. Seine körperliche Anspannung löste sich. Und ich gab die mir dringend empfohlene Wachsamkeit auf.

»Wo haben Sie sich denn so am Gesicht verletzt?« fragte der Professor.

Ich zögerte. Was ich mir im Hinterhof von 19 Lorna Ter-

race geleistet hatte, hörte sich einfach zu blöd an. Als ich schwieg, hakte Lawson-Young neugierig nach, interessiert wie ein engagierter Zeitungsmensch. Ich antwortete lediglich, ich hätte mich geprügelt und den kürzeren gezogen.

Sogleich fragte er, weshalb ich mich geprügelt hätte und mit wem, und er fragte es mit der Autorität, die in seinem Beruf sicherlich vonnöten war.

Da er nicht alles zu wissen brauchte, erzählte ich ihm nur einen Teil der Wahrheit. »Ich war auf der Suche nach Dr. Force, und dabei habe ich mich an einem Wasserhahn gestoßen. Ziemlich ungeschickt.«

Er legte den Kopf schräg und betrachtete mich aufmerksam. »Ich muß leider feststellen, daß Sie mich anlügen.«

»Wie kommen Sie darauf?«

»Es ist ungewöhnlich, sich mit einem Wasserhahn zu prügeln.«

Ich zeigte ihm ein laues Grinsen. »Also gut, der Hahn war an einem Schlauch befestigt, mit dem ich geschlagen wurde. Darauf kommt es aber nicht an. Ich erfuhr, wo Dr. Force zu finden ist, und habe gestern in Lynton mit ihm gesprochen.«

»Wo in Lynton? In dieser neuen Privatklinik?«

»Phoenix House.« Ich nickte. »Die Klinik von Dr. Force sieht aus, als wäre sie für Kinder gedacht.«

»Nicht für Kinder. Für geistig Behinderte. Mir wurde gesagt, daß die älteren Patienten dort bei ihm in guten Händen sind.«

»Stimmt, sie sahen recht zufrieden aus.«

»Und was für einen Eindruck haben Sie sonst mitgenommen?«

Ich antwortete ihm ohne viel Zögern. »Force kann aus-

gesprochen reizend sein, wenn er will, und er hat auch ein bißchen was von einem Gauner.«

»Nur ein bißchen?« Der Professor seufzte. »Adam Force war hier Leiter eines Forschungsprojekts zur Linderung des Schnarchens mit Hilfe von Glasfaserinstrumenten und Mikrolaser ...« Er schwieg einen Moment. »Ich möchte Sie nicht langweilen...«

Die Gefahr bestand nicht, denn da ich selbst Glasinstrumente für derartige Forschungen entworfen und hergestellt hatte, war mein Interesse geweckt. Als ich ihm das sagte, staunte der Professor seinerseits. Er ging auf die Arbeit, mit der Force beschäftigt gewesen war und die er gestohlen hatte, näher ein.

»Wir hatten mit einem Verfahren experimentiert, bei dem ein Mikrolaserstrahl durch ein Glasfaserinstrument in das Gewebe der Kehle geleitet wird. Der Mikrolaser erwärmt das Gewebe, so daß es hart wird und der Schlafende zu schnarchen aufhört. Gestohlen hat Adam Force das Ergebnis unserer Bemühungen, die optimale Wellenlänge zu finden, die ein Laser braucht, um das Gewebe zu durchdringen und es exakt auf die erforderliche Temperatur zu erwärmen... Können Sie mir folgen?«

»Mehr oder weniger.«

Er nickte. »Ein zuverlässiges Mittel gegen das Schnarchen wäre für die Betroffenen von unschätzbarem Wert. Adam Force hat diese Daten gestohlen und sie an ein Marketing-Unternehmen verkauft, das darauf spezialisiert ist, Neuheiten und Informationen über Neuheiten an den Mann zu bringen. Force gab unsere neuesten, noch unvollständigen Daten an Leute weiter, mit denen wir schon ver-

schiedentlich gearbeitet hatten und für die kein Anlaß zu Mißtrauen bestand. Adam legte alle richtigen Papiere vor. Erst nach Wochen wurde der Diebstahl entdeckt, und als wir den Marketing-Leuten unser Material anboten und sie uns sagten, das hätten sie bereits von Adam Force gekauft, fielen wir aus allen Wolken.«

»Also haben Sie ihn entlassen«, meinte ich.

»Das hätten wir tun sollen. Er hat sicher damit gerechnet, aber wir brauchten ihn unbedingt für unser Forschungsprogramm.« Der Professor sah eher betrübt als zornig drein.

»Lassen Sie mich raten«, sagte ich. »Sie haben ihn nicht angezeigt, weil er Ihnen allen so sympathisch war.«

Lawson-Young nickte traurig. »Adam hat praktisch auf Knien um Verzeihung gebeten und sich bereit erklärt, das Geld in Raten zurückzuzahlen, wenn wir ihn nicht vor Gericht bringen würden.«

»Und?«

»Zwei Monate lang hat er pünktlich gezahlt«, sagte der Professor geknickt, »und dann fanden wir heraus, daß er noch viel geheimere Informationen zu Geld zu machen suchte... und damit meine ich unbezahlbare Informationen, die die Welt verändern können...« Er unterbrach sich jäh, als hätte ihm der ungeheuerliche Vertrauensbruch von Adam Force die Sprache verschlagen.

»Zum Dank für unsere Großzügigkeit«, fuhr er schließlich fort, »hat er die neuesten, explosivsten Daten aus unserer ganzen Forschungsarbeit entwendet, und wir sind überzeugt, daß er vorhat, sie an den international Meistbietenden zu verkaufen. Ich spreche von den Informationen

auf dem Video, das Ihnen Force wieder abgenommen hat, und wir hatten inständig gehofft, Sie würden das Band finden.«

»Sie wußten doch gar nicht, daß es mich gibt«, sagte ich ungläubig.

»Das wußten wir schon. Unsere Detektive sind sehr gründlich. Wir wußten nur nicht, ob Adam Sie nicht vielleicht eingewickelt hatte wie Ihren Freund Stukely.«

»Martin?«

»Aber ja. Force kann sehr überzeugend und charmant sein, wie Sie wissen. Wir nehmen an, daß er Stukely auch um einen ziemlich hohen Geldbetrag gebracht hat, der angeblich in unsere Forschungsarbeit fließen sollte.«

»Martin war doch kein Idiot«, wandte ich ein.

»Sehr wahrscheinlich hatte Stukely keine Ahnung, daß das Material auf dem Videoband gestohlen war. Glauben Sie mir, man muß kein Idiot sein, um auf einen Betrüger hereinzufallen. Mich halte ich auch nicht für einen Idioten, und er hat mich getäuscht. Ich habe ihn als Freund behandelt.«

»Wie hat Martin Dr. Force kennengelernt? Das wissen Sie nicht zufällig?«

»Doch. Das war bei einem Benefizessen für die Krebsforschung. Adam Force hat dort Geld für die Stiftung gesammelt, und Stukely war als Gast des Mannes da, für den er ritt, einem Förderer der Stiftung. Auch ich bin zufällig einer ihrer Förderer, und an dem Abend habe ich Martin Stukely kurz gesehen.«

Ich erinnerte mich dunkel, daß Martin von dem Essen erzählt hatte, aber wir hatten nicht länger darüber geredet. Allerdings war es typisch für Martin, an unerwarteten Or-

ten Bekanntschaften zu schließen – hatte ich ihn doch als Geschworenen am Gericht kennengelernt.

Nach einer Weile sagte Lawson-Young: »Wir haben wirklich überall nach Beweisen dafür gesucht, daß Adam im Besitz von Material war, das dem Labor gehörte. Wir wissen mit neunzigprozentiger Sicherheit, daß er alle relevanten Einzelheiten auf der Videokassette, die er Martin Stukely anvertraute, aufgezeichnet hat.«

Zu meiner Erleichterung war keine Rede davon, mit Räubermethoden oder einer gesprächig machenden, rigorosen Zahnbehandlung aus mir herauszuholen, wo sich die Kassette befand. Ich merkte jedoch, daß der Professor wieder so angespannt war wie zu Beginn, und ich fragte mich, ob er befürchtete, ich könnte ihn wie Adam Force zum Narren halten.

»Force hat die Kassette«, sagte ich einfach. »Fragen Sie ihn. Allerdings erzählte er mir gestern, er habe Ihre Formeln und Schlußfolgerungen überspielt und jetzt seien nur noch Pferderennen auf dem Band zu sehen.«

»O Gott.«

»Ich würde ihm das nicht glauben«, sagte ich.

Nach ein paar Augenblicken fragte der Professor: »Erkennen Sie jeweils, ob jemand lügt?«

»Das kommt auf die Person an und auf den Zusammenhang, in dem gelogen wird.«

»Mhm«, machte er.

Ich ließ eine lange Reihe von Halbwahrheiten Revue passieren, auch solche, die ich selbst in die Welt gesetzt hatte.

»Läßt man die Lügen beiseite«, meinte George Lawson-Young lächelnd, »erhält man wahrscheinlich die Wahrheit.«

Nach einer Weile sagte er noch einmal: »Wir haben wirklich überall nach Beweisen dafür gesucht, daß Adam Material an sich gebracht hat, das Eigentum des Labors ist. Wir glauben, daß er die relevanten Fakten auf Band aufgezeichnet hat, weil einer unserer Mitarbeiter meint, ihn dabei beobachtet zu haben, aber da er in einem ganz anderen Bereich tätig ist, hat er Adam geglaubt, als der ihm sagte, es handele sich um routinemäßige Aufzeichnungen. Dann hat Adam beim Pferderennen in Cheltenham Martin Stukely ein Band anvertraut. Nach Stukelys Tod hörten wir uns um und erfuhren, daß sein Jockeydiener das Band wie vorgesehen an einen Freund Stukelys weitergegeben hatte.« Er schwieg. »Sie sind dieser Freund, und Sie können uns wirklich nicht sagen, wo wir das verschwundene Band suchen müssen? Noch besser wäre natürlich, Sie könnten es uns geben.«

»Das ist mir nicht möglich«, versicherte ich. »Ich glaube, Force hat es.«

Lawson-Young zitterte plötzlich in dem klammen, kalten Wind, und meine Gedanken waren nicht mehr richtig im Fluß. Ich schlug vor, unsere Unterhaltung irgendwo ins Warme zu verlegen, und nach einigem Nachdenken und einer Rücksprache übers Mikrofon sagte der Professor, wenn es mir recht sei, möchte ich ihn bitte zu seinem Labor begleiten.

Das war mir nicht nur recht, sondern ich fühlte mich durch das Angebot geehrt, und nach der Miene des Professors zu urteilen, sah er mir das an. Sein Vertrauen reichte indessen nicht so weit, daß er in meinen Wagen gestiegen wäre, sondern er fuhr mit einem, der plötzlich aus dem Nichts auftauchte, und ich fuhr mit Jim hinterher.

Das Forschungslabor des Professors lag im Erdgeschoß eines ziemlich imposanten Stadthauses aus dem neunzehnten Jahrhundert mit einem Säulenvorbau. Auf der Schwelle der Eingangstür jedoch ließen wir die Vergangenheit hinter uns; was vor uns lag, war die Zukunft.

Das war das Reich des Professors George Lawson-Young. Er stellte mich den jungen Medizinern seines Teams vor, die ich hauptsächlich oder überhaupt nur deshalb interessierte, weil ich vor langer Zeit ein Relaissystem entwickelt hatte, das die Geschwindigkeit, mit der sich flüssige oder gasförmige Stoffe durch Röhren unterschiedlichen Durchmessers bewegten, präzise zu steuern erlaubte.

Sonst waren nicht viel Arbeiten von mir zu sehen, aber der in winzige Pipetten und einige Spezialgläser eingravierte Firmenname LOGAN GLAS sorgte dafür, daß man mich als Mann vom Fach und nicht bloß als Besucher ansah. Jedenfalls konnte ich Dinge wie Saugheber, Zellseparatoren, Petrischalen und Destillierkolben beim Namen nennen, und als ich dann fragte, was Adam Force beim zweiten Mal gestohlen habe, wurde mir geantwortet.

»Inzwischen glauben wir eher, es war schon sein dritter Coup«, meinte eine junge Frau in einem weißen Kittel. »Wie es aussieht, hat er auch die Formel für unser neues Asthmamittel entwendet, das die Vernarbung der Atemwege chronisch Asthmakranker verhüten soll. Das ist uns erst vor kurzem klargeworden, denn damals versicherte er uns, er nehme nur Resultate vom Vorjahr mit nach Hause, und wir glaubten ihm.«

Ringsherum wurde nachsichtig genickt. Trotz allem konnten sie Adam Force nicht böse sein. Der Professor

selbst sagte mir schließlich ernüchtert, was ich die ganze Zeit schon hatte wissen wollen.

»Das von Adam Force aufgenommene und gestohlene Videoband zeigt die Ausbildung bestimmter Gewebekulturen und ihrer Bestandteile. Es handelt sich dabei um Zellkulturen einiger verbreiteter Krebsarten wie Lungen- oder Brustkrebs. Ziel war die Entwicklung genetischer Mutationen, welche die Krebszellen sensibler für die Einwirkung von Arzneimitteln machen. Möglicherweise lassen sich alle landläufigen Krebsarten dadurch heilen, daß man den Erkrankten ein solches mutiertes Gen einpflanzt. Wahrscheinlich ist auch die chromatografische Aufteilung der verschiedenen Komponenten des genetischen Materials der Krebszellen auf dem Band zu sehen. Das ist alles sehr kompliziert. Auf den ersten Blick gibt das keinen Sinn, wenn man die Fachkenntnisse nicht hat. Deshalb wäre es gut möglich, daß der Vermerk ›Nicht überspielen‹ mißachtet wird.«

Die technischen Einzelheiten waren mir zwar zu hoch, aber zumindest verstand ich, daß es auf dem Videoband, das die Menschheit retten konnte, um ein Heilmittel für zahlreiche Krebsarten ging.

»Und das soll funktionieren?« fragte ich den Professor.

»Es ist ein wesentlicher Fortschritt«, antwortete er.

»Aber«, überlegte ich laut, »ist es Millionen wert, wenn Force damit hausieren geht?«

»Das wissen wir nicht«, meinte Lawson-Young düster.

Auch Adam Force hatte gesagt: »Das weiß ich nicht.« Offenbar keine Lüge, sondern ein Hinweis darauf, daß der Vorgang noch nicht hinreichend getestet worden war. Das

Videoband war der Nachweis einer Möglichkeit, einer Beinah-Gewißheit, deren Wert sich erst noch zeigen mußte.

»Sie haben aber doch bestimmt Sicherheitskopien von allem, was auf dem Band war, oder?« fragte ich. »Selbst wenn jetzt Pferderennen darauf sein sollten?«

Ruhig wie ein Verurteilter, der sich mit der Unvermeidlichkeit seiner Hinrichtung abgefunden hat, sagte mir der Professor die bittere Wahrheit. »Bevor er sich mit der Videokassette davonmachte, hat Adam unsere Aufzeichnungen darüber komplett zerstört, und sie konnten bis heute nicht ersetzt werden. Wir brauchen dieses Band, und ich kann nur hoffen, daß Sie recht haben und er gelogen hat. Das ist die Arbeit von zwei Jahren. Es forschen noch andere auf dem Gebiet, und wenn sie den Durchbruch vor uns schaffen, machen wir Millionen Verlust, statt Millionen zu verdienen.«

Während er kurz schwieg, klingelte das Telefon. George Lawson-Young nahm ab, hörte zu und gab den Hörer wortlos an mich weiter. Der Anrufer war Jim, in einem Zustand heller Aufregung.

»Der Doktor von gestern«, sagte er bestürzt, »der mit dem weißen Bart –«

»Ja?«

»Der ist hier draußen.«

»Mist... was macht er?«

»Er wartet. Er sitzt in seinem Wagen, der fünfzig Meter weiter oben an der Straße steht, und er hat einen großen Haudrauf bei sich. Aus der Gegenrichtung, ein Stück die Straße runter, erwartet Sie ebenfalls ein Wagen. Das ist die klassische Zange, und Sie sind in der Mitte. Was soll ich tun?«

»Wo sind Sie genau?« fragte ich. »Muß ich nach rechts oder nach links gehen, um zu Ihnen zu kommen?«

»Nach links. Ich stehe vier Wagen vor dem Weißbart, gegenüber von der Tür, durch die Sie das Gebäude betreten haben. Ich parke da, aber eine Politesse streicht herum. Im Gegensatz zu Weißbart stehe ich im Halteverbot, und ich kann mir keine Strafzettel mehr leisten, die sind schlecht fürs Geschäft.«

»Bleiben Sie im Halteverbot«, sagte ich. »Fahren Sie nur weg, wenn die Politesse Ihnen keine andere Wahl läßt. Dr. Force hat Sie und den Wagen gestern gesehen, das ist nicht zu ändern.«

Jim hob die Stimme: »Weißbart ist ausgestiegen! Was soll ich machen? Jetzt kommt er hier herüber!«

»Jim«, sagte ich ruhig, »nur keine Panik. Schauen Sie Dr. Force nicht an, wenn er näher kommt, und lassen Sie die Fenster zu. Unterhalten Sie sich weiter mit mir, oder lesen Sie mir was vor, wenn Sie was greifbar haben.«

»Herr Jesus.«

Lawson-Young zog seine Augenbrauen bis zum Haaransatz hoch.

»Mein Fahrer ist beunruhigt, weil Adam Force draußen vor der Klinik ist«, erklärte ich ihm. Und verschwieg, daß mich der Arzt bei unserer vorangegangenen Begegnung mit einer veritablen Giftspritze verscheucht hatte.

Jim las mir mit flatternder Stimme die Anfangssätze der Bedienungsanleitung für den Rover vor und fiepte plötzlich: »Er ist an meinem Fenster. Er klopft dagegen. Mr. Logan, was soll ich tun?«

»Lesen Sie weiter.«

Ich bat den Professor, den Hörer zu übernehmen, und eilte unverzüglich von unserem Standort im Labor zum Ausgang und hinaus auf die Straße. Dort stand auf der linken Seite Adam Force auf der Fahrbahn, klopfte heftig gegen das Fenster auf der Fahrerseite des Rovers und geriet über Jims ausbleibende Reaktion sichtlich in Rage.

Ich ging schnell den Gehsteig hinunter, verlangsamte auf den letzten Metern, überquerte die Straße, trat leise von hinten an Dr. Weißbart heran und sagte, als ich an seiner Schulter anlangte, wie zu Victor auf dem Bahnhof Taunton: »Tag.«

Worthington und Tom Pigeon hätten nichts davon gehalten. Adam Force fuhr überrascht herum.

»Suchen Sie mich?« fragte ich.

Im Wagen zeigte Jim hocherregt mit dem Finger auf den Laboreingang und die Straße dahinter. Es herrschte wenig Verkehr, aber von einem der herankommenden Wagen, so bedeutete mir Jim, war das Schlimmste zu erwarten.

»Adam Force«, sagte ich laut, »ist in dieser Straße viel zu bekannt«, und unter Verzicht auf jede langwierige Vorausplanung, rein instinktiv, packte ich den reizenden Doktor beim Handgelenk, drehte ihm den Arm auf den Rücken, schwenkte ihn zu dem anrollenden Fahrzeug herum und ließ ihn spüren, wie fest ein durch jahrelanges Hantieren mit Schmelzglas gehärteter Griff sein konnte.

Adam Force schrie auf, zuerst vor Schmerz, aber dann auch, um Kapitulation und Verhandlungsbereitschaft zu signalisieren. »Sie tun mir weh. Hören Sie auf. Ich sage Ihnen alles. Hören Sie auf... Bitte... lassen Sie mich los, um Himmels willen.«

In der Übergangsphase zwischen Trotz und Flehen entfiel der Hand, die ich gepackt hielt, ein kleiner Gegenstand. Er landete im Rinnstein, nicht weit vom Gully, und ich hätte kaum darauf geachtet, hätte Force nicht wiederholt versucht, ihn mit dem Fuß durch die Abdeckung zu stoßen, damit er für immer verlorenging.

Ich wußte nicht, was er mit »alles« gemeint hatte, aber ich wollte es liebend gern erfahren. Er schrie unter meinem verstärkten Griff von neuem auf, und ich fragte mich, wie Professor Lawson-Young das wohl aufnahm, falls er noch zuhörte. Der Fahrer des anrollenden Wagens bremste, als er sah, wie Adam Force in der Klemme saß, und die Fahrer der vier nächsten Wagen hupten, da sie nicht wußten, was vor sich ging.

»Alles«, zischte ich Force als Stichwort ins Ohr.

»Rose«, setzte er an, überlegte es sich dann aber anders. Vor Rose hatte jeder Angst.

Ich riß heftig an seinem Arm, um ihm auf die Sprünge zu helfen, und sah mit einiger Bestürzung, daß der große Haudrauf, der sich jetzt aus dem Wagen hievte, um ihm beizuspringen, niemand anderes als Norman Osprey mit den gorillamäßig entwickelten Schultern war. Hinter mir sah ich den zweiten Wagen der klassischen Zange auf mich zukommen. Diese zweifach unangenehme Überraschung führte dazu, daß ich den Arm meines Gefangenen noch einmal hochriß, aber dann befürchtete ich, ich könnte ihm den Arm brechen oder die Schulter ausrenken. Echte Schmerztränen standen in den Augen des Arztes.

Wieder bettelte er um Pardon und sagte verzweifelt, unter Schluchzen: »Ich habe Rose das Gas besorgt… Cyclo-

propan aus der Klinikapotheke… Rot und Grün kann ich ja nicht unterscheiden, aber Orange geht… nun lassen Sie mich los.«

Wegen des Straßenlärms und der gellenden Hupen war es schwer, ihn genau zu verstehen, aber bis jetzt hatte er mir, statt »alles« zu erzählen, lediglich eine naheliegende Annahme bestätigt, und ich behielt ihn so lange im Schwitzkasten, bis er eine für mich entscheidende Frage beantwortete, nämlich: »Woher kennen Sie Rose?«

Ihm schien das unwichtig. »Ihre Schwester Gina brachte ihre Schwiegermutter zu mir in die Klinik«, sagte er gereizt. »Rose habe ich bei Gina daheim kennengelernt.«

So weit, so gut, jetzt mußte ich sehen, wie ich mich schnell und unverletzt hier herauswand. Die beiden Wagen waren so dicht herangekommen, daß sie Kühler an Kühler standen, nicht mehr weiter konnten und die Straße versperrten. Der Fahrer des zweiten beeilte sich auszusteigen, und zu meinem Schrecken sah ich, daß es Rose war. Die Verkehrsteilnehmer ringsum ließen unentwegt die Hupen sprechen. Die Politesse mit dem gezückten Strafzettelblock beobachtete den Zirkus von fern und pickte sich Jim heraus, der noch immer auf den gelben Streifen stand.

Norman Osprey, ein wandelnder Fels, peilte Force und mich an, um den Arzt zu befreien und vielleicht an den Zeitvertreib anzuknüpfen, bei dem ihn Tom Pigeon und die Hunde in Broadway unterbrochen hatten.

Da sie beide stur geradeaus schauten, stießen die Politesse und Norman der Buchmacher brutal zusammen und warfen sich, gebremst und aus dem Tritt gebracht, gegenseitig vor, keine Augen im Kopf zu haben.

Jim hielt den Blick leider getreulich auf die Bedienungsanleitung gerichtet, wie ich ihn angewiesen hatte, und las wacker vor sich hin.

Es nützte auch nichts, daß ich ihn anschrie, um seine Aufmerksamkeit zu erlangen, und erst als ich den lautestmöglichen Londoner Taxi-im-Regen-Pfiff gegen Jims Konzentration aufbot, drang ich zu ihm durch.

»Fenster!« rief ich.

Endlich verstand er mich, doch er brauchte eine Ewigkeit, um die Zündung einzuschalten und das Fenster herunterzulassen. Rose fing an zu laufen. Die Politesse riß sich von Norman Osprey los. Gehupe gellte über die versperrte Straße.

»Jim, schaffen Sie den Wagen hier raus«, rief ich meinem Fahrer zu. »Ich rufe Sie an.«

Plötzlich bewies Jim, daß seine verwegenen Fahrkünste nicht bloß ein Gerücht waren. Mit kaum zwei Handbreit Spielraum lenkte er seinen Rover wie ein Zirkuspferd geschickt im Kreis, holperte über den Gehsteig, stieß mich und meinen Gefangenen energisch mit dem hinteren Kotflügel beiseite und verschwand um die nächste Ecke, während ich und der weißbärtige Arzt, der sich zwar nicht mehr vor Schmerzen krümmte, aber immer noch durch meinen Griff am Fortgehen gehindert wurde, hinter ihm her schauten.

Alle anderen rannten und schrien, wie es schien, wild durcheinander. Ich ließ Forces Handgelenk fahren, stieß ihn zugleich aber mit soviel Schwung in die Arme Norman Ospreys und der Politesse, daß sie alle drei aus dem Gleichgewicht gerieten.

In diesem sekundenlangen Drunter und Drüber bückte ich mich, hob das kleine Ding auf, das Force fallen gelassen hatte, nahm die Beine in die Hand und schoß davon wie aus dem Startblock einer Aschenbahn. Ich wich Autos und wütenden Fahrern aus, sprang um die Fangarme von Rose herum wie ein Rugbyspieler, der sich seinen Angreifern entzieht, und dachte bei mir – redete mir ein –, ich könnte ihnen allen davonlaufen, solange nicht irgendein Wichtigtuer dazwischenfunkte und mir ein Bein stellte.

Das Schicksal meinte es gut mit mir. Die Eingangstür des Laborgebäudes öffnete sich, und George Lawson-Young, das Telefon noch in der Hand, trat in den Säulenvorbau, sah herüber und bot mir mit einer Armbewegung das Institut als Zuflucht an. Ich stürmte praktisch durch die glänzend schwarz lackierte Tür und blieb lachend, außer Atem in der Eingangshalle stehen.

Er schloß die Tür. »Ich verstehe nicht, was es da zu lachen gibt«, meinte er.

»Das Leben ist ein Glücksspiel.«

»Und heute hatten Sie Glück?«

Der Professor gefiel mir. Ich grinste, gab ihm den kleinen Gegenstand, den ich vor dem Gully gerettet hatte, und fragte mit verhaltener Dringlichkeit: »Können Sie feststellen, was da drin ist?«

Er sah bestürzt auf das Mitbringsel, und ich nickte, als hätte er damit schon eine Unklarheit beseitigt. Ein wenig streng fragte er mich, ob ich wüßte, was er da so behutsam in der Hand hielt.

»Ja. Das ist eine Art Spritze. Man hält die Nadel in das Präparat und zieht es auf den Gummiball«, sagte ich. »Um

das Präparat zu spritzen, drückt man einfach auf den Ball. Bei Pferden werden solche Spritzen manchmal vom Tierarzt benutzt, weil der Anblick normaler Injektionsspritzen sie ängstigt.«

»Ganz recht«, sagte er. »Sie scheinen sich ja gut auszukennen.«

»Ich war mit Martin mal dabei…« Ich unterbrach mich. So vieles hatte ich mit Martin erlebt.

Lawson-Young sagte, ohne auf Martin einzugehen: »Diese kleinen Spritzen werden auch im Umgang mit manischen Patienten eingesetzt, die man auf die Erde holen oder beruhigen will.«

In Phoenix House wurden auch Kranke mit psychischen Störungen behandelt. Adam Force hatte Zugang zu einer gut ausgerüsteten Apotheke.

George Lawson-Young nahm das Gummibällchen vorsichtig zwischen zwei Finger, drehte sich um und führte mich in den Teil des Labors, in dem der Gas-Chromatograph stand.

Der daumennagelgroße Ball war noch voller Flüssigkeit und, da er im Rinnstein gelegen hatte, auch außen naß. George Lawson-Young legte die Spritze behutsam in eine Schale und bat einen seiner jungen Ärzte, den Inhalt des Gummibällchens so schnell wie möglich zu bestimmen.

»Allerdings gibt es Gifte«, meinte er vorsorglich zu mir, »die sich nur schwer identifizieren lassen.«

»Es wird schon was sein, was in Phoenix House in der Apotheke war«, sagte ich. »Ich habe Force erst gestern nachmittag kennengelernt. Er hatte nicht die Zeit, etwas Ausgefallenes zu organisieren.«

Der Inhalt des Bällchens war überhaupt kein Problem. Schon nach knapp zehn Minuten hatte der junge Forschungsassistent einen Namen dafür. »Das ist Insulin«, sagte er rundheraus. »Ganz normales Insulin, wie es Diabetiker verwenden.«

»Insulin!« rief ich enttäuscht aus. »Weiter nichts?«

Der Forschungsassistent und der Professor lächelten nachsichtig. »Sind Sie zuckerkrank«, sagte der Professor, »kann die Dosis Insulin in dieser Spritze Sie für immer ins Koma befördern. Sind Sie nicht zuckerkrank, kann eine solche Menge Sie umbringen.«

»Mich umbringen?«

»Mit Sicherheit«, nickte Lawson-Young. »Das war eine letale Dosis. Man darf annehmen, daß sie nicht für Ihren Chauffeur, sondern für Sie bestimmt war; aber das hätte ich nun wirklich nicht von Adam gedacht.« Er hörte sich niedergeschmettert an. »Wir wußten, daß er stiehlt, aber töten...« Er schüttelte den Kopf. »Wissen Sie genau, daß die Spritze von ihm kam? Oder haben Sie sie bloß da auf der Straße liegen sehen?«

»Ich weiß genau, daß er sie in der Hand gehalten hat und daß ich sie ihm herausgeschlagen habe.«

Der Professor und ich saßen mittlerweile auf Drehstühlen in dem Bereich des Labors, den er als persönliches Arbeitszimmer nutzte.

»Die große Frage«, meinte ich, »ist eigentlich, warum?«

George Lawson-Young hatte keine Ahnung.

»Tun Sie mir einen Gefallen«, bat er schließlich. »Erzählen Sie mir die Geschichte mal von Anfang an.«

»Dann sage ich kurz meinem Fahrer Bescheid.«

Ich benutzte mein Handy. Jim meldete sich auf seinem Autotelefon und war einerseits erleichtert, daß ich frei sprechen konnte und von mir hören ließ, befürchtete aber andererseits, zu spät nach Hause zu kommen, wo seine Frau mit dem Risotto wartete. Außerdem machte er sich Gedanken, wo er mich gesund und unbehelligt abholen könnte. Ich war schon froh, daß er sich bereit erklärte, auf mich zu warten. Der Professor ließ sich mein Handy geben, wies Jim an, in genau einer Stunde wiederzukommen, und bat mich, die sechzig Minuten voll zu nutzen.

»Die Geschichte handelt von zwei Videobändern«, begann ich zögernd.

»Zwei?« fragte der Professor.

»Zwei«, erwiderte ich, stockte dann aber.

»Bitte erzählen Sie.« Der Professor hatte es verständlicherweise eilig.

»Eines wurde hier von Adam Force aufgenommen und gestohlen«, sagte ich. »Er überredete Martin Stukely, es für ihn aufzubewahren, damit es niemand fand.«

»Wir hatten einen richterlichen Durchsuchungs- und Beschlagnahmebefehl erwirkt und bereits angefangen, überall danach zu suchen, auch bei Adam zu Hause«, sagte Lawson-Young, »aber wir wären nie darauf gekommen, daß es in den Händen eines Jockeys ist.«

»Deshalb hat er es ihm wahrscheinlich gegeben«, sagte ich. »Aber wie es aussieht, dachte Martin, das Videoband sei bei mir, einem Freund, der keine vier neugierigen Kinder hat, noch besser aufgehoben.« Und keine geschwätzige oder zänkische Frau, hätte ich hinzufügen können. Die Frage blieb, ob Martin mir das Videoband wirklich gegeben

hätte, wenn ihm klar gewesen wäre, daß es gestohlene Daten enthielt.

Der Professor lächelte.

»Martin Stukely«, fuhr ich fort, »nahm das gestohlene Band beim Pferderennen in Cheltenham von Force entgegen und gab es vorübergehend seinem Jockeydiener zur Aufbewahrung. Dann ritt er ein Pferd namens Tallahassee in einem Rennen, von dem er nicht zurückkam.«

Lawson-Young nickte. »Als Martin Stukely starb, gab der Jockeydiener Eddie das Band an Sie weiter, da er wußte, daß Martin es so gewollt hatte.« Der Professor schwieg. »Mit Eddie dem Jockeydiener haben sich auch unsere Ermittler unterhalten, und er sagte ihnen, er wisse nichts von einem gestohlenen Forschungsvideo. Er sei der Meinung gewesen, er habe es mit einem Video von Ihnen zu tun, in dem Sie erklären, wie man eine unschätzbar wertvolle antike Halskette nacharbeitet.«

»Das ist das zweite Band«, sagte ich. »Es ist ebenfalls verschwunden.«

»Eddie hatte Ihr Halskettenduplikat in der Jockeystube gesehen. Und nebenbei bemerkt ...«, George Lawson-Youngs kleines Büro erstrahlte von seinem Lächeln, »er fand es fabelhaft. Vielleicht können Sie es mir eines Tages mal zeigen, wenn das hier alles vorbei ist.«

Ich fragte ihn, was er unter »vorbei« verstehe, und sein Lächeln verschwand. »Für mich wird es vorbei sein, wenn wir das Videoband von unserer Arbeit wiederhaben.«

Er wußte sicher, daß Videobänder ziemlich einfach zu kopieren waren. Und daß es sich mit den darauf aufgezeichneten Informationen verhielt wie mit der Büchse der

Pandora: Was einmal draußen war, blieb draußen. Das gestohlene Band zeigte vielleicht jetzt wirklich Pferderennen. Die Aufzeichnungen zur Krebsforschung aber kursierten vielleicht schon weltweit, so daß der Professor sie nicht mehr für sich, für sein Labor reklamieren konnte. Vielleicht war für ihn schon alles vorbei.

Für mich, dachte ich, würde es vorbei sein, wenn mich Rose und Adam Force in Ruhe ließen – aber wie aus heiterem Himmel schob sich plötzlich der vierte Schwarzmaskierte in mein Bewußtsein. Es würde erst vorbei sein, wenn seine Maske fiel.

Ganz beiläufig kam ich auf Nummer vier zu sprechen, da ich befürchtete, der Professor könnte meine Furcht davor als Hirngespinst abtun, doch er nahm sie durchaus ernst.

»Nehmen Sie die Vier in alle Ihre Berechnungen mit hinein«, empfahl er, »und schauen Sie sich die Ergebnisse an. Ergibt sich ein Grund, weshalb Force Ihnen nach dem Leben trachtet? Ergibt sich ein Grund, weshalb Sie überfallen werden? Denken Sie darüber nach.«

Das war vermutlich die Methode, die er gemeinhin bei seinen Forschungen anwandte: Addiere zu allem, was du gesehen und gehört und noch nicht ganz verstanden hast, eine Unbekannte, den Faktor x, und was bekommst du?

Bevor ich die Methode auch nur einüben konnte, kam einer der jungen Assistenten und teilte dem Professor und mir mit, daß Adam Force auf dem Gehsteig gegenüber dem Labor stand, zusammen mit einer drahtigen brünetten Frau – meiner Freundin Rose. Dr. Force, so hörten wir, starre auf den Eingang seiner einstigen Arbeitsstätte, als sinne er auf den bestmöglichen Weg zur Erstürmung der

Bastille. Der Forschungsassistent wiederum tüftelte schon eifrig an einem Fluchtweg aus der Festung.

Der Professor meinte nachdenklich: »Adam kennt sich im Gebäude und drum herum mindestens so gut aus wie wir anderen. Er wird den Mann, der jetzt nicht mehr zu sehen ist, am Hintereingang postiert haben. Wie bekommen wir Mr. Logan also hier heraus, ohne daß Force es merkt?«

Die blitzgescheiten Forscher fanden zwar mehrere schwindelerregende Möglichkeiten, aber schließlich stimmten sie alle für den Fluchtweg, den ich dann auch nahm.

Die bildhübsche Ärztin, deren Vorschlag ich folgte, gab mir lebensgefährliche Anweisungen. »Gehen Sie die Treppe hinauf. Am Ende der Treppe im sechsten Stock ist eine verriegelte Tür. Wenn Sie die aufmachen, kommen Sie aufs Dach. Da lassen Sie sich runterrutschen, bis Sie zu einer Brüstung kommen. Schleichen Sie geduckt die Brüstung entlang, damit der Mann unten auf der Gasse hinterm Haus Sie nicht sieht. Halten Sie sich rechts, und lassen Sie den Kopf unten. Da sind sieben Häuser aneinandergebaut. Sie schleichen hinter den Brüstungen durch bis zu der Feuerleiter am Ende, und da steigen Sie runter. Das letzte Glied der Leiter müssen Sie ausklinken, damit sie bis zum Gehsteig reicht. Wenn Sie unten sind, schieben Sie das Stück wieder hoch und klinken es ein. Mein Wagen steht dort in der Gasse. In einer halben Stunde komme ich hin. Bis dahin sollten Sie unten sein, ohne daß Dr. Force etwas gemerkt hat. Sie steigen zu mir in den Wagen, und ich bringe Sie zu Ihrem Fahrer. Sie müssen sich flach hinlegen, damit man nicht sieht, daß außer mir noch jemand im Wagen ist.«

Alle nickten.

Ich drückte George Lawson-Young die Hand. Er gab mir einen Schwung Telefonnummern und meinte breit lächelnd, die Nummer des Labors hätte ich ja schon. Das gestohlene Videoband würde ich sicherlich finden. Kombinationsgabe und Intuition würden mir helfen.

»Erhoffen Sie sich nicht zuviel«, sagte ich.

»Sie sind unsere einzige Hoffnung!« erwiderte er nüchtern.

Meine Fluchthelferin und ein paar ihrer Kollegen begleiteten mich gutgelaunt in den sechsten Stock und riegelten die Tür zum Dach auf.

Vergnügt, aber doch still wegen des Mannes tief drunten in der Gasse beobachteten sie, wie ich die sanft abfallende Schräge hinunterrutschte bis zu der Brüstung am Dachrand. Als sie mich dort knien sahen, winkten sie noch einmal zum Abschied und sperrten die Dachluke hinter mir zu.

Ich hätte zwar auf allen vieren weiterrobben können, aber dann hätte mich Norman Osprey wahrscheinlich gesehen. Meine zierliche Retterin hatte nicht bedacht, daß ich fast doppelt so groß war wie sie. Um mich unsichtbar zu machen, mußte ich schon auf dem Bauch kriechen, denn die Brüstung war gerade einmal so hoch, wie mein Unterarm lang war.

Zitternd und schwitzend arbeitete ich mich bäuchlings hinter der kargen Deckung voran, und ich mußte meine Nerven und meine Phantasie komplett abschalten, um auch an den Stellen, wo der Putz bröckelte, weiterzukriechen. Es war ein langer Weg nach unten.

Die tiefstehende Sonne warf lange Schatten und machte alles noch schlimmer.

Die sieben Häuser kamen mir wie fünfzig vor.

Ich war überzeugt, ein Sturz über die Brüstung wäre leichter zu ertragen als diese waghalsige Robberei, als ich endlich die Feuerleiter erreichte.

Sieh es positiv, dachte ich grimmig, denn wenn Adam Force jemals auf dem Dach des Laborgebäudes gewesen war, würde er bestimmt nicht annehmen, daß ich da oben herumturnte.

Meine entzückende Retterin bemerkte, als sie mich unten auflas, kritisch, ich hätte mir ganz schön Zeit gelassen. Ich war viel zu geschlaucht und mein Mund viel zu trocken, um ihr zu antworten. Es tat ihr leid, daß das Dach vom Regen naß gewesen war und ich mir die Kleider versaut hatte. Das macht nichts, krächzte ich. Sie schaltete die Scheinwerfer und die Heizung an. Nach und nach hörte ich auf, vor Kälte – und vor Angst – zu zittern.

Wir fanden Jim gewohnt hektisch am vereinbarten Treffpunkt vor. Meine Retterin übergab mich ihm mit den Worten, die Fluchtaktion habe uns großen Spaß gemacht. Fürs Benzin wollte sie nichts haben. Aber ich drückte sie aus tief empfundener Dankbarkeit und gab ihr einen dicken Kuß.

9

Auf der Heimfahrt schaute ich bei Bon-Bon vorbei, um mit ihr zu reden, und stellte fest, daß sie nicht mehr soviel weinte und ihr Erinnerungsvermögen sich gebessert hatte. Gern beantwortete sie meine Fragen, und als ich ihr sagte, welche Schritte wir unternehmen könnten, stimmte sie bereitwillig zu.

Bis Jim mich vor meinem Haus am Hang absetzte und ich gähnend ausstieg, waren wir beide müde. Er war mit Abstand der bürgerlichste meiner drei selbsternannten Aufpasser und wohnte ziemlich in der Nähe. Seine Frau hatte ihn auf die Idee gebracht, mich zu fragen, ob ich ihn nicht ganz als Fahrer haben wollte, bis ich meinen Führerschein zurückbekam. Ich überlegte mir das noch wegen der Kosten, und er überlegte es sich noch wegen des Radio- und Musikverbots. Wir wollten uns Bescheid geben.

An diesem Mittwochabend stand Catherines Motorrad aufgebockt vor dem Kücheneingang. Jim fuhr ab, und der Duft nach warmem Essen, der mich in der Küche empfing, erschien mir so natürlich, wie er mir bei anderen Frauen manchmal künstlich vorgekommen war.

»Tut mir leid.« Sie zeigte mit dem Ellbogen auf einen Rest Rührei. »Ich wußte nicht, wann du zurückkommst, und ich hatte Hunger.«

Ich fragte mich, ob sie bewußt darauf geachtet hatte, »zurück« statt »heim« zu sagen.

Sie schaute mich aufmerksam an und zog die Brauen hoch.

»Ich bin ein bißchen naß geworden«, sagte ich.

»Erzähl's mir nachher.« Sie machte neues Rührei, während ich mich umzog, und wir aßen gemütlich zusammen.

Ich kochte uns Kaffee, und als wir ihn tranken, betrachtete ich ihr hübsches Gesicht mit dem feinen Teint und den welligen blonden Haaren und fragte mich, was diese Frau an mir fand.

»Ich habe heute Dr. Force wiedergesehen«, sagte ich.

Catherine lächelte. »Und war er immer noch so reizend und einnehmend und gut, daß er jedermann den Glauben an die Menschheit wiedergeben könnte?«

»Nicht ganz«, sagte ich. »Er hätte mich wahrscheinlich um die Ecke gebracht, wenn er gekonnt hätte.« Ich gähnte und erzählte ihr der Reihe nach, ohne Übertreibung, was ich erlebt hatte.

Sie hörte aufmerksam und mit Entsetzen zu.

Ich nahm ihr die Kaffeetasse ab und stellte sie in den Spülstein. Wir waren noch in der Küche, die dank meiner Mutter mit zwei großen, bequemen Sesseln und einer guten Heizung ausgestattet war.

Wir setzten uns zusammen in einen der Sessel und genossen die Nähe ebensosehr als wohltuende Entspannung wie als sinnliches Vergnügen.

Ich erzählte ihr von dem Professor und seiner Gleichung mit der Unbekannten. »Nach dieser Methode«, schloß ich, »gehe ich jetzt alles durch, was gesagt und getan worden ist,

füge eine Unbekannte hinzu und schaue mir an, wohin das führt.«

»Hört sich schwierig an.«

»Es verändert das Bild.«

»Und wenn du ihn findest? Den Maskierten Nummer vier?«

»Er bereitet mir Alpträume«, sagte ich.

Ich strich ihr über das Haar. Es war schön, sie in den Armen zu halten, und sie kuschelte sich behaglich an mich.

Wollte ich den Maskierten Nummer vier in das Bild einfügen, so wie ich zuerst mit ihm konfrontiert worden war, mußte ich mir jeden einzelnen Schlag ins Gedächtnis rufen, den ich damals auf dem Gehsteig in Broadway abbekommen hatte, und, als wäre das noch nicht genug, unangenehmerweise auch noch jedes Wort von Rose.

»Brecht ihm die Handgelenke!« hatte sie geschrien.

Catherine bewegte sich in meinen Armen und schmiegte sich enger an mich, und statt an Rose dachte ich dann doch lieber ans Bett.

Catherine stand zeitig auf und fuhr vor Tagesanbruch zu ihrer Frühschicht, und ich ging im Dunkeln zum Geschäft hinunter, dachte über die beiden Tage in Lynton und Bristol nach und fragte mich genau wie Professor Lawson-Young, ob Dr. Force noch im Besitz der unersetzlichen Daten war, die er gestohlen hatte, und sie zum Verkauf anbieten konnte.

Strenggenommen ging einen hergelaufenen Glasmacher aus der Provinz die ganze Geschichte nichts an, aber meine

gut heilenden Schrammen riefen mir in Erinnerung, daß nicht jeder diese Meinung teilte.

Strenggenommen war die ganze Sache auch einen toten Hindernisjockey nichts angegangen, und doch hatte man seine Frau und seine Kinder mit Gas betäubt und ihnen sämtliche Videorecorder entwendet.

Der für seine Forschung lebende Professor verließ sich, wie er gesagt hatte, ganz auf meine Kombinationsgabe, aber für mein Gefühl setzte er da, um mit Martin zu sprechen, alles auf einen Nichtstarter.

Ich erkannte, daß ich bei der Jagd nach der Videokassette bisher stets ins Leere gelaufen war: von einer Sackgasse in die andere. Der Professor war überzeugt, daß einer der Wege über kurz oder lang zu seinem Schatz führen müßte, und ich dachte mir Lloyd Baxter, Ed Payne, Victor, Rose, Norman Osprey, Bon-Bon und Adam Force als diese Wege, diese Sackgassen. Ich dachte an alles, was sie gesagt und getan hatten, denn der Professor hatte recht: Wenn es mir gelang, die Lügen auszusondern, würde ich die Wahrheit finden. Viel mehr Zeit und Energie und Kopfzerbrechen kostete mich seine Behauptung, wenn ich in meine Berechnungen die Unbekannte x (Schwarzmaske vier) miteinbeziehe, würden sie allesamt aufgehen.

Obwohl ich eine halbe Stunde vor dem normalen Arbeitsbeginn ins Geschäft kam, war Hickory bereits dort und versuchte hartnäckig noch einmal, das perfekte Segelboot zu zaubern. Diesmal hatte er das Boot viel größer angelegt und rote und blaue Streifen zum Mast hinaufgezogen, und das Ganze sah leichter und spielerischer aus.

Ich gratulierte ihm und bekam ein verächtliches Grunzen

zur Antwort, so schnell konnte sein sonniges Gemüt in Donnerwetter umschlagen, und ich hoffte für ihn selbst und auch für unser eingespieltes kleines Team, daß sich der Sturm genauso ruckzuck wieder legte. Einstweilen räumte ich die Regale im Lager hinter dem Schmelzofen auf, den Hickory auf 1200 Grad Arbeitstemperatur eingestellt hatte. Im Umgang mit Glasschmelze, das mußte man ihm lassen, zeigte Hickory durchaus das Geschick, das er brauchen würde, um breite Anerkennung zu finden. Insgeheim dachte ich allerdings, daß es bei ihm nur für ein »beachtlich« und nicht für ein »grandios« reichte, und da er tief im Innern seine Grenzen kannte, waren seine derzeitigen Ressentiments etwas, dem man mit Nachsicht und freundlichem Lachen begegnen mußte, wenn er bleiben oder aber im guten scheiden sollte.

Irish und Pamela Jane kamen wie so oft gemeinsam und redeten gerade über einen Film, den sie gesehen hatten und in dem ein böser Glasbläser vorkam. Sie fragten Hickory nach seiner Meinung dazu und zogen ihn derart in die Diskussion hinein, daß Hickorys kostbares neues Segelboot mittendrin plötzlich mit einem mordsmäßigen Knall in fünf oder sechs Stücke zersprang. Es hatte frei auf der Bank gestanden und war an der Außenseite rascher abgekühlt als im ultraheißen Innern. Die Spannungen waren für das empfindliche Glas zu groß geworden. Das Boot war auseinandergeflogen, und die Scherben lagen auf dem Boden.

Entsetzte Gesichter bei meinen drei Gehilfen. Hickory sah auf seine Armbanduhr und sagte düster: »Das waren gerade mal drei Minuten. Ich wollte es in den Ofen stellen. Scheiß auf euern blöden Film.«

Niemand faßte die Scherben an oder machte Anstalten, sie aufzuheben. Sie waren noch fast so heiß wie in der Schmelze – man konnte seine Finger dran grillen.

»Machen Sie sich nichts draus.« Ich sah achselzuckend auf die traurigen Bruchstücke. Ich brauchte sie nicht daran zu erinnern, daß Späne flogen, wo gehobelt wurde. Es passierte wirklich jedem. Auch den besten.

Wir arbeiteten fleißig den ganzen Morgen und machten steil fliegende Vögel für Mobiles, die sich immer gut verkauften. Sie waren eine Spezialität von Pamela Jane, die am nächsten Morgen dann die Vögel auch auf Schnüre ziehen und sie gegen Mittag sorgfältig verpacken würde, so daß sie sich beim Herausnehmen nicht verhedderten.

Hickory, dem immer wunderschöne Vögel gelangen, hatte seine gute Laune wiedergefunden, als Worthington mit Marigolds Rolls-Royce vorfuhr. Marigold selbst entstieg ihrem blankpolierten Wagen in einem auffällig schwarzweiß gestreiften Kaftan und klimperte ausladend mit den dick getuschten Wimpern wie eine Giraffe. Sie sei gekommen, um mit mir im Wychwood Dragon essen zu gehen, sagte sie. Sie wolle mich um einen Gefallen bitten.

Worthington, immer einen Schritt hinter Marigold, wenn er als Leibwächter fungierte, sah nach dem Skiurlaub noch sonnengebräunter aus. Er hatte die meiste Zeit, wie er sagte, auf der Piste verbracht, während Marigolds Garderobe um drei riesengroße Koffer angewachsen war. Und beide hatten sich offenbar glänzend amüsiert.

Marigolds knisternde Vitalität brachte wie gewohnt alle um sie herum zum Schmunzeln, und sie und Hickory flirteten nicht zum ersten Mal ausgelassen miteinander.

Marigold hatte so viel Spaß daran, daß sie eine halbe Stunde blieb – ein Jahrhundert für sie –, während Worthington mich unauffällig zum Ofen hinüberzog und mir mit dem unglücklichsten Gesichtsausdruck mitteilte, daß die geheime Bruderschaft der Buchmacher mit meinem Untergang, wenn nicht gar meinem Tod rechnete.

»Rose schleicht immer noch herum und sinnt auf Rache, weil sie es nicht erträgt, daß Sie nicht vor ihr in die Knie gehen. Man lacht sie aus, weil Sie und Tom und ich zwei ihrer wohlgeplanten Abklatschereien heil überstanden haben, und diesen Gesichtsverlust wird sie auf keinen Fall hinnehmen. Seien Sie also auf der Hut, denn wie ich höre, werden Sie in Broadway beglast, und jede kleine Bewegung wird sofort Rose gemeldet.«

»Beglast?«

»Beobachtet. Leben Sie hinter dem Mond? Fernglas, Nachtglas, Opernglas. Aber ernstlich, Gerard, Tom Pigeon sagt, damit ist nicht zu spaßen.«

Ich versprach ihm, mich in acht zu nehmen, aber wer konnte schon auf Dauer im Alarmzustand leben? »Wenn das so ist«, sagte ich, »will ich Ihnen nicht verschweigen, daß Rose und Adam Force gestern schon versucht haben, mich umzubringen. Zumindest glaube ich das.«

Er hörte grimmig zu und stellte die unbeantwortbare Frage: »Wo ist Rose jetzt?«

Marigold und Hickory, die ihr Geschäker nicht trotz, sondern gerade wegen ihrer zwanzig Jahre Altersunterschied genossen hatten, gaben sich zum Abschied einen Schmatz auf die Wange, und Marigold und ich betraten unter allgemeinem Köpfedrehen den Speiseraum des Wych-

wood Dragon. Der Drachen selbst eilte mit vollen Segeln zwischen den Tischen hindurch Marigold entgegen, zwei prächtige Frauen, die sich ins Auge faßten, um zu ergründen, wer die Stärkere war.

In der Wahl ihrer Kleidung war eine so extravagant wie die andere, aber im Wimperntuscheverbrauch hieß die Siegerin eindeutig Marigold, und fast zwei Stunden vergingen, bevor sie den unterschwelligen Machtkampf leid war und mir sagte, warum sie mich zum Essen eingeladen hatte.

Einleitend verkündete sie: »Ich bin Bon-Bons Mutter.«

»Aha«, sagte ich. Das war mir bekannt.

»Zu Weihnachten«, fuhr Marigold fort, »bekam Bon-Bon von den Kindern eine Videokamera, und Martin wollte ihr noch eine Halskette schenken.«

Ich nickte. »Aber ein Paar warme Winterschuhe war ihr lieber.«

»Das dumme Kind hat keinen Geschmack.«

»Aber wenn sie doch kalte Füße bekommt...«

Marigold war Mode weitaus wichtiger als Wohlbefinden. »Martin sagte, du hättest mal eine unwahrscheinlich schöne Kette gemacht und die bekämst du auch noch mal hin. Könntest du jetzt nicht für Bon-Bon so eine machen? Als Geschenk von mir, versteht sich. Und die würde ich dann gern vorher mal sehen.«

Sie wartete unerhört geduldig auf meine Antwort und sah mir dabei hoffnungsvoll ins Gesicht. Ich wußte wirklich nicht, was ich ihr sagen sollte. Zu antworten, daß die Kette mehr kosten würde als die Winterstiefel und die Videokamera zusammen, wäre ein Affront gewesen, auch wenn es stimmte, aber außerdem war die Kassette mit der auf

Gramm und Grad genauen Herstellungsanleitung für die Kette verschwunden und gehörte möglicherweise zu den Dingen, für die Rose über Leichen ging. Als ich eingewilligt hatte, die Kette für Bon-Bon zu machen, hatte ich Rose nicht gekannt.

Auf mein zu langes Schweigen hin fragte Marigold: »Wo liegt das Problem? Ist es zu aufwendig?«

Da eine Antwort unerläßlich wurde, sagte ich: »Wünscht sich Bon-Bon denn so eine Kette?«

»Sie weiß nichts davon. Es soll eine nette Überraschung sein, um sie aufzuheitern. Erst wollte ich ihr was aus Paris mitbringen, aber dann fiel mir ein, was Martin mit dir ausgemacht hat, also wie steht's?«

Ihr wurde so selten etwas abgeschlagen, daß sie mein Zögern nicht verstand. Ich setzte mein gewinnendstes Lächeln auf und bat um ein wenig Bedenkzeit. Sie zog einen Schmollmund, und mir fiel Martin ein, der einmal lachend bemerkt hatte, wenn Marigold schmollte, sei Sturm angesagt.

Verdammt, dachte ich, würde er bloß noch leben! Seit einundzwanzig Tagen war er tot, und an jedem einzelnen hatte ich ihn vermißt.

»Die Kette, die ich damals angefertigt habe, liegt bei der Bank an der Ecke im Tresor. Ich finde wirklich, du solltest sie erst einmal sehen, bevor wir weiterreden.«

Der Schmollmund wich einem breiten, einsichtigen Lächeln, und obwohl wir ohne weiteres zu Fuß hätten gehen können, rief Marigold mit großer Geste Worthington herbei, bezahlte mit nicht minder großer Geste und überstrahlte den armen Drachen auf dem ganzen Weg bis zum Rolls.

In der Bank verneigte sich der Filialleiter bodentief vor Marigold, während seine Untergebenen enteilten, um uns die Stahlkassette zu bringen, deren Inhalt wir begutachten wollten. Ich öffnete die Kassette, nahm das samtbezogene blaue Kästchen heraus, das die Kopie des ›Kretischen Sonnenaufgangs‹ enthielt, und legte sie Marigold zur Ansicht vor.

Da ich das antike Original nur beleuchtet hinter Glas gesehen hatte, war ein direkter Vergleich nicht möglich, aber im kalten Licht des Schauraums der Bank funkelte mein Duplikat, als käme das Licht aus ihm selbst, und erfüllte mich mit einem solchen Stolz, daß mein Onkel Ron vor Scham die Hände über dem Kopf zusammengeschlagen hätte.

Marigold entfuhr ein überraschtes »Oh!«, dann holte sie Luft und sagte: »Ach du meine Güte«, und wurde sich nicht schlüssig, ob es ihr nun gefiel oder nicht.

Die vor dreitausendfünfhundert Jahren geschaffene Kette bestand aus zwanzig flachen Gliedern und jedes Glied aus dunkel- und aquamarinblauen Glasstückchen, die geschmolzenes Gold zusammenhielt. Die einzelnen Glieder waren fünf Zentimeter lang, einen Daumennagel breit und mit einem Blütenmotiv geprägt. Um den Hals getragen, fächerten die längsseitig aneinandergereihten Glieder wie die Strahlen der aufgehenden Sonne aus, und die Blütenmotive auf der Oberseite bildeten einen Kranz. Es war ein Schmuck von durchaus heidnischer antiker Pracht und von einigem Gewicht. Man konnte es der zarten Bon-Bon nicht verdenken, daß sie keinen Wert darauf gelegt hatte, ihn zu tragen.

Marigold kam wieder zu Atem und fragte, ob Martin die Kette gesehen habe.

»Ja«, sagte ich und nickte. »Er meinte, sie würde Bon-Bon gut stehen, aber sie wollte lieber die Stiefel.« Ich hatte ihm die Nachbildung ohne Auflagen geliehen, und er hatte sie in der Jockeystube herumgezeigt. Zig Leute hatten sie gesehen.

Marigold, erstaunlicherweise schon wieder sprachlos, sah schweigend zu, wie ich die Kette wieder in ihre samtene Nacht sperrte und das Kästchen zurück in die Stahlkassette legte. Ich prüfte noch verschiedene Papiere – Testament, Versicherungspolicen, die Besitzurkunde für das Haus am Hang und andere Scheine, die üblicherweise zum Leben gehören, aber das Lehrvideo fehlte nach wie vor.

Noch einmal kämmte ich sorgfältig den Aktenstoß durch.

Keine Videokassette. Nichts. Dabei dachte ich, daß die Kette selbst mit der genauen Anleitung auf Video nicht gerade einfach anzufertigen war. Ich verwahrte sie nicht zuletzt deshalb im Safe, weil sie mich so viel Mühe und Tüftelei gekostet hatte.

Die Bankangestellten sperrten alles weg und händigten mir meinen Schlüssel aus, und Marigold befahl Worthington mit großer Geste, zu Logan Glas zurückzufahren. Von der Anweisung an ihren Chauffeur abgesehen, verhielt sie sich auf der kurzen Fahrt ungewöhnlich still, und schon im Wychwood Dragon war mir aufgefallen, daß sie ihren Ginkonsum drastisch eingeschränkt hatte.

Im Geschäft stolzierte sie dann durch den hell erleuchteten Ausstellungsraum, als wäre sie dort noch nie gewesen,

und blieb schließlich vor Catherines Flügeln stehen, um uns allen – Worthington, Irish, Hickory, Pamela Jane und mir – eine Ansprache zu halten, als hätte sie die Schüler einer Grundschulklasse vor sich. Wir könnten uns glücklich schätzen, sagte sie, für ein so angesehenes Studio zu arbeiten. Sie aber werde dieses Ansehen durch einen ganz besonderen Auftrag noch wesentlich steigern, »denn Gerard«, hier warf sie mir eine Kußhand zu, »wird, natürlich mit Ihrer aller Unterstützung, eine wundervolle Halskette für mich kreieren, die ich den Marigold-Knight-Preis nennen und zur Erinnerung an meinen Schwiegersohn Martin Stukely alljährlich zu Silvester dem Sieger eines Hindernisrennens in Cheltenham überreichen werde … Na?« – sie breitete die Arme aus – »was haltet ihr davon?«

Was immer wir davon hielten, wir sahen sie in ehrfürchtigem Schweigen an.

»Also, Gerard«, wollte sie wissen, »was meinst du dazu?«

Ich sagte nicht: »Nun mal langsam. Das ist Wahnsinn«, aber ich dachte es.

»Davon hat jeder was«, fuhr Marigold triumphierend fort. »Es wird massenhaft neue Kunden hierherführen.«

Abgesehen von dem leidigen Problem der Versicherung hatte ihr Plan vor allem den Pferdefuß, daß jemand auf den Gedanken kommen konnte, die Nachbildung mit dem Original zu vertauschen, und das hätte Marigold mit dem Gesetz in Konflikt gebracht.

»Ich finde das eine wunderschöne Idee«, meinte Pamela Jane zu Marigold, und die anderen stimmten lächelnd bei. Nicht einmal Worthington meldete Bedenken an.

Hingerissen von dem Projekt, das sie sich da in zehn Mi-

nuten ausgedacht hatte, ging Marigold auch schon ins Detail. Sie würde sofort mit der Rennplanungskommission in Cheltenham sprechen. Gerard könne sich unverzüglich an die Arbeit machen… man müsse die Presse informieren…

Da hörte ich kaum noch zu. Fast alles hätte sich besser zum Rennpreis geeignet als die Kopie eines Schmuckstücks im Wert von Millionen. Auch die Glasskulptur für Martin, die ich im Kopf hatte, war dafür geeigneter. Glastrophäen gab es seit jeher im Rennsport, und den Auftrag, eine neue zu entwerfen, hätte ich mit Freuden angenommen.

Irish ergriff begeistert Marigolds Hand und schüttelte sie zu ihrer Überraschung heftig. Hickory strahlte. Bei Logan Glas waren alle für die Halskettenidee, aber der Kommission in Cheltenham gefiel sie vielleicht weniger.

Die Kommission in Cheltenham mußte erst einmal davon erfahren. Marigold benutzte mein Telefon und überredete ein einflußreiches Kommissionsmitglied, Logan Glas umgehend einen Besuch abzustatten.

Eine Stunde später empfing Marigold, die mächtige Männer zu bezaubern verstand, Kenneth Trubshaw, den Gentleman aus Cheltenham, mit einem zwanglosen Küßchen und erläuterte ihren Plan, bevor sie ihn noch mit Irish, Hickory und Pamela Jane bekannt machte.

Der elegante, weltgewandte Mann vom Rennvereinsvorstand nickte mir zu. Wir kannten uns vom Sehen, hatten aber bis dahin noch nicht miteinander gesprochen. Marigold schwang die Arme in die Luft, um das zu ändern.

»Sie kennen doch Gerard Logan, mein Lieber?«

»Ehm… ja, natürlich.«

»Denn Gerard hat diese fabelhafte Halskette gemacht,

die Sie sich unbedingt ansehen müssen, sie liegt hier auf der Bank...«

Alle schauten auf ihre Armbanduhr oder auf die Wanduhr in der Galerie. Die Bank hatte seit fünf Minuten geschlossen, und Marigold sah frustriert aus. Die Zeit war zu schnell vergangen.

Zögernd schlug ich vor, damit Mr. Trubshaw nicht umsonst gekommen sei, könne er sich ja vielleicht einige andere Sachen von mir ansehen, aber das war Marigold auch nicht recht. »Die Kette«, wandte sie ein, »ist wenigstens zum Teil aus Gold, mein Lieber, und es soll doch so eine Art Gold Cup sein...«

Kenneth Trubshaw tat, vielleicht mehr aus Höflichkeit als aus Interesse, unverbindlich ein paar Schritte in den Ausstellungsraum hinein. Dann schien er erfreulicherweise doch hinzuschauen, stockte, ging einen Schritt zurück und blieb nachdenklich vor Catherines Flügeln stehen.

»Wieviel kostet das?« fragte er. »Es steht kein Preis dran.«

»Das ist verkauft«, sagte ich.

Einhellige Überraschung bei meinen drei Mitarbeitern.

»Schade«, meinte Trubshaw.

»Da ist zu wenig Gold dran«, bemäkelte Marigold.

»Nun«, sagte ich, »ich habe schon mal ein Pferd gemacht, das über ein Hindernis geht. Das Hindernis war aus massivem Gold, die Hufe auch. Das übrige Pferd bestand aus Kristall, der Boden und der Sockel aus schwarzem Glas mit kleinen goldenen Einschlüssen.«

»Wo ist das jetzt?« fragte Kenneth.

»In Dubai.«

Er lächelte.

»Und was ist mit der Kette?« fragte Marigold verärgert.

Ihr Kenneth beschwichtigte sie sanft. »Ich komme morgen noch mal und schaue sie mir an, aber der junge Mann hier hat mehr als bloß eine Kette vorzuweisen. Allein die Flügel...« Er sah hin und neigte den Kopf zur Seite. »Können Sie die nicht noch mal machen? Wenn sie verkauft sind?«

»So etwas verkaufe ich als Unikat«, entschuldigte ich mich. Ich war mir auch nicht sicher, ob ich die Flügel noch einmal hinbekommen hätte. Ihre kraftvolle, beeindrukkende Linienführung kam direkt aus dem Unbewußten. Ich hatte noch nicht mal meine Notizen dazu ins reine geschrieben.

Er fragte, ob ich statt dessen ein Andenken an Martin Stukely entwerfen könne.

»Ich könnte ein golddurchwirktes Pferd im Sprung machen. Ein Pferd, das Cheltenhams würdig wäre.«

»Ich komme morgen wieder«, sagte der Rennplanungsvorstand und umarmte Marigold zum Abschied mit einem begeisterten Lächeln.

Da Marigold mit ihrer Tochter vereinbart hatte, mich bei ihr abzusetzen, fuhren sie, Worthington und ich danach zu Bon-Bon und trafen zur gleichen Zeit dort ein wie Priam Jones, der die ruinierten Reifen seines Wagens durch teure neue ersetzt hatte und entsprechend vorsichtig die kiesbestreute Einfahrt entlangfuhr. Bon-Bon hatte mir erzählt, daß er doch darauf verzichtet hatte, die Stadt wegen der über Nacht aufgestellten spitzzackigen Sperren zu verklagen, und daß sein ganzer Unmut sich jetzt gegen Lloyd

Baxter richtete, der seine Pferde einschließlich Tallahassee in einen Trainingsstall im Norden in der Nähe seines Wohnorts verlegt hatte.

Bon-Bon kam zur Begrüßung aus dem Haus, und da Priam Jones nichts davon wußte, daß er auf meinen Wunsch eingeladen worden war, fiel es mir nicht schwer, so zu tun, als wäre unser Wiedersehen hier ein Zufall. Priam schien mir die letzte Sackgasse zu sein.

»Bon-Bon hat mich zu einem frühen Abendessen eingeladen«, erklärte Priam ein wenig wichtigtuerisch.

»Na, großartig«, meinte ich herzlich. »Mich auch.«

Seinem Gesichtsausdruck nach legte Priam keinen Wert auf meine Anwesenheit, und so konnte es ihm nicht recht sein, daß Bon-Bon dann auch noch ihre Mutter zu einer Kleiderschau ins Haus entführte und im Weggehen über ihre Schulter sagte: »Gerard, schenk doch bitte Priam was zu trinken ein, ja? Du findest alles im Schrank.«

Bon-Bons Trauer um Martin hatte ein Stadium erreicht, in dem der Schmerz wie ein Halt gebender Anker ist. Sie hatte die Kinder besser im Griff und führte auch den Haushalt wieder souveräner. Ich hatte sie gefragt, ob sie sich vorstellen könne, Priam zum Essen einzuladen, aber daß sie ihn so geschickt meiner Fürsorge überlassen würde, damit hatte ich nicht gerechnet.

In diesem Moment kamen die Kinder aus dem Haus gestürzt, die mich zu meinem Erstaunen als »Onkel Gerard« und Priam mit »Sir« anredeten. Sie drängten sich dann um Worthington und schleppten ihn zum Spielen zu den Garagen hinüber. Priam und ich gingen allein ins Haus und setzten uns in Martins Zimmer. Ich spielte wie gewünscht den

Gastgeber und überredete ihn mit Engelszungen, mir von seinen rennsportlichen Erfolgen zu berichten, da ich in der Zeitung Lobendes über einen seiner Sieger gelesen hatte.

Mit einem Anflug der alten Großtuerei erzählte er mir, daß seine Pferde siegten, weil er es wie kein zweiter verstehe, sie zur rechten Zeit fit zu bekommen. Niemand könne ein Pferd so zielsicher wie er auf ein bestimmtes Rennen vorbereiten.

Er strich sich über das lichte weiße Haar, durch das die rosa Kopfhaut schimmerte, und räumte ein, daß Martin hin und wieder ein wenig zu seinen Trainingserfolgen beigetragen habe.

Entspannt lehnte er sich auf der Couch zurück, die ich ihm zugewiesen hatte, und trank Scotch mit Soda, während ich auf Martins Drehstuhl saß und mit den Stiften auf seinem Schreibtisch spielte. Ich mußte an Priams Tränenausbruch in Cheltenham denken und fragte mich nicht zum ersten Mal, ob Priam vielleicht weniger selbstsicher war, als er tat. Wenn es mir gelang, ihn auf der Ebene der Tränen anzusprechen, würde er mir vielleicht einiges erzählen, was ich noch nicht wußte, und diesmal würde mir kein Gartenschlauch dazwischenkommen.

»Wie gut«, fragte ich im Plauderton, »kennen Sie Eddie Payne, Martins alten Jockeydiener?«

Überrascht antwortete Priam: »Ich kenne ihn nicht näher, falls Sie das meinen, aber manchmal übergebe ich ihm die Farben, und da rede ich dann schon mit ihm.«

»Und Rose?« tippte ich an.

»Bitte?«

»Eddie Paynes Tochter. Kennen Sie die auch?«

»Wie kommen Sie darauf?« Er hörte sich verwundert an, aber er hatte die Frage nicht beantwortet. Eddie und seine Tochter hatten unter schwarzen Kapuzenmasken gesteckt, dachte ich, aber konnte Priam Maske Nummer vier gewesen sein?

»Priam«, sagte ich herzlich, »an dem unglückseligen Tag, als Martin starb, waren Sie so nett, mir die Kassette nach Broadway zu bringen, die ich dummerweise in meinem Regenmantel in Martins Wagen hatte liegenlassen. Dafür wollte ich Ihnen noch mal aufrichtig danken.« Ich schwieg und setzte dann hinzu, als hätte das eine mit dem anderen nichts zu tun: »Mir sind wilde Gerüchte zu Ohren gekommen, daß Sie die Kassette vertauscht hätten. Sie hätten sie behalten und mir eine andere in die Tasche gesteckt.«

»Unsinn!«

»Das denke ich auch«, sagte ich lächelnd und nickte. »Ich bin sicher, daß Sie mir die Kassette nach Broadway gebracht haben, die ich in Cheltenham bekommen hatte.«

»Gut.« Er hörte sich erleichtert an. »Warum haben Sie mir das dann alles erzählt?«

»Nun, weil es natürlich schon stimmt, daß Sie, wenn Sie hier waren, auch Martins Riesenvideosammlung gesehen haben. Aus Neugier könnten Sie die Kassette, die ich im Auto vergessen hatte, in seinen Recorder eingelegt haben, um mal reinzuschauen, und dann fanden Sie sie vielleicht langweilig oder konnten nichts damit anfangen und haben sie zurückgespult und wieder eingepackt und sie mir nach Broadway gebracht.«

»Das sind doch jetzt bloß Vermutungen«, beanstandete Priam.

»Schon. Aber vermute ich richtig?«

Priam wollte seine Neugier nicht eingestehen. Ich argumentierte, es könne für ihn nur von Vorteil sein, wenn feststehe, welche Kassette aus dem Geschäft verschwunden sei.

Er schien das einzusehen und machte wieder ein selbstzufriedenes Gesicht, und wieder brachte ich ihn arg aus der Fassung, indem ich fragte, wem er an jenem Abend oder früh am nächsten Morgen auf Anfrage versichert hatte, daß die von ihm nach Broadway gebrachte Kassette nichts mit einer antiken Halskette zu tun habe, ob die nun Millionen wert sei oder nicht.

Priams Gesicht verschloß sich. Diese Frage wollte er eindeutig nicht beantworten.

»War es Rose Payne?« fragte ich ohne Nachdruck.

Er starrte mich nur an, war nicht bereit, seine lange gezügelte Zunge zu lösen.

»Wenn Sie mir sagen, wer es war, können wir dem Gerede von den Kassetten, die Sie angeblich vertauscht haben, entgegentreten.«

»Die Wahrheit zu sagen, hat noch nie geschadet«, wandte Priam ein, aber das stimmte natürlich nicht, die Wahrheit ließ sich in Zweifel ziehen, und sie konnte schmerzlich sein.

»Wer?« fragte ich noch einmal, ohne ihn zu bedrängen, und gerade das bewog ihn vielleicht, mit der Sprache herauszurücken.

»Nach Martins Tod«, sagte er, »habe ich seine Sachen hierhergebracht, wie Sie wissen, und da mein Wagen in der Werkstatt war wegen der, ehm … weil die Reifen gewechselt werden mußten …«

Ich nickte unverfänglich und lächelte nicht.

Priam erzählte beruhigt weiter. »Nun, Bon-Bon sagte, ich könne Martins Wagen nehmen – sie war so verstört, sie hätte zu allem ja gesagt –, und so bin ich mit Martins Wagen erst nach Hause gefahren und dann mit Baxters Tasche und Ihrem Regenmantel wieder nach Broadway, und von dort schließlich wieder nach Hause. Als ich am nächsten Tag von der Morgenarbeit mit dem ersten Lot zurückkam, klingelte mein Telefon, und Eddie Payne war dran...« Priam holte Atem, war aber offenbar entschlossen, fertig zu erzählen. »Tja... Eddie wollte wissen, ob die Kassette, die ich Ihnen gebracht habe, auch bestimmt die war, die er Ihnen in Cheltenham gegeben hatte, und ich sagte, da sei ich mir ganz sicher, und da sonst nichts anlag, legte er auf.«

Priams Geschichte war zu Ende. Er nahm einen großen Schluck Whisky, und ich schenkte ihm zur Erholung von der Beichte gut und reichlich nach.

Eddie selbst war auch zur Beichte gegangen. Eddie hatte sich vor Martins Beerdigung gedrückt. Eddie hatte Angst vor seiner Tochter Rose, und Eddie hatte sich schwarz maskiert, um an der Prügelaktion gegen mich teilzunehmen. Wären Tom und die Dobermänner nicht zufällig dahergekommen, hätte Eddie wohl noch wesentlich größere Sünden zu bekennen gehabt.

Meine simple Frage hatte Priam derart in Angst versetzt, daß ich seine Antwort auf mögliche wichtige Hinweise abklopfte, die mir bis jetzt entgangen waren.

Konnte er Maske Nummer vier sein? Die Unbekannte in der Gleichung?

Ed Payne hatte Rose wahrscheinlich erzählt, daß es auf der Kassette, die in der Neujahrsnacht aus meinem Geschäft

entwendet wurde, um eine Halskette ging. Rose hatte ihm nicht unbedingt geglaubt. Wenn Rose aber wußte, daß es eine solche Kette gab, und fälschlicherweise angenommen hatte, auch das Video darüber sei wertvoll, ja sogar eine Million wert, konnte sie durchaus so versessen darauf gewesen sein, daß sie Bon-Bons ganze Familie betäubt hatte, um sämtliche Videokassetten im Haus an sich zu bringen.

Damals hatte ich angenommen, es sei ein Mann gewesen, der mich an der Haustür überrumpelt und bewußtlos geschlagen hatte, aber wenn ich recht überlegte, konnte es auch Rose selbst gewesen sein. Sie war kräftig, wendig, resolut und hatte allemal das Zeug, einen Mann anzugreifen. Das wußte ich aus Erfahrung.

Nachdenklich, als wüßte ich nicht mehr, daß ich ihm die Frage schon einmal gestellt hatte, fragte ich Priam: »Wie gut kennen Sie Rose Payne?«

»Die kenne ich nicht«, erwiderte er prompt, revidierte dann aber seine Antwort und schwächte sie ab. »Gesehen habe ich sie wohl schon.«

»Was würden Sie sagen, wie gut sie Adam Force kennt? Meinen Sie, Dr. Force wäre dumm genug, ihr aus einer Klinik, die er betreut, eine Flasche mit Gas zu besorgen?«

Priam machte ein Gesicht, als hätte ich ihn mit Schwertern durchbohrt, aber leider gab er keinerlei Schuldbewußtsein zu erkennen. Er fühlte sich nicht schuldig; so gut wie niemand fühlte sich schuldig.

Bon-Bons »frühes Abendessen« erwies sich zu Priams gelinder Enttäuschung als ebendies und nicht mehr. Er hatte es gern exklusiver, aber wir saßen einfach alle um den großen Küchentisch, Marigold, Worthington, die Kinder, Bon-

Bon, ich und Priam selbst. Ich fungierte außerdem als Kellner, wie ich das als Gast hier gewohnt war, auch wenn Daniel, der ältere Sohn, manchmal das Geschirr abräumen half.

»Gerard«, sagte Daniel zwischen zwei Gängen und stellte sich direkt vor mich, um meine Aufmerksamkeit zu erlangen, »wer ist Victor?«

Ich spitzte die Ohren und sagte: »Das ist ein Junge. Sag mir, was du gehört hast.«

»Gilt die Abmachung noch?« fragte Daniel. »Gibt es Goldtaler?«

»Aber natürlich nicht«, schimpfte Bon-Bon. »Das war doch ein Spiel.«

»Ist das hier auch«, versicherte ich ihr, »da können wir die Regeln ruhig beibehalten.«

Ich langte in meine Tasche und fand zu meiner Überraschung sogar noch Kleingeld, obwohl mir die Kinder neulich mindestens zwanzig »Taler« abgeknöpft hatten.

»Was ist mit Victor?« fragte ich. Ich legte ein Geldstück auf den Tisch, und Daniel sagte: »Es sind zwei Sachen«, also legte ich noch eins dazu.

»Du verziehst die Kinder völlig«, rügte Marigold.

Theoretisch gab ich ihr vielleicht recht, aber unerwarteterweise meldete sich Daniel zu Wort: »Gerard selber hat zu Worthington und einem Bekannten gesagt, daß man bezahlen muß für das, was man bekommt.«

Marigold setzte ihren Chauffeur mit auf die Liste der schlechten Erzieher, aber Daniel, der davon nichts mitbekam, wartete nur auf sein Stichwort.

»Schieß los«, sagte ich. »Zwei Goldtaler. Die muß es aber auch wert sein.« Ich grinste ihn an.

Er legte seine Patschfinger auf die Münzen und sagte direkt zu mir: »Er will dir ein Geheimnis verraten.«

»Wann hat er das gesagt?« Ich nahm ihn ernst, aber die anderen Erwachsenen lachten.

Daniel nahm die erste Münze weg. Berechnender kleiner Satan, dachte ich.

Daniel sagte: »Er hat hier angerufen. Mami war draußen im Garten, da bin ich drangegangen. Er sagte, hier ist Victor. Er wollte nur mit dir, nicht mit Mami sprechen. Du warst nicht da, aber ich sagte ihm, daß du zum Abendessen kommst, und er sagte, er probiert's dann noch mal, wenn er kann.«

Daniels Hand schwebte über der zweiten Münze in der Luft. Ich nickte stoisch, und er ließ sie blitzartig verschwinden.

»Das ist doch unerhört!« schimpfte Marigold mit mir. »Du bringst meinem Enkel nichts als Unarten bei.«

»Es ist ein Spiel«, sagte ich noch einmal; und es war eins für Elfjährige. Daniel war auch sonst klug, aber ich fand, hier hatte er gute Arbeit geleistet.

Das »frühe Abendessen« endete um halb acht, eine Stunde bevor die jüngeren Kinder ins Bett mußten. Marigold, deren gute Laune wiederhergestellt war, drückte Daniel zum Abschied versöhnlich in die Falten ihres Kaftans, und nach dem Kaffee, drei Gläschen Grand Marnier und einem verkicherten Telefonplausch mit Kenneth Trubshaw über die Stiftung eines gewissen Goldpokals entschwebte Marigold auf Wolken der Gutmütigkeit hinaus zum Rolls, nahm mit Worthingtons fürsorglicher Unterstützung im Fond Platz und ließ sich nach Hause fahren.

Priam Jones fühlte sich unter Wert behandelt. Er dankte Bon-Bon zwar für ihre Gastfreundschaft, gab ihr aber zu verstehen, daß er sich als renommierter Trainer und insbesondere als Hauptarbeitgeber ihres verstorbenen Mannes ein wenig mehr Aufmerksamkeit und Beachtung gewünscht hätte. Von mir verabschiedete er sich mit einem noch kühleren Nicken, und die neuen Reifen bekamen, als er über den Kies davonsägte, das ganze Ausmaß seiner Ungehaltenheit zu spüren. Armer Priam, dachte ich. Es war sicher nicht sehr schön, in seiner Haut zu stecken.

Victor ließ mich lange warten. Bon-Bon, die nach oben ging, um den Kindern etwas vorzulesen, gab mir einen Gutenachtkuß und schickte mich in Martins Zimmer, aber es wurde elf Uhr und später, bis sich schließlich die vertraute Kieksstimme aus Taunton meldete.

»Gerard? Ich bin in einer Telefonzelle. Mum glaubt, ich sei im Bett. Sie hat Ihre Handynummer weggeworfen, und mailen kann ich auch nicht – Tante Rose hat mir meinen Computer abgenommen. Das kotzt mich alles an. Ich möchte Sie sprechen. Sagen Sie, wo. Mir geht das Geld aus.«

Schon klickte es mehrmals bedenklich in der Leitung. Wahrscheinlich warf er seine letzten Pennys ein. Als es einen Moment still war, sagte ich: »Ich komme am Sonntag, gleicher Zug, Bahnhof Taunton.«

»Nein. Morgen. Bitte morgen!«

Ich sagte ja, und die Verbindung brach ab.

»Sie sind völlig verrückt, wissen Sie das?« sagte Tom Pigeon, als ich ihn früh um sieben anrief, um ihm Bescheid zu sagen. »Heute ist Freitag. Der Junge hat doch Schule.«

»Eben. Darum geht's wahrscheinlich. Die Schule kann er schwänzen, ohne daß seine Mutter es merkt.«

»Sie fahren nicht«, sagte Tom entschieden, und ein paar Sekunden später dann: »Wir lassen uns von Jim fahren. In seinen Kombi gehen auch die Hunde rein. Wo sind Sie?«

»Bei den Stukelys. Holt ihr mich hier ab?«

»Vor fünf Tagen, am vorigen Sonntag«, sagte Tom mit gespielter Geduld, »hat Ihnen Rose das Gesicht mit einem Schlauch und einem Wasserhahn bearbeitet.«

»Mhm«, gab ich zu.

»Und vorgestern sind Sie, wie ich höre, beinah umgebracht worden.«

»Tja…«

»Wie wär's, wenn Sie zu Hause blieben?«

Ich lächelte über den blöden Vorschlag.

10

Am Freitag sagte mir Jim, daß seine Frau ihm davon abgeraten hatte, mich weiterhin zu fahren, da offenbar ein böser Fluch auf mir laste. Durch unsere Verspätung am Mittwoch war ihr das Risotto verbrutzelt.

Jim und ich kamen jedoch zu einer gegenseitigen Übereinkunft, die wir mit Handschlag besiegelten. Er würde mich fahren, wenn ich ihn zu meinem Schutz brauchte, und zwar ohne Radio, aber für das doppelte Geld.

Als wir diese kleinen Startschwierigkeiten überwunden hatten, fuhr er Tom, mich und die Hunde gutgelaunt nach Taunton und hielt im Halteverbot vor dem Bahnhof an. Zu spät fiel mir ein, daß die Züge werktags anders fuhren als sonntags, so daß »mein« Zug schon durch war und Victor umsonst gewartet hatte.

Er war nicht auf dem Bahnsteig.

Ich sagte Tom Bescheid, der versprach, auf mich zu warten, dann lief ich die Straße hinunter, bis 19 Lorna Terrace in Sicht kam. Kein Victor. Zurück zum Bahnhof – und dort fand ich den schmalen, nervösen Jungen im Wartesaal.

Er sah verfroren und gestreßt aus, als er aufstand, und meine Ankunft genügte nicht, um ihn zum Lächeln zu bringen. Auf der Fahrt hatte ich einige Zeit damit verbracht, Victor in jedes Ereignis einzufügen, dem Maske Nummer

vier beigewohnt haben könnte, aber offenbar lagen mir diese Gleichungen längst nicht so wie George Lawson-Young, zumindest gingen sie mit Victor als der Unbekannten einfach nicht auf.

»Ich habe mich verspätet, weil ich nicht mit der Bahn gekommen bin«, erklärte ich kurz. »Was ist los?«

»Ich möchte ...« Er hörte sich so verzweifelt an, wie er aussah. Er setzte neu an. »Tante Rose ist bei uns eingezogen. Ich hasse sie. Ich kann sie nicht ausstehen, und Mum redet nur mit mir, wenn ich auf Tante Rose höre, so eine Angst hat sie vor ihr. Und wenn Dad rauskommt, läßt er sich hier nicht blicken, solange sie da ist. Das weiß ich genau, aber was soll ich denn machen? Wo soll ich denn hin? Außer Ihnen kenn ich keinen, den ich fragen kann, und das ist zum Heulen, wenn ich an Ihr Gesicht denke ...«

»Hast du's bei deinem Großvater versucht?«

»Der hat eine Scheißangst vor Tante Rose«, erwiderte Victor verzagt. »Schlimmer als Mum.«

»Vorigen Sonntag ...«, setzte ich an, und er unterbrach mich.

»Das tut mir leid. Mit Ihrem Gesicht, das tut mir echt leid. Ich dachte schon, Sie würden heute nicht kommen – Sie wären nicht gekommen.«

»Vergiß vorigen Sonntag«, sagte ich. »Konzentrier dich mal auf Adam Force.«

»Der ist großartig«, meinte Victor ohne Überzeugung und ergänzte dann stirnrunzelnd: »Das sagen alle. Er hat ein paarmal meinen Computer benutzt. So bin ich an seinen Brief gekommen. Er dachte, er hätte die Datei gelöscht, aber sie war noch im Zwischenspeicher.«

Das erklärte vieles.

»Wie lange kennt er deine Tante Rose schon?« fragte ich, und diesmal bekam ich eine Antwort.

»Ungefähr so lange, wie er Mum kennt. Ein paar Monate also. Mum hat so eine Busfahrt zu seiner Klinik mitgemacht, und er hat sich in sie verguckt. Ein richtig cooler Typ, dachte ich. Er kam immer zu ihr, wenn Dad auf der Arbeit war. Aber Tante Rose kriegte das spitz, und was macht sie? Sie flitzt zu dem Hotel, wo Dad arbeitet, und sagt, wenn er sich beeilt, kann er die beiden in flagranti in seinem eigenen Bett ertappen. Dr. Force ist schon weg, als Dad heimkommt, aber Mum bezieht fürchterlich Prügel, Dad bricht ihr das Nasenbein und fünf, sechs Rippen und was weiß ich, und Tante Rose geht zur Polizei und zeigt Dad an. Er kommt für ein Jahr hinter Gitter. Und vorigen Sonntag«, sagte er unglücklich, »da geht Tante Rose hin und schnappt Mum Adam Force weg, das hatte sie wahrscheinlich von Anfang an vorgehabt, und jetzt hört er auf sie, und so komisch es klingt, ich würde sagen, sie schlägt ihn ziemlich oft und ziemlich heftig, und trotzdem küssen sie sich hinterher.«

Er hörte sich verwirrt an, und ich dachte bei mir, daß Worthington ihm wohl einiges hätte erklären können. Der väterliche Worthington, weltgewandt und zuverlässig, ein patenter Kerl, konnte schlicht und einfach nicht Maske Nummer vier sein. Und Victor? Victor sicher auch nicht, obwohl Maske Nummer vier kein solcher Schrank wie Worthington gewesen war, sondern eher schlank und geschmeidig wie Victor. Aber es konnte nicht sein, daß Victor mich erst getreten hatte und mich jetzt um Hilfe bat.

Nicht Victor, nicht Worthington, aber wie stand es mit Gina?

War sie kräftig genug? Ich wußte es nicht genau und kam zögernd zu dem Schluß, daß ich es herausfinden mußte. Ich hatte fast die ganze Auswahl an Sackgassen durchprobiert und niemanden gefunden, der als die Unbekannte x in Frage kam. Dabei hatte es doch einen vierten maskierten Angreifer gegeben. Ich hatte die Hände gespürt. Die Schläge gespürt. Ich hatte die Augen hinter der Maske gesehen. Schwarzmaske vier gab es.

Dem Professor zufolge mußte es eine Frage geben, die ich nicht stellte, und solange ich die richtige Frage nicht stellte, konnte ich nicht erwarten, die richtige Antwort zu bekommen. Aber wie lautete die richtige Frage? Und wem sollte ich sie stellen?

Mit einem stillen Seufzer führte ich Victor aus dem Bahnhofsgebäude und brachte ihn wieder zu Tom und seinen drei schwarzen Vierbeinern, worüber er sich offensichtlich freute. Er sagte Tom, der Sonntag, den wir im Moor verbracht hatten, sei für ihn einer der schönsten Tage überhaupt gewesen. Jedenfalls bis seine Tante Rose ihn kaputtgemacht habe.

Er spielte mit den Hunden, die offenbar auch gutgelaunt waren, und unterhielt sich statt mit uns mit ihnen weiter. »Man kann bestimmt auch heute noch ausreißen und Seemann werden«, hörten ihn die schwarzen Ohren sagen.

»Ich werde mal zu Victors Mutter gehen«, meinte ich nach einer Weile, »und wenn sie da ist, frage ich sie, ob er das Wochenende mit uns verbringen darf.«

»Ich mach das«, wandte Tom ein.

»Wir gehen beide«, sagte ich, und Victors Befürchtungen konnten uns nicht zurückhalten: Wir ließen ihn bei Jim, nahmen die Hunde mit und klopften an die notdürftig reparierte Haustür von 19 Lorna Terrace.

Gina Verity kam nachsehen und wollte uns die ausgebesserte Tür vor der Nase wieder zuschlagen. Toms schwerer Stiefel war dazwischen.

In den fünf Tagen seit dem vergangenen Sonntag hatte Gina Verity ihr gutes Aussehen, ihre Gelassenheit und ihr Selbstvertrauen eingebüßt.

Sie starrte auf mein zerschnittenes, abheilendes Kinn, als wäre das der Tropfen, der das Faß zum Überlaufen brachte. »Kommen Sie bitte rein«, sagte sie hilflos, und mit hängenden Schultern führte sie mich durch den schon bekannten Flur zur Küche. Wieder setzten wir uns an den Tisch.

Tom und die Hunde standen vor dem Haus Wache, da Gina nicht wußte, wann ihre Schwester oder Adam Force zurückkamen.

»Ich würde Victor gern fürs Wochenende zu mir einladen«, sagte ich.

Gina zündete sich wie gehabt eine Zigarette an der anderen an. »Gut«, gab sie dumpf ihr Einverständnis. »Dann holen Sie ihn von der Schule ab.« Ihr kam ein Gedanke. »Aber daß Rose nichts davon merkt – sie würde das bestimmt nicht zulassen.«

Die Finger an Ginas linker Hand waren vom Nikotin fast braun verfärbt. Die Finger der rechten Hand waren weiß. Ich beugte mich vor und hob erst ihre rechte, dann ihre linke Hand an und ließ sie sanft wieder sinken. Die Arme waren kraftlos, ohne Energie. Gina war zu apathisch, um

sich zu wehren, sie sah nur selbst von der einen zur anderen Hand und sagte: »Was ist denn?«

Ich gab keine Antwort. Die linke Hand von Maske Nummer vier war nicht so quittengelb gewesen, auch nicht unter der Straßenbeleuchtung und in Großaufnahme, oder besser gesagt beim Zuschlagen. Die kräftigen Arme von Maske Nummer vier hatten einem Mann gehört.

Gina war nicht Maske Nummer vier gewesen. Das stand mit Sicherheit fest.

Zeit zu gehen.

Draußen vor dem Haus stimmten die Hunde ein Jaulen, Knurren und Bellen an, das in seiner Signalwirkung meinem Warnpfiff entsprach, denn Toms Hunde gaben nur dann Laut, wenn er es wollte.

Gina stand sofort auf und wich mit unverkennbar angstgeweiteten Augen vom Tisch zurück. »Das ist Rose«, sagte sie. »Sie ist wieder da. Die bringt Hunde immer zum Bellen. Sie mögen sie nicht. Wenn Rose naht, sträubt sich ihnen das Fell.«

Und mir die Nackenhaare, dachte ich. Die laut bellenden Hunde gaben Gina recht.

»Gehen Sie«, forderte sie mich mit belegter Stimme auf. »Hinten raus – durch den Hinterhof auf die Gasse. Los, schnell. Beeilen Sie sich.« Es ging ihr ebensosehr um die eigene Sicherheit wie um meine.

Es wäre vielleicht klug gewesen zu gehen, aber von der Devise, daß nur der, der kämpft und zeitig flieht, einen neuen Kampf bestehen kann, hatte ich noch nie viel gehalten. Vor Rose fliehen? Dreimal war ich ihr ja schon durch die Lappen gegangen, und einmal Adam Force. Bei so viel

Glück, dachte ich, kam ich vielleicht noch ein wenig länger ungeschoren davon.

Ich schob meinen Stuhl zurück und legte ein Bein über das andere, blieb aber am Tisch sitzen, als die zielbewußten Schritte durch den Flur kamen.

Es war nicht Rose allein, bei ihr war Adam Force. Rose hatte Tom und seine Freunde erkannt, aber der Arzt konzentrierte seine ganzen negativen Gefühle auf mich. Vor zwei Tagen hatte er vorgehabt, mir Insulin zu spritzen und mich als Opfer eines Unfalls mit Fahrerflucht sterben zu lassen, doch der Plan war gescheitert. Mich jetzt in diesem Haus zu sehen raubte ihm die Fassung.

Rose war interessanterweise so schnell aufgeblüht, wie Gina gewelkt war. Ihre trockene Haut und ihr sprödes Haar schienen geschmeidig geworden zu sein, und sie strahlte vor Glück, einem Glück, das ich nach Victors Erzählungen nur auf befriedigenden Sex zurückführen konnte.

Adam Force mochte immer noch gutaussehend und charmant sein, aber in meinen Augen war er ein Betrüger, der sich sein eigenes Grab schaufelte. Wenn er die gestohlenen Informationen aus Professor Lawson-Youngs Labor noch irgendwo auf Band hatte, würde sich Rose dieses Band unter den Nagel reißen. Rose schnappte sich alles, was sie haben wollte, ob Mann, Videoband oder Macht.

Rose war definitiv eine der Schwarzmasken gewesen, Adam Force aber nicht. Er hatte mich nicht gekannt, als ich in Phoenix House auftauchte.

Ich stand auf und sagte lässig: »So was wie letzten Sonntag gibt es heute nicht. Ich wollte zwar hauptsächlich Gina sprechen, aber ich habe auch eine Nachricht für Rose.«

Zu meiner Verwunderung waren sie ganz Ohr.

Ich sagte: »Der vierte von eurer maskierten Bande hat mir ein Lied gesungen.«

Die Möglichkeit, es könnte etwas Wahres daran sein, nagelte Rose immerhin so lange an ihrem Platz fest, daß ich durch den Flur hinausgehen und mich in den Schutz der Dobermänner begeben konnte. Tom setzte sich in Bewegung und ging mit hochgezogenen Brauen im Gleichschritt mit mir zur Straße, und niemand kam hinter uns her, als wir um die Ecke bogen und mit den Hunden als Nachhut zum Bahnhof zurückkehrten.

»Wie sind Sie denn da heil rausgekommen?« fragte Tom. »Ich war sicher, Sie würden pfeifen.«

»Ich habe sie angelogen.«

Er lachte. Aber es war nicht zum Lachen gewesen. Der abschätzende Blick, mit dem Adam Force mich von Kopf bis Fuß gemustert hatte, war mir vorgekommen, als berechnete er die Gesamtmenge an Gift, die bei soundso viel Kilo Körpergewicht nötig war, um mich zu beseitigen. Eine letale Dosis Insulin... eine Spritze zur Abschreckung, eine Flasche Cyclopropan, ein Vorspiel zu irgendeiner todbringenden Injektion. Rose schlug im Affekt zu, aber Adam Force war ein Mann, der vorsätzlich tötete.

In einer normalen Küche konnte Rose zwar jederzeit zum Messer greifen, aber Adam Force würde dort kein Gift finden, die Waffe seiner Wahl. Da konnte er lange suchen.

Ich hatte im Hinausgehen einen großen Bogen um Rose gemacht, aber der weiße Bart und die orangen Socken, die Liebenswürdigkeit und die Phoenix-House-Apotheke, die Gier nach einer Million und der Glaube an die eigene Un-

fehlbarkeit, das waren auf lange Sicht die Gefahren, die ich am meisten zu fürchten hatte.

Zwei verschiedene Videokassetten waren verschwunden, und beide hatte ich einmal in meiner Obhut gehabt. Hatte Rose jetzt das Video über die Kette? Besaß Force noch die Informationen zur Krebsforschung, die er gestohlen hatte? Möglicherweise war die Antwort einmal ja und einmal nein, aber wie zum Teufel sollte ich das herausfinden?

Auf dem Rückweg nach Broadway fuhren wir über Cheltenham, um Kenneth Trubshaw einen Besuch abzustatten, dem Mann von der Rennplanungskommission, der mir auf Jims Autotelefon gesagt hatte, er sei zu Hause. Etwas überrascht, wie viele wir waren, bat er meine Gefährten dennoch gastfreundlich in die warme Küche, setzte ihnen eine große Dose Kekse vor und komplimentierte mich allein in sein viel kälteres Wohnzimmer. Es war ein großer, nach Norden gehender Raum mit grauem Licht und grünem Teppichboden, eine Farbkombination, die mir aufs Gemüt drückte.

Ich gab ihm das Portfolio, das ich ihm zur Ansicht mitgebracht hatte, einen Überblick über meine Arbeit aus rund zwölf Jahren, dokumentiert in einer Reihe großformatiger Hochglanzfotos.

Die Stücke unverändert nachzubauen komme zwar nicht in Frage, sagte ich, aber wenn ihm welche gefielen, könne ich sehr wohl noch einmal etwas Ähnliches entwerfen.

Er legte das Portfolio auf den großen Tisch, schlug es auf und blätterte es langsam durch. Mir lag ziemlich viel daran, daß ihm wenigstens einige Sachen zusagten, merkte ich, auch wenn sich die Hälfte davon nicht direkt als Rennpreis

empfahl. Allerdings waren in jüngerer Zeit schon Ehrenpreise in Gestalt sehr ausgefallener Glaskrüge kreiert worden. Der Phantasie waren heutzutage kaum Grenzen gesetzt.

Trubshaw sah das ganze Portfolio durch. Dann klappte er es zu meiner großen Enttäuschung zu und teilte mir mit einem viel zu strengen Zug um den Mund sein Urteil mit.

»Wenn Sie mir das Buch ausleihen, lege ich es unserer Kommission vor, die morgen wieder zusammentritt. Ich weiß, die liebe Marigold will Taten sehen. Ich werde sie anrufen, wenn die Entscheidung gefallen ist.«

Verdammt noch mal, dachte ich. Was für ein Gesicht machte der Mann denn, wenn er etwas rundweg ablehnte?

Er sagte: »Ich wäre für das springende Pferd. Könnten Sie so etwas noch mal machen? Und dann müßte ich wissen, wie hoch und wie schwer es insgesamt wird. Das auf dem Foto sieht aus, als wäre es zu groß.«

»Die Größe können Sie frei wählen«, versprach ich und sagte ihm, daß die Skulptur auf dem Foto einem Herrn von der Rennleitung in Leicester und seiner Frau gehörte.

Während Kenneth Trubshaw seine Überraschung zum Ausdruck brachte, rief ich mir, so gut ich konnte, noch einmal die Szene dort auf dem Balkon der Rennleitung in Erinnerung, das Gespräch, bei dem Lloyd Baxter mir zum ersten Mal von dem weißbärtigen Mann erzählte, der sich mit meinem Geld und dem so weit herumgekommenen Videoband davongestohlen hatte.

Lloyd Baxter mit seiner Epilepsie konnte nicht die Unbekannte x sein. Er hatte weder die Statur noch die Beweglichkeit von Maske Nummer vier.

Kenneth Trubshaw legte seine Hand auf das Portfolio und fragte nachdenklich: »Könnten Sie das nötige Gold einarbeiten, damit Marigold zufrieden ist?«

»Ja. Beliebig viel.«

»Ehm… wie geht das? Und, na ja… kann man das überhaupt bezahlen?«

»Es ist nicht allzu teuer.«

Kenneth Trubshaw und seine Kommission hatten triftige Gründe, sich für die Kostenfrage zu interessieren, doch er zögerte merklich, bevor er mich Platz zu nehmen bat, sich auch selbst hinsetzte und sagte: »Ich weiß nicht, wie weit Sie mit den Hintergründen und den Feinheiten der Rennsportpolitik vertraut sind. Damit meine ich jetzt nicht die Leistungen der Pferde oder Spekulationen über ihre Form. Ich meine etwa die Frage, ob die Kosten für einen Ehrenpreis vom Preisgeld abgezogen werden sollten, wie es bis vor kurzem Usus war. Der Ehrenpreis wird deshalb von vielen Besitzern zurückgewiesen, da sie lieber den Geldpreis in voller Höhe ausgezahlt bekommen möchten. Es gibt aber auch die Weisung, in jedem Fall sowohl den Geldpreis als auch den Ehrenpreis zu überreichen. Fragen Sie doch bitte Marigold, ob sie den Preis selbst stiften möchte oder ob der Rennverein dafür aufkommen soll. Weisen Sie sie ruhig auf die beiden Lager hin, die es da gibt.« Er war nicht stolz darauf, das Problem so auf mich abgewälzt zu haben, und schwieg.

»Na gut«, sagte ich, »aber erwarten Sie nicht, daß Marigold das entscheidet. Sie ist großartig, aber die wirklich wichtigen Entscheidungen im Leben überläßt sie ihrem Chauffeur.«

»Das ist nicht Ihr Ernst!«

»Aber selbstverstandlich. Worthington, ihr Chauffeur, ist zehnmal sein Gewicht in Kristall wert.«

Kenneth Trubshaw mußte das erst einmal verarbeiten und kam dann rasch auf die weniger diffizile Kostenfrage zurück: »Die Kette, die Marigold gern hätte, ist sehr teuer, nicht wahr?«

Ich nickte. »Sehr. Und wenn man diese Kette zur Schau stellt, lockt man Diebe an. Sie ist mit echtem, massivem Gold gearbeitet.«

»Ist massives Gold denn nicht immer echt?« Er sah verwirrt drein.

»Nun, Sie können Glas mit achtzehnkarätigem Glanzgold bemalen, das ist eine Legierung, die zu einem Viertel aus anderen Metallen besteht. Die Verzierungen, die nachher golden sein sollen, werden auf das heiße Glas aufgetragen. Dann wird das Ganze noch einmal aufgetempert, also erwärmt, aber nur auf 540 Grad, um das Dekor einzubrennen, und nach dem zweiten Abkühlen ist das Gold dann völlig mit dem Glas verbunden und sieht wie massives Gold aus, auch wenn es keins ist.«

Kenneth Trubshaw war fasziniert, wollte aber nicht knausrig erscheinen. »Wenn schon Gold, dann reines«, sagte er. »Es soll Marigold ja auch gefallen. Das heißt, wenn wir uns für etwas in der Richtung entscheiden.«

Ich stimmte ihm unverbindlich zu.

»Mit welcher Figur in dem Buch hatten Sie denn die meiste Arbeit?« fragte er neugierig.

»Am schwierigsten war die Kristallkugel.«

Das überraschte ihn wie die meisten Leute. Er dachte,

eine Kristallkugel, ob zum Hellsehen oder nicht, brauchte man nur aufzublasen wie einen Luftballon.

»Nein«, sagte ich. »Das ist massives Glas. Und es ist ungemein schwierig, eine vollkommen runde, große Glaskugel so zu machen, daß sich keine Luftblasen bilden, wenn sie im Kühlofen steht.«

Er wollte Näheres über den Kühlvorgang wissen, und als ich ihm den erläutert hatte, fragte er: »Könnten Sie auch ein Pferd machen, das von einer Kristallkugel abspringt?«

Ich nickte. »Das wäre nicht einfach, und es würde ein ziemliches Gewicht bekommen, aber es wäre schon etwas Besonderes.«

Er überlegte eine Weile, trat an eins der hohen Schiebefenster und sah auf seinen winterlich stillen Garten hinaus.

»Könnten Sie uns Entwürfe zur Auswahl vorlegen, wenn wir uns entschließen, Ihnen den Auftrag zu geben?«

»Ja«, sagte ich, »das ginge. Aber wahrscheinlich werde ich dann Modelle aus Glas anfertigen. Das liegt mir eher. Glas an sich ist ja nicht teuer, und wenn Ihnen die Sachen nicht gefallen, verkaufe ich sie eben im Geschäft.«

Er lächelte ironisch über meinen Krämergeist. Ich rechnete mir eine kaum mehr als fünfzigprozentige Chance aus.

Kenneth Trubshaw holte meine Mannschaft aus der Küche und ließ sie in seinem elegant gestreiften viktorianischen Flur antreten. Dann betrachtete er sie eingehend. Ich folgte seinem Blick und auch seinen Gedanken: ein pummeliger Fahrer in einem verknitterten grauen Anzug, ein magerer, nervöser Junge, ein kraftvoller, verwegen wirkender Mann mit einem spitzen schwarzen Kinnbärtchen und

drei große Dobermannpinscher mit wachsamen Augen und ungewissen Launen.

»Die Herrschaften sind mein Stacheldrahtzaun«, sagte ich lächelnd zu Kenneth Trubshaw. »Da darf man nicht erwarten, daß sie auch noch hübsch sind.«

Er warf mir einen Blick zu und sagte: »Ihnen und Marigold geht es um mehr als nur um den Entwurf, den Erwerb und die Stiftung eines tollen Ehrenpreises, den der Sieger eines Rennens zum Gedenken an Martin Stukely erhalten soll.« Er verbesserte sich. »Das heißt, der wundervollen Marigold geht es darum, aber Sie wollen mehr.«

Er ließ meine Leute hinaus. Tom Pigeon verneigte sich tief, aber mit einem spöttischen Funkeln in den Augen, das die Geste ironisierte. Seine Hunde drängten sich artig bei Fuß, und Kenneth gewann ein für allemal Toms Wertschätzung, indem er den Bückling erwiderte.

Dann legte mir Trubshaw erneut die Hand auf den Arm und hielt mich zurück, während die anderen zum Wagen gingen. »Martin Stukelys Witwe ahnt vielleicht gar nicht, daß sein guter Ruf jetzt in Gefahr ist«, sagte er. »Marigold weiß es bestimmt nicht und das Rennsportpublikum und die Sportpresse zum Glück ebensowenig. Aber Sie wissen es, oder? Ich habe es Ihnen angesehen, als Marigold so begeistert von einem Rennen zur Erinnerung an ihn gesprochen hat. Sie möchten seinen Namen erst reinwaschen, nicht wahr?«

Es kam für mich völlig überraschend, daß außer mir noch jemand an die Möglichkeit gedacht hatte, Martin könnte wissentlich unehrenhaft gehandelt haben.

Da war die leidige Fotokopie seines Briefes an Force, auf

die ich bei der Durchsicht der Unterlagen im Geheimfach seines Schreibtisches gestoßen war. Einiges aus diesem kurzen Brief war mir seither immer wieder durch den Kopf gegangen.

»... Ihre Formeln und Methoden... Nehmen Sie alles auf Video auf... und geben Sie mir die Kassette beim Pferderennen in Cheltenham.«

Martin hatte genau gewußt, was auf dieser Kassette war. Hatte er womöglich von Anfang an gewußt, daß die Formeln und Methoden gestohlen waren? Der freundliche George Lawson-Young war fest überzeugt gewesen, Martin habe trotz seiner Verbindung zu Force niemals etwas Unrechtes getan. Dennoch waren mir schreckliche Zweifel gekommen, und es gefiel mir nicht, feststellen zu müssen, daß sie auch in Cheltenham bestanden.

In einem leichten Ton, der meinen Gefühlen nicht ganz entsprach, sagte ich zu dem Vorsitzenden der Rennplanungskommission: »Wie darf ich das bitte verstehen?«

Kurz und trocken erklärte er es mir: »Wie ich hörte, war Martin Stukely am Tag, als er starb, im Besitz einer Videokassette mit geheimen medizinischen Erkenntnissen von praktisch unschätzbarem Wert. Diese Erkenntnisse hatte ein Dr. Force gestohlen, mit dem Martin seit einiger Zeit bekannt war. Sie selbst sollten die Kassette versteckt halten.«

Ich atmete tief durch und fragte ihn, wer ihm das alles erzählt habe.

»In Cheltenham sind alle möglichen Leute von Privatdetektiven befragt worden, die für das geschädigte Labor ermitteln.« Er sah mich neugierig an. »Und von Marigold hörte ich, daß Sie vor Ihrem eigenen Geschäft von einer

Schlägerbande überfallen worden sind. Die Buchmacher wiederum haben gehört, daß Rose Payne dahintersteckt, die Tochter des Jockeydieners Payne, die sowieso in dem Ruf steht, gewalttätig zu sein. Einer der Buchmacher, ein gewisser Norman Osprey, der ein bißchen wie Elvis Presley aussieht, hat damit geprahlt, wie sie mit Ihnen umgesprungen sind. Anscheinend haben Sie trotzdem keine Videos herausgerückt.«

Er wartete auf meine Stellungnahme, aber ich hatte dem wenig hinzuzufügen.

Er lächelte. »Der Jockeydiener dachte anscheinend, er hätte Ihnen eine Videokassette gegeben, die Sie selbst aufgenommen hatten, mit einem Lehrfilm über die getreue Nachbildung einer einzigartigen antiken Halskette. Offenbar hatten sämtliche Jockeys und eben auch Ed Payne sowohl die Kette wie auch das Video mit der Do-it-yourself-Anleitung in der Jockeystube gesehen. Ed Payne erzählte dann seiner Tochter Rose, er habe Ihnen die Kassette gegeben, und Rose hat sich, um da ranzukommen, jede Kassette geschnappt, die sie kriegen konnte, und dafür sogar die Familie von Martin Stukely mit Gas betäubt.«

»Rose selbst?« fragte ich.

Kenneth Trubshaw wußte es nicht. Seine Informationen, sagte er, reichten nur bis dahin; er könne allenfalls hinzufügen, daß Martin Stukely nach Ansicht der Rennleitung von Cheltenham gewußt haben dürfte, daß die Forschungsdaten, die er in Verwahrung nehmen sollte, aus einem Labor entwendet worden waren.

»Und bis heute«, sagte ich bedauernd, »ist noch keine dieser Kassetten wieder aufgetaucht. Wer sie hat, schweigt.«

»Ich habe gehört, daß Sie auch selbst danach suchen.«

»Von wem haben Sie denn das alles?« Das interessierte mich wirklich, aber es handelte sich wohl um Mutmaßungen und Überlegungen von verschiedener Seite.

»Ich kann Ihnen auch etwas erzählen«, sagte ich und berichtete ihm das Neueste aus Victors trautem Heim.

»Dr. Force und Rose haben einander verdient.« Er lachte leise. »Das wird morgen sicher eine spannende Ausschußsitzung.« Er begleitete mich hinaus zu Jims Wagen. »Grüßen Sie Marigold schön von mir. Ich melde mich.«

Er drückte mir herzlich die Hand.

Er sagte: »Finden Sie die Kassetten, und waschen Sie Stukelys Namen rein.«

Können vor Lachen, dachte ich.

Als wir bei Bon-Bon anhielten, kam sie mit Daniel an ihrer Seite aus dem Haus.

»Ich habe eine Nachricht von Catherine Dodd für dich«, sagte sie. »Sie hat heute abend frei. Du sollst zu dir nach Hause kommen, wenn's geht.«

Ich dankte ihr, aber gleichzeitig beobachteten sie, Tom und ich fasziniert, wie zwischen dem fünfzehnjährigen Victor und dem vier Jahre jüngeren Daniel auf den ersten Blick die Verständigung hergestellt war. Distanz war vielleicht das Üblichere bei einem solchen Altersunterschied, doch die beiden erkannten sofort, daß sie in der Computerwelt zu Hause waren, wie keiner von uns anderen es jemals sein würde. Victor stieg aus Jims Wagen und ging mit Daniel ins Haus, als wären sie Zwillingsbrüder. Cyber-Zwillinge vielleicht.

Victor könne bei ihnen übernachten statt bei Tom, sagte Bon-Bon belustigt, als sie den Jungen ins Haus folgte, und Jim fuhr mit Tom, den Hunden und mir weiter, um erst Tom und dann mich zu Hause abzusetzen.

»Ich hätte nicht gedacht, daß wir heil zurückkommen«, meinte Tom aufmunternd zum Abschied und winkte dabei übermütig, und ich hätte ihn mir wunderbar als Maske Nummer vier vorstellen können, hätte er mich nicht schon zweimal vor den brutalsten Übergriffen bewahrt und mir vielleicht sogar das Leben gerettet.

Catherines Motorrad stand am gewohnten Platz vor dem Kücheneingang, und sie kam nach draußen, als sie Jims Wagen hörte. Der Empfang sprach für sich, und der doppelt entlohnte Jim grinste im Davonfahren übers ganze Gesicht und meinte, er stehe jederzeit wieder zur Verfügung, »Tag und Nacht«.

Ich freute mich immer darauf, zu Catherine nach Hause zu kommen. Wie sie wohnte, hatte ich noch überhaupt nicht gesehen, und als ich sie an diesem Abend bat, mir doch einmal ihre Wohnung zu zeigen, lachte sie und sagte: »Dann fahren wir morgen. Bei Tageslicht ist sie schöner.«

Sie fragte mich nach meinem Tag und ich sie nach ihrem. Sie schüttelte den Kopf über Victors Nöte und redete, als sei mir der Auftrag für das Glaspferd sicher. Es war fast, als wären wir verheiratet, dabei kannten wir uns erst seit drei Wochen.

»Erzähl mir von der Polizei«, sagte ich, als wir uns gemütlich in einen der überdimensionalen Sessel quetschten.

»Was soll ich da erzählen?« Über ihren Beruf ließ sie sich

ungern aus, aber jetzt wollte ich wirklich einmal etwas hören.

»Wie eure Prioritäten sind«, sagte ich. »Am Neujahrstag zum Beispiel, als du im Räuberzivil daherkamst und der Penner nebenan im Ladeneingang lag, da ging es euch doch sicher eher darum, die Diebe abzuschrecken als sie festzunehmen.«

Sie verlagerte ihr Gewicht in meinem Arm. »Nicht unbedingt«, erwiderte sie. »Wir kriegen schon gern die Leute, die wir suchen.«

Ich verkniff es mir, sie damit aufzuziehen. »Erzähl mir von deinem Partner, dem Penner.«

»Das ist natürlich kein echter Penner«, gab sie lächelnd zurück. »Er heißt Paul. Er ist groß und nicht so harmlos, wie man meint. Ein guter Kriminalbeamter. Er hat schon manchen nichtsahnenden Gauner beim Wickel gekriegt. Auf der Wache nennen wir ihn Paul Federfuchser, weil er mit seinen Berichten immer so pingelig ist.«

Ich lächelte und fragte rundheraus: »Was mobilisiert denn die Polizei so am ehesten?«

»Tödliche Unfälle und Mord natürlich. Besonders Mord an einem Polizeibeamten. Wenn ein Kollege ermordet wird, das bringt wirklich alle auf Trab.«

»Und sonst?«

»Tätliche Angriffe.«

»Besonders gegen Polizeibeamte?«

Sie drehte den Hals, um zu sehen, ob mein bewußt todernstes Gesicht unangebrachte Heiterkeit verriet. Beruhigt nickte sie. »Besonders gegen Polizeibeamte.«

»Und dann?«

»Schwerer Diebstahl. Wenn also die Diebe mit Waffengewalt, körperlicher Gewalt oder massiven Drohungen vorgehen. Der sogenannte Raub.«

»Und dann?«

»Also im allgemeinen ist es so«, sagte Catherine. »Wenn Blut geflossen ist, kommt die Polizei sofort. Ist etwas gestohlen, aber niemand verletzt worden, wird die Streife am Morgen nach dem Notruf kommen. Bei einem Autodiebstahl läßt sich die Polizei das Kennzeichen geben und verspricht, den Eigentümer zu benachrichtigen, wenn der Wagen gefunden wird.«

»Und das war's dann? Was Autos angeht?«

»Mehr oder weniger. Es kommt drauf an. Meistens findet man nur noch ein ausgebranntes Wrack.«

»Zu wem«, fragte ich freundlich, »würde ich denn gehen, wenn ich Diebesgut gefunden hätte?«

»Reden wir von den ollen Videokassetten?«

»Genau. Die ollen Videokassetten.«

»Hm …« Sie ließ etliche Sekunden hingehen und sagte dann: »Ich habe mich danach erkundigt …«

»Das hört sich aber nicht gut an«, sagte ich.

Catherine seufzte. »Die Bänder selbst sind praktisch wertlos. Du sagst, sie hatten noch nicht mal Hüllen. Die aufgezeichneten Informationen auf beiden Bändern, auch wenn sie aus ganz verschiedenen Bereichen kommen, gelten als geistiges Eigentum. Damit hat die Polizei wenig am Hut. Wie man eine antike Halskette nachbastelt? Daß ich nicht lache. Industriegeheimnisse oder Geheimnisse der medizinischen Forschung? Jammerschade. Um die wiederzufinden, wird die Polizei nicht viel Zeit opfern. Da wäre deine

Geldtasche schon etwas interessanter, aber nur, wenn du wenigstens einen Schein daraus zweifelsfrei identifizieren könntest. Nach drei Wochen ist das wahrscheinlich längst verjubelt und unter die Leute gebracht. Für dich persönlich war es eine beachtliche Summe, aber allgemein gesehen eben nicht, verstehst du?« Sie brach ab, als wäre ihr ein völlig anderer Gedanke gekommen, und sagte: »Glaubt diese schreckliche Rose etwa immer noch, du wüßtest, wo die Bänder sind?«

»Mach dir darüber keine Sorgen.«

»Sag schon.« Catherine ließ nicht locker. »Glaubt sie das, Gerard?«

»Ich glaube mittlerweile«, sagte ich lächelnd, »daß sie das Band über die Kette fast von Anfang an gehabt hat, und wenn das stimmt, weiß sie, daß ich es nicht habe.« Und Rose weiß auch, dachte ich, daß ich es jederzeit neu aufnehmen könnte.

»Aber das andere?« fragte Catherine eindringlich. »Das gestohlene aus dem Labor?«

»Ja.« Mir war leicht zumute. »Es sieht ganz so aus. Gehen wir ins Bett.«

Am Morgen wachte ich dann zuerst auf und beobachtete eine Weile den gleichmäßigen, ruhigen Atem von Catherine. In dem Augenblick machte mich das wunschlos glücklich... aber würde ich auch in zehn Jahren noch so empfinden? Oder sie? Als sie wach wurde und die Augen aufschlug und mich anlächelte, spielte es keine Rolle, was in zehn Jahren war. Man lebte im Jetzt und hatte das Jetzt als ständigen, sich ständig wandelnden Begleiter. Nur auf das Jetzt kam es an.

»Woran denkst du?« fragte sie.

»Wahrscheinlich an das gleiche wie du.«

Sie lächelte wieder und fragte, ob wir heute, an ihrem freien Samstag, etwas zusammen unternehmen wollten. Entspannt schlug ich ihr vor, den bequemen neuen Sessel im Laden noch einmal auszuprobieren, und ließ mich von ihr auf dem Soziussitz dorthin fahren.

Hickory hatte wieder vor mir angefangen und versuchte sich einmal mehr an dem perfekten Segelboot. Er grüßte mich wie einen Freund aus vergangenen Tagen und fragte zögernd, ob ich ihm zur Hand gehen könne, da er allein nicht ganz zurechtkomme.

Rundum gutgelaunt zog ich mein Hemd aus, um Hickory zu helfen, holte ihm einen Glasposten aus dem Ofen, wenn er einen brauchte, und hielt das heiße Glas für ihn bereit. Hickory gab Catherine zuliebe einen laufenden Kommentar zu unserer Arbeit ab und flirtete ein wenig mit ihr. Selten hatte morgendlicher Unernst mir so viel Spaß gemacht.

Diesmal dachte Hickory daran, das fertige Boot in den Kühlofen zu stellen, und wenn er Catherines überschwengliches Lob etwas selbstgefällig entgegennahm, so war er in seiner Ausbildung doch immerhin einen guten Schritt vorangekommen.

Irish kam und kochte Tee. Pamela Jane reinigte die Töpfchen der Färbemittel und füllte sie auf, damit wir für unsere Schicht genügend davon hätten. Dann war es auch schon neun, und wir arbeiteten wie jeden Samstagmorgen bis um zwölf.

Ein paar Minuten nach Mittag beehrte uns Bon-Bon mit

den beiden Jungen, Daniel und Victor, die das Glasblasen vorübergehend interessanter fanden als E-Mails.

Kurz nach ihnen rauschte Marigold zur Tür herein, klimperte mit den Wimpern, lächelte Hickory an, drückte Daniel an ihr golddurchwirktes rosa Wolkenkleid und teilte Bon-Bon lautstark mit, daß »der gute Trubby« auch gleich kommen werde.

»Der gute Trubby«, Kenneth Trubshaw, versank in himbeerrosa Tiefen und tauchte mit Lippenstift auf der Wange wieder daraus empor. Der Planungschef der Rennbahn Cheltenham hatte mein Portfolio dabei, aber offenbar war es ihm zu laut und zu geschwätzig im Laden. Er betrachtete ein wenig ungehalten meinen halbnackten Oberkörper und deutete an, daß sich das Wychwood Dragon vielleicht besser für ein Geschäftsgespräch eigne.

»Mein lieber Trubby, was für eine tolle Idee!« Und weil Marigold von dem Vorschlag so begeistert war, zogen also sie, Bon-Bon und Catherine und ich und natürlich Worthington (Marigold bestand darauf) mit Kenneth Trubshaw in das Hotelrestaurant hinüber, um uns in einer ruhigen Ecke dort berichten zu lassen, wie die Sitzung der Cheltenhamer Planungskommission an diesem Morgen ausgegangen war.

Irish ging unterdessen mit den beiden Jungs ins Städtchen, um sie mit Hamburgern und Cola abzufüllen, und Hickory und Pamela Jane durften sich im Geschäft in aller Ruhe den nicht ganz so anspruchsvollen Januartouristen widmen.

Als wir im Restaurant alle erwartungsvoll gespannt auf unseren Plätzen saßen, fing Kenneth Trubshaw mit seiner

Ansprache an. »Zunächst einmal, liebe Marigold«, sagte er, »möchte Ihnen die ganze Kommission für Ihre außerordentliche Großzügigkeit danken…« Er sparte nicht mit Schmeicheleien. Marigold erglühte. Worthington suchte meinen Blick und zwinkerte mir zu.

»Die Kommission hat abgestimmt…«, kam der Vorsitzende endlich zur Sache. »Wir haben einstimmig beschlossen, Sie, Gerard Logan, mit dem Entwurf und der Anfertigung eines Ehrenpreises zum Gedenken an Martin Stukely zu beauftragen, und das Motiv soll ein steigendes Pferd auf einer Kristallkugel sein, wie in Ihrer Dokumentation gesehen. Wenn es Marigold und der Kommission gefällt –« Sein Schlußwort ging vorübergehend in einer himbeerrosa Umarmung Marigolds unter, mündete dann aber in Vorbehalte bezüglich der Kosten. Marigold wollte von Kosten nichts hören. Worthington zerstreute die Vorbehalte, und ich rief einen Juwelier an, der mir das nötige Gold zusicherte.

»Klappt das mit der Figur vielleicht heute noch, Gerard?« säuselte Marigold. »Es ist ja erst drei Uhr.«

»Morgen wäre schon schwierig«, sagte ich, »nächste Woche wäre mir lieber. Heute ist es leider unmöglich.« Je früher, desto besser, dachte ich, damit Marigold bei Laune blieb.

Marigold zog einen Schmollmund, aber das konnte ich nicht ändern. Ich brauchte Zeit zur Besinnung, wenn es eine gute Arbeit werden sollte, und für Bon-Bon, für Marigold, für die Rennbahn Cheltenham und für Martin selbst wollte ich schon eine gute Arbeit abliefern.

»Ich mache das morgen«, sagte ich. »Die Kristallkugel und das steigende Pferd. Mehr als einen Helfer brauche ich

dabei nicht. Am Montag kann das Gold aufgelegt werden, und am Dienstagnachmittag kommen beide Teile auf einen Sockel. Bis Mittwoch ist das Stück dann fertig.«

»Vorher nicht?« warf Marigold ein und drängte mich, mir das noch mal zu überlegen.

»Ich will dir doch nichts Halbes vorsetzen«, sagte ich.

Und außerdem wollte ich meinen Widersachern Zeit geben.

11

Marigold fand es ärgerlich, daß ich bei der Arbeit an dem steigenden Pferd und der Kristallkugel keine Zuschauer haben wollte. Kenneth Trubshaw zeigte Verständnis.

»Der gute Trubby«, grauhaarig und durch und durch Geschäftsmann, vergaß auch nicht, mich wie nebenbei noch einmal auf die Kosten anzusprechen.

»Worthington und ich«, sagte ich, »werden mit Marigold einen Preis vereinbaren, und dann können Sie ja feilschen, wenn Sie wollen.«

Er schüttelte mir die Hand und lächelte schief. »Der Funktionär aus Leicester, dessen Frau verschiedene Sachen von Ihnen hat, gehört auch zur Rennleitung von Cheltenham, und heute morgen in der Sitzung sagte er uns, vor fünf Jahren hätten wir so eine Glasfigur bei Ihnen für ein Handgeld kaufen können.«

»Vor fünf Jahren schon«, stimmte ich zu.

»Und er meinte«, ergänzte Trubshaw, »heute in fünf Jahren werden die Arbeiten von Gerard Logan mindestens noch mal so teuer sein.«

Das wäre Musik für Onkel Ron gewesen. Nun ... ich hörte es auch gern. Aber meine Sorge war, wie ich die nächsten fünf *Tage* überleben sollte.

Am frühen Nachmittag hatten wir uns alle wieder im Laden versammelt und von neuem getrennt. Ich mußte auf die Jungs aufpassen, während Bon-Bon und Marigold die Antiquitätenhandlungen abklapperten und Worthington und Kenneth Trubshaw sich auf einem gemeinsamen Spaziergang kennen- und schätzenlernten.

In der Werkstatt sah Victor zutiefst beeindruckt Hickory bei einer Showeinlage mit zwei glühendheißen Glasposten zu, die er gekonnt zuerst in weißem, dann in farbigem Granulat wendete und schließlich zu einer kleinen Solitärvase mit zart gewelltem Rand drehte. Pamela schnitt die Vase fachgerecht von der Pfeife, und Hickory trug sie mit gespielter Bescheidenheit in den Kühlofen, als wäre es der Heilige Gral.

Daniel, für den die Werkstatt vertrautes Terrain war, lungerte bei den Regalen mit der bunten Glasmenagerie herum und zeigte mir eine knallrote Giraffe, die ihm sein Vater angeblich am Tag, bevor er starb, zu kaufen versprochen hatte. Diese Geschichte kam mir zwar sehr unwahrscheinlich vor, da ich wußte, daß Martin seine Kinder überhaupt kaum wahrgenommen hatte, aber ich gab Daniel die Giraffe trotzdem, wieder ein Geschenk, das seiner Großmutter mißfallen hätte.

Aber Daniel etwas zu schenken zahlte sich immer aus. Diesmal wollte er, daß ich mit ihm nach draußen ging, und nach einem Blick in seine weit aufgerissenen Augen folgte ich ihm unauffällig, aber sofort.

»Was ist?« fragte ich.

»Hier in der Straße ist ein Schuhgeschäft«, sagte er.

»Ja, ich weiß.«

»Komm mal mit dahin.«

Er ging los, und ich schloß mich ihm an.

»Victor und ich waren unten im Ort Hamburger essen«, sagte er, »und da kamen wir vorne an dem Schuhgeschäft vorbei.«

Das Schuhgeschäft war auf der linken Seite, ein kleiner Laden, der hauptsächlich Wanderschuhe für Touristen führte. Daniel blieb abrupt vor dem Nullachtfünfzehn-Schaufenster stehen. »Ich würde sagen, das ist noch zwei Goldtaler wert«, meinte er.

»Für zwei Goldtaler muß es aber schon was sein.«

»Siehst du die Turnschuhe da?« sagte er. »Oben in der Ecke, die mit den grünweiß gestreiften Schnürsenkeln? Der Mann mit dem Gas hatte die gleichen Schnürsenkel.«

Ich schaute ungläubig auf die Schuhe. Sie waren kompakt, mit dicken Gummisohlen, dreieckigen weißen Segeltucheinsätzen und eben den sorgfältig halb hochgeschnürten breiten Senkeln, die Daniel erkannt hatte.

»Der Mann, der uns betäubt hat, hatte die gleichen Schuhe an«, sagte er noch einmal.

»Gehen wir rein und fragen, wer hier so welche gekauft hat.«

Er war einverstanden. »Okay«, sagte er, und dann, mit einem Nicken: »Reingehen kostet aber vielleicht noch mal zwei Goldtaler.«

»Du bist ein Wucherer.«

»Was ist das?«

»Ein Raffzahn. Ich hab auch gar kein Münzgeld mehr.«

Daniel grinste und fügte sich achselzuckend in den Lauf der Dinge.

Eine Türglocke ertönte, als wir das Schuhgeschäft betraten, und der großväterliche Mann hinter der Theke nützte uns wenig, da er nur seine Tochter vertrat, deren Baby krank geworden war. Er nahm an, sie werde irgendwann in der kommenden Woche wieder im Laden sein, und über Schuhe, die vor seiner Zeit verkauft worden waren, wußte er nichts.

Als wir wieder auf die Straße kamen, sahen wir Bon-Bon weiter oben an ihrem Wagen stehen und winken, da sie mit Daniel nach Hause wollte. Ihr Sohn folgte ihr nur, weil sie Victor bereits ins Auto verfrachtet und ihn zu einer zweiten langen Nacht der Computerhacker eingeladen hatte, und als schließlich auch Marigold und »der gute Trubby« ihrer Wege gegangen waren, blieben nur noch Catherine und meine drei Mitarbeiter, die nun, da es Samstag nachmittag war, alles wie für einen arbeitsfreien Wintersonntag herrichteten. Um halb fünf gingen die drei mit meinem Segen, und ich schloß hinter ihnen ab und gab Catherine für die Zukunft einen eigenen Schlüssel.

Außerdem erzählte ich Kommissarin Dodd von den Schnürsenkeln, was sie aber nur zu einem kurzen Erkundungsgang veranlaßte, denn die Inhaberin des Schuhgeschäfts hätte nur im Beisein eines zweiten Beamten befragt werden dürfen, und der eingesprungene Großvater hatte Feierabend gemacht, so daß der Laden schon im Dunkeln lag.

Catherine interessierte sich wie seinerzeit Martin von Tag zu Tag mehr für die technischen Details und die chemische Zusammensetzung von klarem modernem Glas. Altes Glas hatte manchmal einen Stich ins Gelbe oder Graue,

was mich zwar nicht störte, aber auf der Rennbahn sah es trüb aus.

Catherine fragte, was ich zuerst machen würde, das Pferd oder die Kugel, und ich sagte ihr, das Pferd. Ich fragte sie, ob sie ihren Partner Paul Federfuchser, den Penner, dazu überreden könnte, am eigentlich dienstfreien morgigen Sonntag ein paarmal mit ihr durch Broadway zu spazieren. Natürlich wollte sie wissen, warum.

»Zu meiner Beruhigung«, sagte ich in scherzhaftem Ton, und sie meinte, sie werde ihn auf jeden Fall fragen.

»Vielleicht hat er schon was vor«, sagte ich.

»Das bezweifle ich«, erwiderte sie. »Er ist wohl ziemlich einsam, seit ihn seine Frau verlassen hat.«

Wir fuhren mit ihrem Motorrad zu einem Hotel auf dem flachen Land und aßen und übernachteten dort – und ich blieb von Maske Nummer vier verschont und erklärte meiner zunehmend geliebten Polizeibeamtin zwischen zwei Küssen, daß sie und Kollege Penner morgen vielleicht Handschellen mitnehmen sollten. »Die hat er immer bei sich«, sagte Catherine.

Am Morgen sagte sie: »Wenn wir da durch Broadway gehen, ist das wegen der Kassetten?«

»Gewissermaßen.« Ich nickte, sagte aber nicht, daß es eine Sache auf Leben und Tod war. Das ging irgendwie nicht.

Trotzdem weckte ich Tom Pigeon, der knurrend seine Hunde weckte, die förmlich mitknurrten, daß Sonntag Ruhetag sei.

Ich rief Jim an. Stets zu Diensten, sagte er. Seine Frau wollte in die Kirche.

Worthington war bereits wach und fragte mich, ob mir schon aufgefallen sei, daß Sonntage nicht immer gut für die Gesundheit Gerard Logans waren.

»Mhm. Was hat denn Marigold heute vor?«

»Ich habe frei, falls es darum geht. Wo soll ich hinkommen und wann? Aber vor allem, warum?«

Bei der letzten Frage stockte ich, aber ich antwortete der Reihe nach: »Zum Wychwood Dragon, so bald wie möglich, um Angst abzubauen.«

»Wer hat Angst?«

»Ich.«

»Ach ja?« Sein tiefes Lachen hallte durch die Leitung. »Müssen Sie allein in Ihre Werkstatt, oder was? Dann schau ich, daß ich schnell bei Ihnen bin.«

»Ich werde nicht direkt allein sein. Catherine und ihr Kollege sind wahrscheinlich in der Nähe, und in die Werkstatt kommt noch Pamela Jane, die mir helfen soll.«

»Das Mädchen? Warum nicht der aufgeweckte junge Mann, wie heißt er gleich – Hickory?«

»Pamela Jane widerspricht nicht.«

Lachend sagte Worthington mit seiner Baßstimme: »Bis gleich.«

Als letztes wählte ich die Privatnummer von George Lawson-Young und bat um Entschuldigung dafür, daß ich ihn um halb neun aus dem Schlaf holte.

»Auf die Uhrzeit kommt's nicht an«, meinte er gähnend, »wenn Sie eine gute Nachricht haben.«

»Wie man's nimmt« – und ich sagte ihm, was vielleicht auf ihn zukam.

»Gut gemacht«, sagte er.

»Das fängt ja erst an.«

»Ich bin sehr gespannt.« Sein Lächeln kam über den Äther. »Bis nachher.«

Catherine setzte mich am Laden ab, wo es zu einem Austausch von Zärtlichkeiten kam, der den Anwohnern, wären sie schon wach gewesen, wochenlang etwas zu reden gegeben hätte. Ich schloß die Türen auf, denn ich war absichtlich vor Pamela Jane gekommen, und las noch einmal die im Bücherschrank verstauten Notizen durch, die angefallen waren, als ich mich zuletzt an einem steigenden Pferd versucht hatte.

Für dieses hier, die komplette Skulptur einschließlich Kugel und Sockel, würde ich ungefähr eine Stunde brauchen. Knapp fünfzig Zentimeter hoch, würde sie ziemlich schwer werden, denn massives Glas hatte an sich schon ein ganz schönes Gewicht, und dazu kam das Gold. Marigold hatte mit weit ausholenden Armbewegungen etwas wahrhaft Prächtiges gefordert. Es sei zum Gedenken an Martin, und sie habe ihren Schwiegersohn unwahrscheinlich gern gehabt. Bon-Bon und Worthington fanden diese publicityträchtige Bewunderung ein wenig forciert, aber »der gute Trubby« würde solch einen in der Sonne funkelnden Preis sicher gern überreichen.

Ich hatte den Hafen mit klarem Kristallglas gefüllt und die benötigten Pfeifen bereitgelegt sowie die kleineren Geräte, die ich brauchen würde, um die Muskulatur, die Beine und den Kopf zu formen. Auch die unverzichtbare Zange war da. Ich stellte die Ofentemperatur auf die erforderlichen 1400 Grad ein.

Inzwischen sah ich die Skulptur fertig vor mir. Ein Jam-

mer, daß sie nicht Martin selbst auf dem Rücken des steigenden Pferdes haben wollten. Für mich gehörte er ganz klar dorthin. Vielleicht würde ich das Pferd noch einmal machen, mit Martin im Sattel. Eines Abends, wer weiß … für Bon-Bon und für den Freund, den ich verloren hatte und dem ich immer noch vertraute.

Während ich auf Pamela Jane wartete, dachte ich über die wandernde Videokassette nach, die so heftig die Gemüter erregt hatte, und wie eine Reihe sich teilender Vorhänge eröffnete mir die Kombinationsgabe, von der Professor Lawson-Young so überzeugt war, jetzt immer neue Einsichten. Endlich hatte ich seine Unbekannte x gefunden und die Maske von Schwarzmaske Nummer vier durchschaut.

Draußen fing es an zu regnen.

Ich betrachtete den Schmelzofen und lauschte seinem flammenden Herzen. Betrachtete die Schiebetür, die 1400 Grad Celsius in Schach hielt. Irish, Hickory, Pamela Jane und ich waren uns der Gefahr der ungeheuren Hitze in dem Schamottehafen so bewußt, daß uns niemand zur Vorsicht mahnen mußte; die war uns in Fleisch und Blut übergegangen.

Endlich wußte ich auch, wie die Sackgassen zusammengehörten. Ich ging Catherines Liste der Straftatbestände durch und dachte bei mir, wenn Rose und Adam Force vernünftig wären, würden sie die Videokassetten einfach liegenlassen, wo sie waren, um der strafrechtlichen Verfolgung zu entgehen.

Diebe waren nie vernünftig.

Ich hatte an diesem Sonntag so viele Leibwächter wie möglich um mich geschart, weil Rose und Adam Force bis-

her einfach keinerlei Hemmungen hatten erkennen lassen und weil ich sonst bei der Arbeit an der Skulptur allen Handstreichen, die sie sich ausdachten, schutzlos ausgeliefert gewesen wäre. Ich hätte die Werkstatt mit Zuschauern vollstopfen können, um außer Gefahr zu sein ... aber für wie lange?

Ich wußte jetzt, wo die Gefahr lag. Ich konnte nicht ewig furchtsam über meine Schulter blicken, und so leichtsinnig es auch aussah, die Konfrontation schien mir der schnellste Weg, dem Spuk ein Ende zu bereiten.

Wenn ich mich fatal verkalkuliert hatte, konnte Professor Lawson-Young seinen Millionen adieu sagen. Dann würde dieser Durchbruch in der Krebsbehandlung, der ein Segen für die Menschheit war, unter einem anderen Namen publik gemacht werden.

Als meine Widersacher kamen, stellte ich fest, daß ich ihnen nicht nur Zeit, sondern leider auch Gelegenheit gegeben hatte, mich zu überlisten.

Ich lauschte immer noch dem Ofen, da kündeten Geräusche im Hintergrund die Ankunft von Pamela Jane an. Sie hatte die Seitentür genommen statt wie üblich den Haupteingang.

»Mr. Logan...« Ihre Stimme war angsterfüllt, und außerdem nannte sie mich normalerweise Gerard.

Ich drehte mich sofort um, um zu schauen, was passiert war, und sah, daß es in vieler Hinsicht nicht schlimmer sein konnte.

Pamela Jane, zur Arbeit wie gewohnt in einem weißen Overall mit Gummizug um die Taille, stand, von der Situa-

tion restlos überfordert, mitten in der Werkstatt. Ihr Regenmantel lag achtlos hingeworfen vor ihr auf dem Boden, und die Hände waren ihr mit braunem Paketband vor dem Bauch zusammengebunden. Das Band war einfacher und billiger als Handschellen, aber genauso effektiv, und dafür, daß sich Pamela Jane auch sonst nicht rührte, sorgte der charmante Adam Force, der mit der einen Hand den Ärmel ihres Overalls zurückgeschoben hatte und in der anderen, Zentimeter von ihrer entblößten Haut entfernt, eine aufgezogene Spritze hielt. Pamela Jane begann vor Angst zu weinen.

Hinter ihr tauchte Rose auf, mit jeder Faser triumphierend, ihr Gesicht eine höhnische Grimasse. Sie kam wortlos, auf leisen Sohlen und schnell.

Rose, kräftig, resolut und voll bösen Willens, den sie mir durch den Raum entgegenschleuderte, hielt Hickory mit eisernem Griff am Arm gepackt. Mein aufgeweckter Assistent stand hilflos schwankend da, seine Augen und sein Mund waren mit braunem Paketband zugeklebt. Mit dem gleichen Band hatten sie ihm die Hände auf dem Rücken fixiert und die Füße wie mit einer Kette zusammengebunden.

Unsanft im Gleichgewicht gehalten wurde Hickory von Norman Osprey, dem bulligen Buchmacher, der aber im Rechnen so fix war wie ein Computerchip. Direkt an der Seitentür stand, unbehaglich von einem Bein aufs andere tretend, als Aufpasser niemand anderes als Eddie Payne. Er sah mir nicht in die Augen. Stur befolgte er Roses Anweisungen.

Der Vorstoß der vier war blitzartig über die Bühne ge-

gangen, und ich hatte wenig Vorkehrungen für einen Gegenschlag getroffen. Meine Leibwächter sollten einfach nur die Straße draußen abgehen. Catherine und ihr Penner sollten jeder für sich ihre gewohnten Runden drehen. Irgendwie waren Rose & Co im Regen unbemerkt an ihnen vorbeigeschlüpft.

Ich trug wie üblich ein weißes Unterhemd, das Armen, Hals und weitgehend auch meinen Schultern Luft ließ. Die brüllende Hitze des Glasofens war kaum zu ertragen, wenn man sie nicht gewohnt war. Ich setzte meinen Fuß seitlich auf den Tritt, so daß sich die Schiebetür öffnete und ein Schwall heißer Wüstenwind über Norman Ospreys Kammgarnanzug und sein sich rötendes Gesicht hinwegfegte. Wütend sprang er mich an und warf mich gegen die Tür, doch ich trat einen Schritt zur Seite und stellte ihm ein Bein, so daß er mit den Knien am Boden landete.

»Hör auf, du blödes Arschloch«, schrie Rose Norman an, »diesmal brauchen wir ihn unversehrt. Du weißt doch selber, daß wir nur weiterkommen, wenn er reden kann.«

Ich sah zu, wie Rose meinen im Dunkeln stehenden Gehilfen ein ganzes Stück durch den Raum zerrte, während Norman Osprey ihn mit festem Griff in der Senkrechten hielt. Hickory stolperte und tastete sich langsam voran, bis zu dem Sessel, den ich für Catherine gekauft hatte. Dort wirbelte ihn Rose jedoch unsanft herum, so daß er seitlich in den Sessel plumpste und Mühe hatte, sich umzudrehen und sich aufrecht zu setzen.

Hinter mir hörte ich jetzt das verängstigte Luftholen von Pamela Jane und den unverwechselbaren, asthmatisch pfeifenden Atem von Adam Force. Er verlor kein Wort über

seinen Insulinanschlag in Bristol. Er brauchte offensichtlich sein Asthmaspray, aber er hatte die Hände nicht frei.

Rose sagte mit boshafter Befriedigung zu Hickory: »Schön hergesetzt, Freundchen, sonst bring ich dir mal bei, daß man seine Nase nicht in Sachen steckt, die einen nichts angehen.« Sie richtete ihre Häme genüßlich wieder auf mich, während Hickory angestrengt etwas zu sagen versuchte, aber nur einen unverständlichen Protest in hoher Tonlage hervorbrachte.

»Und Sie«, fuhr sie mich an, »werden mir jetzt geben, was ich will. Sonst bekommt Ihr Freund hier ein paar Löcher in den Pelz gebrannt.«

»Aber das können Sie doch nicht machen!« rief Pamela Jane.

»Bist du wohl still, du kleines Miststück«, sagte Rose schneidend zu ihr, »oder muß ich dir erst was auf dein Näschen geben?«

Ob er mitbekam oder nicht, daß Rose plötzlich voll auf das Pedal zum Öffnen der Ofentür stieg, das einzige, was Hickory dagegen tun konnte, war, sich immer tiefer in den Sessel hineinzudrücken. Er begriff aber, vor was für eine teuflische Wahl sie mich stellte.

Als könnte sie seine Gedanken lesen, sagte sie in dem gleichen scharfen Ton: »Du da, wie heißt du – Hickory? Bete, Hickory, daß dein Boss dich nicht schmoren läßt. Ich bluffe nämlich nicht, diesmal krieg ich von ihm, was ich will.«

Sie ergriff eine der langen Glasmacherpfeifen und stieß sie in den Hafen mit geschmolzenem Glas. Ihre Bewegung war ungelenk und keineswegs geübt, aber irgendwann, ir-

gendwo hatte sie schon einmal gesehen, wie ein Glasmacher einen Posten aus dem Ofen nimmt. Als sie die Pfeife herauszog, hing ein kleiner Klumpen glühendheißen Glases daran, und sie drehte die Pfeife so, daß das Glas daran haften blieb, statt abzufallen.

Pamela Jane stöhnte bei dem Anblick auf und fiel dem Lungendoktor beinah in die Nadel.

»Gerard Logan«, wandte sich Rose mit Nachdruck an mich. »Diesmal tun Sie, was ich Ihnen sage, und zwar sofort.«

Erstaunlicherweise hörte sie sich weniger selbstsicher an als an dem Abend in Broadway, als sie »Brecht ihm die Handgelenke« geschrien hatte, und ich mußte an Worthingtons Einschätzung denken, daß sie sich nie mehr direkt mit mir messen würde, da sie erkannt hatte, daß ich ihr an Willensstärke überlegen war. Und doch stand sie vor mir, und sie raffte sichtlich all ihren Mut, all ihre Kraft zusammen.

Ich hatte erlebt, wie Martin sich mental darauf einstellte, ein schwieriges Pferd zu reiten, und ich hatte erlebt, wie Schauspieler in den Kulissen tief durchatmeten, wenn der bevorstehende Auftritt die Nerven blank legte. Mit fremdem Mut und eigenen Schwächen kannte ich mich also aus, aber an diesem Sonntag war es gerade Roses schnell wachsende Entschlossenheit, die in mir die nötigen Energien wachrief.

Sie beobachtete mich und ich sie, und es kam überhaupt nicht darauf an, was sie sagte, es ging nur darum, wer von uns es schaffte, seinen Stolz über die Runden zu retten.

Sie tauchte den abkühlenden Glasklumpen noch einmal

in den Hafen und zog ihn größer wieder heraus. Sie schwang die Pfeife herum, bis die glühendheiße Schmelze viel zu dicht unter Hickorys Kinn schwebte. Er konnte die Hitze spüren. Entsetzt wich er zurück und versuchte trotz des Klebebands zu schreien.

»Passen Sie auf, um Gottes willen«, rief ich unwillkürlich, und scheinbar überrascht drehte sie die Pfeife von Hickorys Gesicht weg, bis er fürs erste außer Gefahr war.

»So!« Rose hörte sich plötzlich siegesgewiß an. »Wenn Sie nicht wollen, daß er verbrannt wird, sagen Sie mir lieber, wo die Videobänder geblieben sind, die ich haben will.«

»Sie können Hickorys Gesicht entstellen, wenn Sie nicht aufpassen«, sagte ich eindringlich. »Verbrennungen durch Glasschmelze sind furchtbar. Eine Hand kann so schlimm verbrannt werden, daß sie amputiert werden muß. Ein Arm, ein Fuß ... da riecht man, wie das Fleisch brennt ... der Mund kann wegbrennen, die Nase.«

»Halt die Klappe«, schrie Rose, und noch einmal, aus vollem Hals: »Halt die Klappe!«

»Man kann sich ein Auge ausbrennen«, sagte ich. »Man kann sich die Eingeweide regelrecht verschmoren.«

Die zartbesaitete Pamela Jane, die die Gefahr kannte, blieb von allen am ruhigsten, und es war der Fleischberg Norman Osprey mit den massigen Schultern, dem der Schweiß ausbrach und der aussah, als müsse er sich übergeben.

Rose blickte auf die rotglühende Pfeife. Sie sah auf Hickory und warf mir einen Blick zu. Ich sah ihr mehr oder weniger an, was in ihr vorging. Sie war gekommen, um

meine Wertschätzung für Hickory zu einer Erpressung auszunutzen, und nun hatte sie mich tatsächlich in der Hand.

Neben der starken Persönlichkeit von Rose boten ihre Gefährten ein blasses Bild. Selbst der gutaussehende Adam Force mit seinem gewinnenden Lächeln wurde in ihrer Gegenwart zum Statisten, und mir ging auf, daß das Gerede über sie als Schreckfigur, die insbesondere Männer in heillose Furcht versetzen konnte, keineswegs aus der Luft gegriffen war. Ihren Vater trieb sie regelmäßig in die Beichte, und was für ein Chaos sie heute wieder in seinem gutkatholischen Gewissen anrichtete, vermochte ich mir kaum vorzustellen.

Für Norman Osprey war sicher ein Tag so gut oder so schlecht wie jeder andere. Für ihn war immer nur die Kraft entscheidend, die nötig war, um sich durchzusetzen, und der Rest war Kopfrechnen und die Magie der Zahlen, auf die er sich so gut verstand.

Adam Force sah aus, als könne er es kaum erwarten, den unbekannten Inhalt der Spritze durch die Kanüle zu jagen. Ich betete, daß die arme Pamela Jane ihre Tränen unter Kontrolle bekam und aufhörte zu schluchzen, denn beides schien Dr. Weißbart zunehmend zu reizen, und der mit Paketband stumm und blind gemachte Hickory sah aus, als würde er sich keinen Millimeter mehr rühren, bis ihn jemand aus dem Sessel, in den ihn Rose gedrückt hatte, herauszog.

Eindrücke blitzten auf und vergingen. Rose sah mich berechnend an, genoß die Gewißheit, daß sie mich bald besiegen würde. Ich konnte nicht beschwören, daß ihr das nicht gelingen würde. Kapuzenmasken und Baseballschläger gab

es zwar diesmal nicht. Aber mit bloßen Armen geschmolzenem Glas ausgesetzt zu sein war schlimmer.

Plötzlich und unverhofft sagte Rose: »Sie sind heute morgen hergekommen, um eine Pferdefigur aus Glas und Gold zu machen. Ich will das Gold.«

Hoppla, dachte ich. Bis jetzt hatte niemand Gold ins Spiel gebracht. Soweit ich wußte, war in Roses Beisein nicht von Gold die Rede gewesen. Ich hatte das Gold für die Figur geordert und noch ein wenig fürs Lager, aber das war nun wirklich keine Menge, für die sich ein Überfall lohnte.

Irgend jemand hatte Rose irregeführt, oder sie hatte etwas mißverstanden, und ihre habgierige Phantasie hatte den Rest erledigt.

Rose war immer noch überzeugt, daß ich sie auf die eine oder andere Art reich machen konnte.

Adam Force schenkte ihr ein bewunderndes Lächeln und applaudierte ihr mit den Augen.

Wenn es mir gelang, diese, nun ja, goldene Gelegenheit zu nutzen... Es war eine Chance. Ich brauchte Zeit, und wenn ich das Pferd machte, konnte ich schön viel Zeit gewinnen.

Ich sagte: »Das Gold ist noch nicht da. Ich frage mich, was die sich dabei denken.« Der unbekümmerte und doch nörgelige Ton, in dem ich das sagte, verblüffte Rose derart, daß sie die Glasmacherpfeife erst einmal sinken ließ.

»Wenn die Figur nicht rechtzeitig fertig wird«, sagte ich, »wo sie doch bestellt ist, also dann –«, ich schwieg, als hätte ich mich um ein Haar mächtig verplappert. »Was soll's«, sagte ich gespielt nervös, und Rose verlangte das Ende des Satzes zu hören.

»Na ja...«, sagte ich.

»Wird's bald?«

»Gold...«, sagte ich. »Das brauche ich für das Pferd.«

Pamela Jane, es sei ihr unendlich gedankt, hörte auf, weiter Tränen zu vergießen, und rief mir mit Abscheu und Entsetzen durch die Werkstatt zu, ich solle etwas tun, um Hickory frei zu bekommen, statt an eine Glasfigur für die Rennbahn Cheltenham zu denken.

»Wie können Sie nur?« empörte sie sich. »Das ist ja widerwärtig.«

»Der Juwelier will mir das Gold für die Hufe, die Mähne und den Schweif vorbeibringen«, sagte ich.

Rose rang mit sich und fragte: »Wann?«

Ich antwortete, das würde ich ihr nicht sagen.

»Aber ja doch«, meinte sie und reckte drohend die heiße Pfeife vor.

»Um elf«, sagte ich hastig. Gut gelogen. »Lassen Sie mich das Pferd machen«, fuhr ich in einem fast flehenden Ton fort. »Wenn ich damit fertig bin, sage ich Ihnen auch, wie Sie an die Videokassette herankommen, und Sie müssen mir versprechen, Hickory freizulassen, sobald Sie das Gold haben.«

Pamela Jane sagte erschüttert: »Das darf doch nicht wahr sein.«

Sie begriff nicht, wie ich so schnell klein beigeben konnte. Sie wußte nicht, daß ihre Verachtung der Gradmesser meines Erfolges war.

Rose blickte auf ihre Armbanduhr, sah, daß sie eine Stunde auf das Gold würde warten müssen, und kam zu der irrigen Auffassung, sich das leisten zu können.

»Fangen Sie mit der Figur an«, befahl sie. »Wenn das

Gold kommt, quittieren Sie ganz normal den Empfang, sonst gibt es Flämmchen für Ihren Hickory, verstanden?«

Ich nickte.

»Also dann los.« Sie schaute sich in der Werkstatt um, machte eine Bestandsaufnahme und befahl Pamela Jane, sich in den anderen Sessel zu setzen. Adam Force hielt ihr nun die bedrohliche Nadel an den Hals, und Norman Osprey band ihr mit Paketband die Füße zusammen.

Pamela Jane starrte mich böse an und sagte, sie werde mir weder bei dem Pferd noch überhaupt je wieder assistieren.

Rose bestärkte sie in diesem Entschluß, indem sie erklärte, ich sei schon immer ein Feigling gewesen. Ich schaute Pamela Jane ausdruckslos an und sah, wie sich leise Zweifel bei ihr meldeten, noch während sie Roses Schmährede zuhörte.

Ich hatte nicht vorgehabt, den Ehrenpreis in Roses Beisein zu modellieren. Genau deshalb hatte ich die Leibwache organisiert, und es hatte nichts genützt. Andererseits war die Konfrontation mit Rose früher oder später fällig gewesen, und wenn es jetzt soweit war, mußte ich eben etwas schneller denken. Plattfüßig und steif stand ich da.

»Ich dachte, Sie könnten mit Glas umgehen«, hänselte mich Rose.

»Zu viele Leute«, reklamierte ich.

Barsch befahl sie Norman Osprey und Eddie Payne, in den Verkaufsraum hinter der halbhohen Wand zu gehen, und etwas höflicher schickte sie Adam Force hinterher. Alle drei stellten sich an die Wand und schauten zu. Rose ergriff eine der Glasmacherpfeifen, die ich zum Antempern an die Ofenöffnung gelegt hatte, stieß sie in den Hafen, der jetzt

weißglühendes Glas enthielt, zog sie mit einem recht großen Glasposten am Ende wieder heraus und drehte sie gerade so schnell, daß die Schmelze nicht auf den Boden fiel.

»Los jetzt«, sagte sie. Sie stieß den Klumpen lodernden Unheils auf meinen rechten Arm zu, und ich wich gerade so weit zurück, daß er mir nicht die Haut verbrannte.

Wie sollte man so eine Glasfigur kreieren? Zunächst einmal mußte ich für den Rumpf des Pferdes mehrere Posten klares Kristallglas aufnehmen. Derweil hielt Rose zwei Pfeifen mit pflaumengroßen Glasklumpen, die alles zerstören würden, was sie berührten, über die Köpfe von Hickory und Pamela Jane und drohte, ihnen die Ohren abzubrennen, ihnen einzuheizen, daß es duften würde wie in der Bratküche, sobald ich ihr den geringsten Anlaß lieferte. Fortwährend müsse ich ihr sagen, was ich als nächstes vorhatte. Wehe, ich machte eine unvorhergesehene Bewegung. Hickory und Pamela Jane würden es büßen. Hatte ich verstanden?

Ich hatte.

Ich verstand. Auch Pamela Jane verstand, und auch Hickory, denn hören konnte er.

Ich sagte Rose, ich müsse vier oder fünf Posten aus dem Hafen nehmen, und während sie ihren Feuerball dicht an Pamela Janes Ohr hielt, brachte ich genug Glas zusammen, um ein auf den Hinterbeinen stehendes Pferd von fünfunddreißig Zentimetern Höhe zu formen.

Pamela Jane schloß die Augen.

Vorsorglich sagte ich Rose, daß es unmöglich oder so gut wie unmöglich sei, ohne Helfer ein so großes Pferd zu machen, unter anderem, weil der Pferdekörper nach dem Aus-

formen der Hals- und Oberschenkelmuskulatur heiß gehalten werden mußte, während man je zwei Posten Glas für die Unterschenkel und Hufe ansetzte und weitere für den Schweif.

»Hören Sie auf zu quengeln, und machen Sie voran«, sagte sie. Sie lächelte bei sich.

Zirkusartisten können ein Dutzend Teller gleichzeitig auf Stäben kreisen lassen. Die Arbeit an dem steigenden Pferd in Broadway kam mir ganz ähnlich vor: Sieh zu, daß Rumpf und Beine heiß bleiben, während du den Kopf formst. Mit dem Kopf, der so entstand, hätte ich noch nicht einmal einen Vorschulwettbewerb gewonnen.

Rose hatte ihren Spaß. Je weniger ich mich ihr widersetzte, desto sicherer war sie, mich in die Knie zu zwingen. Das gefiel ihr. Ganz das ungezogene kleine Mädchen, lächelte sie erneut – ein verstohlenes, hinterhältiges Hochziehen der Lippen.

Ich sah mir dieses Lächeln an und begriff urplötzlich, wovon Worthington geredet hatte. Ein Sieg war für Rose erst dann ein Sieg, wenn er die körperliche Demütigung eines männlichen Gegenspielers einschloß.

Der Sieg über Gerard Logan, den Rose schon in der Tasche zu haben glaubte, würde für sie erst zählen, wenn sie irgendwen irgendwie dabei verbrannt hatte.

Eine Vorstellung, vor der es mich grauste, im Gegensatz zu Rose. Notfalls hätte ich mich vielleicht mit roher Kraft gegen Rose gewehrt, aber nie wäre ich ihr mit Glasfluß auf den Leib gerückt. Dafür war ich nicht brutal genug.

Mein Team im Stich lassen und flüchten konnte ich allerdings auch nicht.

Mit der Zange zog ich die Vorderbeine des Pferdes nach oben und die Hinterbeine nach unten und hielt das Ganze an der Pfeife in den Ofen, damit es verschmelzen konnte.

Es gab immer noch Auswege für mich, dachte ich.

Ehrenhafte Abgänge.

Mehr oder weniger ehrenhaft jedenfalls.

Es gelang mir, aus Rumpf und Beinansätzen ein kopfloses Rennpferd zu zaubern.

Abgang, dachte ich. Verdammt, mit einem Abgang war es nicht getan. Kleinmut hatte noch niemandem etwas gebracht.

Mit Mühe hielt ich zwei Glasmacherpfeifen in den Händen und legte genügend Glas von einer auf die andere hinüber, um eine Mähne zu formen, aber sie war für Cheltenham nicht elegant genug.

Worthington öffnete die Galerietür und schickte sich an hereinzukommen. Er riß die Augen auf, als er sah, was los war, drehte sich auf dem Absatz um und lief auch schon die Straße hinunter, ehe Rose entscheiden konnte, ob es besser war, ihn zu verfolgen oder mich in Schach zu halten.

Als höchstens mein Spezialpfiff noch Worthington eingeholt hätte, befahl sie Force und ihrem Vater, sofort die Galerietür abzuschließen, und war sauer, daß sie beide keinen Schlüssel finden konnten. Ich hoffte bei Gott und allen Heiligen, Pamela Jane würde jetzt nicht aus unangebrachter Hilfsbereitschaft sagen, daß sie für alles einen Schlüssel hatte.

Sie warf mir erneut einen unsicheren Blick zu und biß die Zähne aufeinander.

Rose hörte auf zu lächeln, bestückte ihre Pfeife mit einem

weißglühenden, golfballgroßen Glasklumpen und hielt ihn dicht vor Hickory.

Ich versah, so gut es ging, meine immer weniger vollblütige Schöpfung mit einem Schweif. Der Schweif und die beiden Hinterbeine bildeten ein Stützdreieck für das steigende Pferd. Wenn ich etwas wirklich Gutes machen wollte, ging es in diesem Stadium leicht schief. Heute stimmte die Balance genau.

Hickory wand sich verzweifelt, um von Roses gefährlich glühendem Ball wegzukommen.

Pamela Jane sah, daß ich, statt etwas für Hickory zu tun, seelenruhig weiter an meinem Spielzeug bastelte, und strafte mich wieder mit Verachtung.

Ich setzte den Kopf auf den Hals und zog die Ohren hoch. Das fertige Pferd hatte vier Beine, Kopf, Mähne und Schweif und nicht einen Funken Eleganz. Ich stellte es aufrecht auf die Bank, so daß der Weg nun frei war für die Kristallkugel, die sein Aufbäumen in einen Sprung in die Zukunft verwandeln würde.

Trotz seiner Mängel schien Rose beeindruckt. Allerdings nicht so beeindruckt, daß sie unvorsichtig geworden wäre oder die Pfeife von Hickorys Kopf weggehalten hätte.

Ich sah auf die Werkstattuhr.

Eine Minute – ticktack, ticktack – konnte sehr lang sein.

Ich sagte: »Das Gold ist für die Mähne, die Hufe und den Schweif gedacht.«

Ticktack, ticktack.

Rose stieß ihre abkühlende Pfeife in den Ofen und holte sie mit einem neuen Posten weißglühenden Glases heraus, den sie wiederum an Hickorys Kopf hielt.

»Und wann kommt das Gold endlich?« fragte sie.

Hickory zappelte heftig, versuchte sich von dem Klebeband auf Mund und Augen zu befreien.

Pamela Jane, die Augen geschlossen, sah aus, als ob sie betete.

Zwei Minuten. Tick, tack.

»Das Gold«, sagte ich, »wird in kleinen Barren geliefert. Es muß geschmolzen werden, damit man es auf Hufe, Mähne und Schweif auftragen kann...«

Hickory warf sich nach vorn in dem Versuch, sich aus den Polstern des Sessels zu befreien. Rose nahm die Glasmacherpfeife nicht weit genug von ihm weg, und mit dem einen Ohr streifte er den schwankenden, weißglühenden Glasklumpen.

Unter dem Paketband konnte er nicht schreien. Er krümmte sich zusammen. Rose sprang mit einem Satz zurück, doch Hickorys Ohr zischelte und roch jetzt nach verbranntem Fleisch, und es würde nie wieder wie vorher sein.

Drei Minuten. Eine Ewigkeit. Tick, tack.

Hickorys Entsetzen, qualvoll und unübersehbar, machte uns alle zu Gaffern. Rose hätte ihre Pfeife hinwerfen und ihm zu Hilfe eilen sollen, aber sie tat es nicht.

Drei Minuten, zehn Sekunden, seit ich das steigende Pferd auf die Bank gestellt hatte.

Länger durfte ich nicht warten.

Ich nahm die große Zange, mit der ich die Mähne des Pferdes geformt hatte, und zerschnitt damit das Paketband, das Pamela Janes Füße zusammenhielt. Ich zog sie an den noch zusammengeklebten Händen hoch, und Rose drehte

sich von Hickory zu uns herum und schrie, ich solle sie loslassen.

Pamela Jane hatte keine Ahnung, was sie tun sollte, und es ging um Sekunden. »Laufen Sie«, sagte ich eindringlich zu ihr, doch statt zu laufen, zögerte sie und sah sich nach Hickory um. Schluß jetzt. Ich packte sie und trug sie vor mir her.

Pamela Jane verwahrte sich dagegen. Rose befahl mir, sie abzusetzen. Ich dachte nicht daran, sondern peilte mit etwas wackligen Schritten den Verkaufsraum an und rief dem Trio an der halbhohen Zwischenwand zu, sie sollten dahinter in Deckung gehen.

Rose kam mir durch die Werkstatt nach und hielt die glasbelegte Pfeife vor sich, als wäre es ein Schwert.

Halb sah ich sie, halb spürte ich die sengende Gefahr, und so riß ich Pamela Jane wie ein Stierkämpfer herum, um dem Stoß der Pfeife zu entgehen, aber Rose ging mit, stach zu und brannte mir einen langen schwarzen Schlitz in das weiße Unterhemd.

Keine Zeit mehr.

Ich schleppte Pamela Jane in den Verkaufsraum hinter der Trennwand, stieß die lauthals Protestierende zu Boden und warf mich über sie, damit sie sich nicht rühren konnte.

Das Pferd hatte drei Minuten und vierzig Sekunden ungekühlt bei größter Hitze auf der Bank gestanden, als es zerplatzte.

12

Das Pferd zersprang in glühendheiße Splitter, die wie aufgebrachte transparente Wespen durch die ganze Werkstatt flogen und in den Verkaufsraum hinter der Trennwand.

Adam Force, der sich nicht geduckt hatte, weil das Kommando von mir gekommen war, hatte es zweimal erwischt, einmal am Oberarm und einmal, schlimmer, zwischen dem Wangenknochen und dem Auge, wo jetzt ein Stück Haut herausgerissen war. Vor Schock halb ohnmächtig, ließ der Arzt die Spritze fallen. Das Blut tränkte seinen Ärmel, aber es strömte nicht unstillbar wie aus einer Schlagader.

Am schlimmsten würde für ihn sein, daß sein gutes Aussehen gelitten hatte, dachte ich, und hätte er in diesem Moment in einen Spiegel gesehen, wäre er wohl wirklich in Ohnmacht gefallen. Der scharfe, schnell fliegende Glassplitter hatte eine Furche gezogen, die mit Sicherheit eine bleibende Narbe hinterließ, und wie viele Gesichtsverletzungen blutete auch diese stark. Das Blut ergoß sich auf Adam Forces weißen Bart, der rot und röter wurde.

Dr. Rubinrotbart Force. Geschah ihm recht, dachte ich. Schade, daß es abwaschbar war. Abwaschbar… auch anderes ließ sich vielleicht abwaschen… eine Idee.

Glas kühlte bei der Verarbeitung rasch ab. Durch behut-

sames Blasen in die Pfeife ließ sich glühendheißer Glasfluß zu einer dünnwandigen Kugel ähnlich einer Seifenblase formen, ein Vorgang, der nur Sekunden dauerte, und danach war die Glasblase kalt.

Die Pferdefigur hatte ich jedoch nicht auf diese Weise geblasen. Sie war mit Wucht entlang den Spannungslinien zersprungen, die sich beim unterschiedlich schnellen Abkühlen der äußeren und inneren Partien ergeben hatten. Die umherfliegenden Splitter waren feuerheiß gewesen. Adam Force konnte von Glück sagen, daß er kein Auge eingebüßt hatte.

Norman Osprey hatte trotz seiner Abneigung gegen mich auf meinen Rat gehört, sich hingekniet und das Zerbersten des Pferdes ohne Schrammen, wenn auch nicht in bester Laune überstanden.

Blaß und ein wenig zittrig, hielt sich der Elvis-Doppelgänger immer noch an die Devise »Schnappt Logan«. Also war er aufgestanden und hatte sich mit seinen Gorillaschultern vor die Tür vom Ausstellungsraum zur Straße gepflanzt, so daß ich, um dort hinauszukommen, auf Gedeih und Verderb mit ihm hätte kämpfen müssen. Einen solchen Kraftmeier hätte ich mir auch unter normalen Umständen nicht als Zweikampfgegner gewünscht, doch in meiner momentanen dürftigen Verfassung wäre ein Sieg, wenn ich denn wirklich hätte fliehen wollen, undenkbar gewesen. Solange aber Norman Osprey dachte, er habe an der Tür dort eine wichtige, meine Pläne durchkreuzende Funktion, war mir gottlob wenigstens einer von ihnen aus dem Weg.

Eddie, der anscheinend nicht begriff, was passiert war, kniete noch neben der Wand. Martins unbelehrbarer Jok-

keydiener, der Rose auf dieser unheiligen Kassettenjagd von Anfang an begleitet hatte, sah jetzt aus, als bitte er um Lossprechung von seinen Sünden. Meines Erachtens hatte er darauf überhaupt keinen Anspruch.

Pamela Jane stemmte sich mit sehr zwiespältigen Gefühlen unter mir hoch: Sollte sie mir für ihre Rettung danken, da sie in ihrem Sessel direkt in der Schußlinie der messerscharfen Splitter gewesen wäre, oder mich dafür verachten, daß ich Hickory währenddessen ganz sich selbst überlassen hatte?

Pamela Jane wußte natürlich über die Physik der Spannungen in hocherhitztem Glas Bescheid und konnte sich jetzt denken, daß ich das Pferd überhaupt nur angefertigt hatte, um es zerspringen zu lassen. Später gestand sie mir, wie sehr der Unsinn von der Goldlieferung – das Wieviel und das Wann – sie verwirrt habe, denn das sei so gar nicht meine Art gewesen. »Liebe Pam J«, meinte ich darauf zufrieden, »Sie waren mir wirklich eine große Hilfe.«

Aber das war später. Damals, unmittelbar nach dem Zerspringen der Pferdefigur, galt ihre Hauptsorge noch Hickory.

Als ich aufstand und über die Zwischenwand schaute, um nach Rose und Hickory zu sehen, war Rose, die an einem Bein blutete, aber immer noch vor wütender Entschlossenheit bebte, gerade dabei, eine neue Glasmacherpfeife in den Ofen zu halten und eine andere, die bereits mit weißglühendem Haß befrachtet war, herauszuziehen.

Hickory, dem es endlich gelungen war, sich aus dem Sessel zu werfen, lag mit dem Gesicht nach unten auf dem blanken Steinboden und versuchte sich das Paketband vom Ge-

sicht zu scheuern. Das verletzte Ohr schmerzte so stark, daß er Rotz und Tränen heulte und immer wieder die Nase hochzog, um damit fertig zu werden.

Da mir noch frisch in Erinnerung war, daß Rose auch mir vorhin eine Feuerspur über die Rippen gezogen hatte, fand ich eigentlich, der ungleiche Kampf habe für diesmal lange genug gedauert.

Rose war anderer Meinung. Rose hatte anscheinend Energiereserven für einen dritten Weltkrieg. Flugs zog sie ihr beladenes Eisen aus dem Feuer und sagte mir, wenn ich nicht sofort wieder herüber in die Werkstatt käme, wäre die Verbrennung an Hickorys Ohr erst der Anfang. Sie hätte ihn befreien können. Sie hätte ihm wenigstens helfen können, aber sie tat es nicht.

Ich ging hinüber. Hickory lag noch auf dem Bauch, doch anstatt sich für nichts und wieder nichts das Gesicht aufzuscheuern, trat er jetzt mit den Beinen um sich. Verletzt und hilflos, war er vor Rose relativ sicher, die es vorzog, auf mich loszugehen, und die anderthalb Meter lange, silberschwarze Glasmacherpfeife im Anschlag hielt, um mir bei der ersten Gelegenheit eine Ladung zu verpassen.

»Das Videoband von Adam Force«, sagte sie. »Wo ist das?«

Außer Atem vor lauter Brandwundenvermeidung, brachte ich dennoch mit trockenem Mund hervor: »Er sagt, er hat es mit Pferderennen überspielt.«

»Blödsinn.« Die weißglühende Glaskugel immer vor sich hin haltend, marschierte Rose auf mich zu. Wäre ich so bewaffnet gewesen, hätte ich mit zwei Schnitten der großen Schere die Kugel in eine Speerspitze verwandeln können.

Mit Wucht geschleudert, hätte diese Speerspitze einen Menschen glatt durchbohrt, sich durch ihn hindurchgebrannt und ihn getötet. Rose hatte keine Speerspitze, aber eine Kugel tat es auch. Die Wirkung war die gleiche.

Mit zumindest dem Ansatz eines Plans wich ich vor Rose zurück und fluchte im stillen, daß ich an die fünf oder sechs Reservepfeifen auf der anderen Seite – die ich wenigstens zum Fechten hätte nehmen können – nicht herankam, da sich Hickory mit seiner gräßlichen Verletzung davor am Boden wälzte.

Rose machte sich einen Spaß daraus, mich in den Rückwärtsgang zu zwingen. Rückwärts ging ich am Ofen mit seiner geschlossenen Schiebetür vorbei. Rückwärts durch die Werkstatt und immer schneller, da sie einen Zacken zulegte.

»Das Videoband«, sagte sie noch einmal. »Wo ist das?«

Endlich, endlich sah ich Worthington wieder draußen vor der Galerietür, diesmal flankiert von Tom Pigeon, Jim, Catherine und ihrem Pennerkollegen, Paul Federfuchser.

Norman Osprey sah plötzlich seine Chancen schwinden, trat von der Tür weg, um alle hereinzulassen, und hechtete dann an ihnen vorbei auf die Straße. Ich sah gerade noch, wie er stadteinwärts rannte und Tom Pigeon mit seinen drei Lauftieren die Verfolgung aufnahm.

Worthington, Jim und die beiden Zivilfahnder blieben in der frei gewordenen Tür stehen. Rose in ihrer Wut nahm das Eintreffen meiner Freunde als letzten Aufruf, dafür zu sorgen, daß ich sie nie vergaß, und schoß brutal auf meinen Unterleib zu. Ich parierte auch diesen Angriff, lief weg, schlug einen Haken und landete dort, wo ich hinwollte, bei dem Regal mit den breiten runden Farbpulvertöpfen.

Weiß wollte ich, das Pulver, das die Deutschen Emailweiß nennen. Ich riß den Deckel weg, tauchte die Hand in den offenen Topf, nahm soviel Pulver, wie meine Finger faßten, und warf es Rose in die Augen.

Emailweiß – gemahlenes weißes Email – ist arsenhaltig... und Arsenstaub trübt die Sicht, treibt Wasser in die Augen und kann sie vorübergehend blenden. Rose liefen die Augen über, sie sah nichts mehr, und dennoch fuhrwerkte sie weiter mit der beängstigend langen, todbringenden Glasmacherpfeife herum.

Eddie erhob sich sozusagen von seinen Gebeten, kam in die Werkstatt herüber und beschwor sie aufzugeben. »Rose, mein Kind, es ist vorbei...«

Aber sie war nicht aufzuhalten. Obwohl sie vorübergehend geblendet war, ging sie mit dem tödlichen Rohr auf die Stelle los, wo sie mich zuletzt gesehen hatte, versuchte immer noch, meinen Bauch, meine Brust zu durchbohren, und schlug dann wütend dorthin, wo mein Kopf gewesen war.

Sie traf mich zwar nicht, war mit ihrem wilden Draufloshauen aber gefährlicher, als wenn sie mich gesehen hätte, und schließlich trat die Katastrophe ein, fand das unvorstellbar heiße Glas zweimal ein lebendes Ziel.

Man hörte jäh abgewürgte Schreie.

Ausgerechnet Eddie, ihren Vater, hatte sie zuerst getroffen. Sie hatte ihm die Haut von den Fingern gesengt, die er schützend vors Gesicht gehalten hatte. Dann hörte man Eisen gegen Wände krachen und ein fürchterliches weiches Zischen, als das Schlimmste geschah.

Pamela Jane warf sich hysterisch in meine Arme und verbarg ihr Gesicht, aber nicht sie hatte das Feuer abbekom-

men. Auf der anderen Seite der Werkstatt, wo die Luft wieder nach Scheiterhaufen roch, sank Paul zu Boden und blieb reglos liegen, die Arme und Beine im Tod von sich gestreckt.

Catherine riß in einem Zustand des Schocks und ungläubigen Zorns die Augen auf. Ich nahm sie in den Arm und drückte sie und Pamela Jane an mich, als könnte ich sie nie wieder loslassen.

Adam Force stellte sich auf die sichere Seite der Werkstattwand und bat Rose, sich zu beruhigen und stehenzubleiben, damit er oder sonst jemand ihr und ihrem Vater helfen könne – mit dem Ergebnis, daß sie sich in die Richtung drehte, aus der seine Stimme kam, und die Glasmacherpfeife mit weiten Schwüngen durch die Luft sausen ließ.

Catherine, Polizeibeamtin bis ins Mark, straffte sich nach dem ersten Schrecken, ließ mich stehen und forderte, während Rose dem Klang ihrer Stimme folgte, bei ihrer Zentrale Verstärkung an. Sie drängte ihr Entsetzen zurück, drückte die Sprechtaste ihres Funkgeräts und sagte gepreßt: »Polizist verletzt. Notfall. Notfall. Der Polizist braucht sofort ärztliche Hilfe.«

Sie gab die Adresse von Logan Glas an und fügte unter echtem, übermächtigem Gefühlsdruck dann hinzu: »Kommt schnell! Ogottogott!«

Sie wich der heranstürmenden Rose aus und kniete sich mit unglaublichem Mut neben ihren stummen Partner. Der als Stadtstreicher getarnte Belagerer von Ladeneingängen, der mir nur unter dem Namen Paul Federfuchser bekannt war, würde keine Ganoven mehr fangen. Ein weißglühendes Geschoß hatte Paul Federfuchsers Hals durchschlagen.

Ich löste mich von Pamela Jane, lief von Catherine weg durch den Laden und rief Rose zu: »Hier bin ich, Rose. Hier drüben bin ich, und Sie kriegen mich im Leben nicht.«

Rose drehte sich im Halbkreis in meine Richtung und dann gleich wieder anders herum, als ich an ihr vorbeisprang und sie mit dem nächsten Zuruf reizte. Wieder und wieder fuhr sie herum und wurde mit ihren tränenden Augen dann endlich so müde, daß Worthington und Jim zu mir durchkamen und Catherine von hinten dazustoßen konnte, und zu viert packten wir Rose in einem blitzschnellen Zugriff und stoppten den immer noch drauflosdreschenden Arm mit der Glasmacherpfeife. Ich brachte die Pfeife ein gutes Stück außer ihrer Reichweite, fühlte die Resthitze an meinen Beinen, und noch immer versuchte sich Rose aus Worthingtons und Jims Griff zu befreien.

Die Polizistin in Catherine gewann die Oberhand. Sie suchte und fand die Handschellen, die Paul Federfuchser an einem Gürtel um die Hüfte trug. Unsanft legte sie sie Rose an und fesselte ihr damit die Hände auf dem Rücken.

Rose trat aus.

»Nehmen Sie meinen Gürtel«, rief Worthington, und ich nahm ihm den geflochtenen Ledergürtel ab, schlang ihn erst um das eine, dann um das andere Fußgelenk von Rose und zog ihn fest, so daß sie das Gleichgewicht verlor und sich auf die Seite legte, wenn sie auch immer noch mit den Beinen ausschlug und schimpfte.

Nichts war »unauffällig« an der Festnahme von Rose Payne. Ein Krankenwagen mit Besatzung und zwei Streifenwagen mit aufgebrachten Polizeibeamten fuhren vor, und alle strömten in die Galerie und zertraten die Scher-

ben des zersprungenen Pferdes unter ihren schweren Stiefeln zu Staub. Die Polizisten sprachen mit Catherine, holten eine Decke, hüllten Rose darin ein wie ein Wickelkind und bugsierten sie, die sich bis zum Schluß widersetzte, durch den Verkaufsraum hinaus in den Fond eines Streifenwagens.

Während sie noch Galle spuckte, wurde ihr der stämmige Norman Osprey beigesellt, der bei aller Kraft gegen drei scharfe Hundegebisse nichts hatte ausrichten können. Wie Tom mir nachher erzählte, hatte der Hüne angstzitternd auf der Straße gesessen, den Kopf und die Hände zwischen seinen Beinen, und die Polizei angefleht, ihn vor den schwarzen Bestien, die ihn umkreisten, zu retten.

In der Werkstatt sah ich zu, wie Catherine trockenen Auges auch den stummen Paul mit einer Decke aus den Polizeiwagen verhüllte.

Noch mehr Polizei kam, teils in Uniform und teils in Zivilkleidung, die sich eher für einen Sonntag vor dem Fernseher eignete als für den Ausflug in eine veritable Feuerhölle. Ob dienstfrei oder nicht, es gab einiges zu tun. Weiße Schutzanzüge und graue Plastiküberschuhe wurden ausgegeben, und bald bekam die Werkstatt etwas science-fiction-haft Unwirkliches.

Ich sah, wie ein Beamter mit Gummihandschuhen die am Boden liegende Spritze aufhob und sie vorsichtig in eine durchsichtige Plastiktüte steckte, die er versiegelte.

Methodisch begann die Polizei, Namen zu erfragen und aufzuschreiben, und der Drachen von der anderen Straßenseite offerierte allen Beteiligten Trost und Zuspruch. Einer

der Polizeibeamten löste das Paketband von Pamela Janes Händen, nahm ihre Personalien auf und geleitete sie dann fürsorglich in das Hotel hinüber.

Ich kniete mich neben Hickory. Ich sagte ihm, ich würde ihm das Klebeband von Augen und Mund entfernen. Ich fragte ihn, ob er verstanden habe.

Hickory nickte und hörte auf, sich am Boden zu winden.

So behutsam wie möglich zog ich ihm das Band von den Augen. Das tat weh, es gingen Wimpern mit ab, und erst nach einigen Minuten konnte er mit den so lange bedeckten Augen wieder sehen und starrte mich von der Seite an.

»Jetzt löse ich Ihnen das Klebeband vom Mund«, sagte ich.

Er nickte.

Einer der jungen Polizeibeamten langte mir über die Schulter und riß gedankenlos das breite Band mit einem einzigen Ruck herunter. Hickory schrie auf und herrschte den Polizeibeamten an, er solle ihm verdammt noch mal endlich auch die Hände losmachen.

Ich ließ sie einen Augenblick allein und holte den Erste-Hilfe-Kasten aus dem Lager, um Hickorys Ohr zu verbinden, und nach einem ziemlich langen Palaver befanden die Sanitäter und die Polizei übereinstimmend, er solle zusammen mit Eddie ins Krankenhaus gebracht werden, der jetzt sichtlich unter Schock stand und bereits üble Blasen an den Händen hatte.

Catherine stand an der offenen Tür des Krankenwagens und sah zu, wie dem verletzten Eddie beim Einsteigen geholfen wurde.

Ich sagte ihr einiges, was sie noch wissen mußte, beson-

ders Einzelheiten über Maske Nummer vier, die mir in der Nacht eingefallen waren und die ich am Morgen noch nicht angesprochen hatte.

»Unser Hauptkommissar steht da bei Paul«, sagte sie zerstreut. »Es ist besser, du sprichst mit ihm. Ich muß auf die Wache. Ich komme wieder her, sobald ich kann.«

Sie ging mit mir hinüber, stellte mich als den Geschäftsinhaber vor und überließ es mir, die Miene ihres Vorgesetzten zu verfinstern.

Ich gab Hauptkommissar Shepherd von der Polizei West Mercia die Hand.

Zunächst einmal sah er wenig begeistert auf mein Unterhemd, das nicht mehr weiß und sauber war, sondern schmuddelig von der Hetzjagd durch die Werkstatt. Er betrachtete den angesengten Stoffetzen, der unter den Rippen als Zeugnis von Roses rigorosen Aufmerksamkeiten lose herabhing. Er fragte, ob die Rötung darunter schmerzte, und ich antwortete müde, sie tue zwar weh, aber ich hätte mich schon schlimmer verbrannt und zöge es vor, mich nicht darum zu kümmern; im stillen ergänzte ich allerdings, daß ich mich bis jetzt immer nur versehentlich selbst verbrannt hatte.

Ich sah auf die Wolldecke von Paul Federfuchser hinab, dem Pedanten, der sich wie ein Vater um Catherines Sicherheit auf den unsicheren Straßen gesorgt hatte.

»Er war ein guter Polizist«, sagte ich.

Der Hauptkommissar ließ das ein wenig im Raum stehen, bevor er auf die Bestrafung der Täterin zu sprechen kam. Ich müsse mit aufs Revier kommen und eine Aussage machen, sagte er, die zu Protokoll genommen und auf Vi-

deo aufgezeichnet werde. Er gestattete mir allerdings, vorher die Brandwunden zu versorgen und ein Hemd überzuziehen, und war dann sogar damit einverstanden, daß ich mir eine Jacke um die Schultern legte, um draußen nicht zu frieren.

Während dieser Anwandlung von Menschlichkeit traf George Lawson-Young ein und sorgte durch seine bloße Anwesenheit für eine Gewichtsverlagerung von polizeilichem Argwohn hin zu mehr Vernunft. Er war eine jener achtunggebietenden Persönlichkeiten, denen andere Autoritätspersonen instinktiv vertrauten. Durch die unverkennbare Ehrerbietung, die er mir schon bei der Begrüßung entgegenbrachte, stieg ich bald auch in der Achtung des Hauptkommissars. Es kam mir vor, als ob er sich nach einer Weile sogar dazu durchrang zu glauben, was ich sagte.

George Lawson-Young fragte mich, als könne es darauf nur ein Ja geben: »Haben Sie herausbekommen, wer der vierte Mann war, der Sie vor vierzehn Tagen hier auf dem Gehsteig überfallen hat?«

»Ja.«

Er kannte die Antwort schon, denn ich hatte am Morgen mit ihm deshalb telefoniert. Mit Hilfe seiner Eliminationsmethode hatte ich die Wahrheit von den Lügen getrennt und sorgfältig die Sackgassen abgefahren, aber ganz gleich, wie neutral ich den Namen aussprach, er würde Bestürzung hervorrufen.

Der Professor, groß, gepflegt und kurzsichtig, begutachtete eingehend die Verletzung in dem vertrautesten der ihm zugewandten Gesichter. Niemand hielt ihn zur Eile an, auch der Hauptkommissar nicht.

Adam Force, dessen Gesichtsblutung kein Sturzbach mehr war, sondern nur noch ein Tröpfeln, war benommen aus dem Verkaufsraum in die Werkstatt gekommen und sah auf Hickory nieder, der sich das verstümmelte Ohr hielt.

Als Adam Force den Professor erblickte, schien es, er wollte sich lieber in Luft auflösen als mit seinem früheren Vorgesetzten im gleichen Raum sein, und George, ein sonst denkbar nachsichtiger Mensch, warf seinem verräterischen Mitstreiter einen wahrhaft haßerfüllten Blick zu, der keinerlei Mitleid enthielt.

Einer der Polizisten im weißen Schutzanzug fragte Dr. Force nach seinem Namen und seiner Anschrift, während ein anderer ihn fotografierte. Das Blitzlicht schien ihn zu erschrecken, ein rotes Rinnsal lief bartwärts über seine Wange, und auch sonst war der selbstbewußte Arzt, den ich damals in Lynton auf dem Hügel besucht hatte, kaum wiederzuerkennen.

Adam ade, dachte ich ironisch.

Der Fotograf zog weiter, knipste nach Anweisung des Einsatzleiters. Nichts durfte ausgelassen werden. Paul Federfuchser wäre zufrieden gewesen.

George Lawson-Young meinte, er brauche mich in den nächsten tausend Jahren hoffentlich nicht noch mal um einen Gefallen zu bitten, und dann erklärte er selber dem Hauptkommissar, wie es kam, daß die aus seinem Forschungslabor gestohlenen Daten mir so viel Not und Pein verursacht hatten.

Einen nach dem anderen, quasi zum Mitschreiben, nannte George die Beteiligten beim Namen, bat mich wenn

nötig um Bestätigung und entwirrte in aller Ruhe die verwickelten Fäden des Januars 2000.

»Adam Force«, sagte er und wies auf Dr. Rubinrotbart, »war bei mir angestellt, sprang jedoch ab und ließ Krebsforschungsergebnisse mitgehen, die vielleicht Millionen wert sind und mit Sicherheit der ganzen Menschheit nützen können.«

Der Hauptkommissar, sah ich, war skeptisch, aber ich nickte, und er konzentrierte sich wieder auf den Professor.

»Wir wußten«, fuhr George fort, »daß er die Informationen gestohlen, sie auf Video aufgenommen und alle anderen Unterlagen darüber vernichtet hatte. Wir haben natürlich überall danach gesucht und auch eine Detektei eingeschaltet, nachdem die Polizei wenig Interesse gezeigt hatte.«

Hauptkommissar Shepherd zuckte mit keiner Wimper und hörte weiter aufmerksam zu.

»Alle unsere Bemühungen waren fruchtlos. Wir hätten nicht gedacht, daß er die Kassette einem Rennreiter zur Aufbewahrung gibt. Dr. Force hatte sie Martin Stukely anvertraut, doch der zog es vor, sie an seinen Freund Gerard Logan weiterzureichen, damit sie seinen Kindern nicht in die Finger fiel. Wie Sie vielleicht wissen, ist Martin Stukely an Silvester beim Pferderennen in Cheltenham tödlich verunglückt. Doch da hatte die Kassette ihre verzwickte Reise bereits angetreten. Adam Force versuchte sie wieder an sich zu bringen. Sowohl hier aus dem Geschäft wie aus Gerards Wohnung und aus der Wohnung von Martin Stukely wurden Videokassetten gestohlen.«

»Sind diese Diebstähle angezeigt worden?« fragte der Hauptkommissar.

»Ja«, antwortete ich, »aber der Diebstahl von ein paar Videokassetten ohne ersichtlichen Grund mobilisiert die Polizei natürlich nicht so wie heute.«

»Mhm.« Das wußte der Hauptkommissar selbst.

»Am anderen Morgen kam dann eine Ihrer Beamtinnen vorbei«, sagte ich, »aber da stand das zusammen mit der Kassette gestohlene Geld im Vordergrund.«

»Hat Dr. Force auch das Geld gestohlen?« fragte der Hauptkommissar und sah Force an.

»Ja«, erwiderte ich, »aber ich glaube, das war nur ein Gelegenheitsdiebstahl, der vielleicht auch das Verschwinden der Kassette kaschieren sollte.«

Dr. Force hörte regungslos zu, sein blutverschmiertes Gesicht verriet nichts.

»Jedenfalls«, fuhr der Professor fort, der sich nicht länger ablenken lassen wollte, »war die gewünschte Kassette unter all den gestohlenen nicht zu finden, und so hat Dr. Force mit Unterstützung von Rose Payne und anderen Zwang angewendet, um von Mr. Logan zu erfahren, wo sie ist. Aber er sagt mir, daß er sie nicht hat.«

»Und haben Sie sie?« fragte die Stimme der Obrigkeit.

»Nein«, antwortete ich, »aber ich glaube, ich weiß, wer sie hat.«

Alle schauten mich an. Adam Force, Lawson-Young, der Hauptkommissar und sogar Hickory, der mit seinem gesunden Ohr zugehört hatte, sie alle warteten gespannt.

In dieses Gruppenbild rauschte Marigold hinein, umweht von smaragdgrüner Seide mit goldenen Quasten. Wie ein Drachenschwanz folgten ihr Bon-Bon, Victor, Daniel und die anderen Kinder.

Marigold wollte wissen, wie weit ihr Ehrenpreis gediehen sei, verstummte aber jäh beim Anblick der zugedeckten Gestalt in der Werkstatt und der zahlreichen Spurensicherer, die vorsichtig auf allen vieren umherkrochen. Bon-Bon erfaßte die Lage und scheuchte ihren Nachwuchs schnell wieder zur Tür hinaus, drin blieben nur ihre Mutter und Victor, die wie erstarrt mit großen Augen dastanden.

»Gerard«, rief Marigold aus, »was ist denn hier los, mein Lieber? Und wo ist Worthington?«

»Liebe Marigold«, sagte ich müde, »es ist ein Unglück passiert. Geht doch bitte gegenüber ins Hotel und wartet auf mich.«

Sie schien mich nicht zu hören, sie schaute unentwegt auf die Wolldecke. »Wo ist Worthington?« Ihre Stimme wurde lauter. »Wo ist Worthington? O mein Gott.«

Ich nahm sie in die Arme. »Marigold, Marigold, ihm geht's gut. Bestimmt. Das ist nicht Worthington.«

Sie schluchzte an meiner Schulter, dem Zusammenbruch nah. Victor wandte sich zu mir und sagte mit einer Stimme, die kaum mehr als ein Flüstern war: »Das ist jetzt kein Spiel mehr, oder?«

Die Frage bedurfte keiner Antwort, und bald darauf begleitete der junge Polizist ihn und Marigold zum Wychwood Dragon hinüber.

»Wer ist denn nun Maske Nummer vier?« fragte Lawson-Young in der Stille nach ihrem Fortgang.

»Was?« fragte der Hauptkommissar. »Wovon reden Sie?«

Der Professor erklärte es ihm. »Gerard wurde hier vor seinem Geschäft von vier Schwarzmaskierten überfallen. Rose Payne, ihr Vater Eddie Payne und Norman Osprey

waren drei davon. Heute morgen sagte mir Gerard, er kenne jetzt auch den vierten.« Er wandte sich vertrauensvoll an mich und fragte: »Wer ist es also, und wer hat meine Forschungsergebnisse?«

»Ich glaube nicht, daß Maske Nummer vier die Kassette hat«, erwiderte ich.

»Was!« rief der Professor aus. Er ließ die Schultern hängen, für ihn mit seinen hochgesteckten Erwartungen sah es jetzt aus, als hätte ich ihm nur eine weitere Sackgasse, einen weiteren Irrweg anzubieten.

Ich stellte das richtig. »Mein vierter Angreifer, Maske Nummer vier, war nur ein gedungener Helfer, und ich bin mir nicht sicher, ob er eigentlich wußte, was er suchte.« Aber, dachte ich, wie meine Handgelenke am besten kaputtzumachen waren, das wußte er genau. »Jedenfalls versteht er gut mit Baseballschlägern und Narkosegas umzugehen.«

»Wer um Gottes willen ist es denn?« Der Professor hatte Mühe, seine Ungeduld zu zügeln, und ebenso der Hauptkommissar, aber mir fiel diese Enthüllung ganz und gar nicht leicht. Dennoch...

»Wer war der vierte Mann, Hickory?« fragte ich.

Hickory, der noch immer am Boden kniete und sich Verbandmull an das Ohr hielt, blickte zu mir auf.

»Was fragen Sie mich?« sagte er.

»Sie haben meine Finger festgehalten.«

»Aber natürlich nicht!«

»Leider doch«, sagte ich. »Mit einem Baseballschläger sollte mir das Handgelenk zertrümmert werden, und dafür haben Sie meine Hand gegen eine Wand gehalten.«

»Sie müssen verrückt sein. Warum sollte ich Sie überfallen? Ausgerechnet Sie?«

Eine gute Frage, und die Antwort darauf war komplex. Er erklärte es nicht, aber wir wußten beide, daß er mitgemacht hatte.

»Haben Sie es wegen des Geldes getan?« fragte ich.

Ich nahm an, seine Gründe waren komplizierter. Wahrscheinlich hatten sie etwas mit meinen Glasbläserkünsten zu tun, an die er nicht heranreichte. Neid war ein starkes Gefühl, und es konnte nicht allzu schwer gewesen sein, Hickory gegen mich aufzubringen.

Er gab es noch immer nicht zu. »Sie sind ja verrückt«, sagte er, und damit stand er auf und sah sich um, als wäre er am liebsten verschwunden.

»Die grünweißen Schnürsenkel«, sagte ich.

Er blieb abrupt stehen und drehte sich wieder um.

»Die haben Sie hier an dem Tag getragen, als Martin Stukely starb, und auch am Tag danach, als Sie die Kassetten aus seinem Haus gestohlen und mir eins mit der orangen Gasflasche übergezogen haben.«

Hickory kam ein paar Schritte heran, offensichtlich mit starken Schmerzen am Ohr. Er verlor die Contenance.

»Sie sind ja so scheißklug«, sagte er. »Hätten wir Ihnen die Handgelenke bloß gebrochen!«

Der Hauptkommissar stieß sich von der Zwischenwand, an der er lehnte, ab und richtete sich auf.

Aber Hickory hatte gerade erst angefangen.

»Sie und Ihre Allüren und wie gönnerhaft Sie immer über meine Arbeit reden. Ich hasse Sie und Ihre Werkstatt. Ich bin ein verdammt guter Glasmacher, und ich habe mehr

Anerkennung verdient.« Er reckte das Kinn vor und lächelte höhnisch.

»Eines Tages«, fuhr er fort, »wird John Hickory ein Name sein, auf den man schwört, und die Leute werden Loganglas zerschlagen, um an meines zu kommen.«

Jammerschade, dachte ich. Er hatte durchaus Talent, aber das würde sich wohl nie so entfalten können, wie es sollte. Arroganz und Selbstüberschätzung würden die guten Anlagen, die er besaß, zerstören.

»Und Rose?« fragte ich.

»Das dumme Stück«, erwiderte er und hielt sich den schmerzenden Kopf, »die hat sie doch nicht alle. Wir sollten Sie fesseln, sagte sie. Wir sollten Sie als Geisel nehmen. Mir das Ohr zu rösten, davon war keine Rede. Ich hoffe, sie schmort in der Hölle.«

Ich hoffte, sie verrottete auf Erden.

»Sie hat mir einen eigenen Laden versprochen«, sagte Hickory. »Hat behauptet, sie würde Sie aus dem Geschäft drängen. In Teamarbeit mit ihrem blöden Vater.« Er merkte, daß er sich immer tiefer hineinritt. »Die haben mich angestiftet. Das war deren Schuld, nicht meine.«

Unglücklich sah er in die gebannten Gesichter ringsum. »Es war nicht meine Schuld. Die Idee kam von denen.«

Niemand glaubte ihm. Hickory war es, der Rose auf dem laufenden gehalten hatte. Hickory war der Beobachter am Ort gewesen.

»Wo ist denn nun die Kassette?« fragte George Lawson-Young.

»Ich weiß es nicht«, erwiderte Hickory. »Rose sagte, sie müsse entweder bei Stukely oder bei Logan daheim gewe-

sen sein, aber ich habe stundenlang Videos über Pferderennen und Glasbläserei gesichtet, und glauben Sie mir, eine Kassette mit Medizinischem war nicht dabei.«

Ich glaubte ihm. Sonst wären mir wohl einige Prügel erspart geblieben, dachte ich traurig, und Paul Federfuchser würde noch in Einkaufszoneneingängen herumlungern.

Ein Sanitäter erschien und sagte, es sei Zeit, Hickory zur Behandlung seiner Brandwunde ins Krankenhaus zu bringen. Daraufhin nahm der Hauptkommissar Hickory fest: »Sie haben das Recht zu schweigen...«

»Dazu ist es ein bißchen spät«, gab Hickory zurück, als ein Polizist im weißen Overall und der Sanitäter ihn zum Krankenwagen führten.

Der Hauptkommissar wandte seine Aufmerksamkeit Dr. Rubinrotbart Force zu, der die ganze Zeit schweigend zugehört hatte.

In vorbildlicher Beamtensprache wie immer fragte er: »Nun, Dr. Force, können Sie uns sagen, wo die Kassette mit den medizinischen Forschungsresultaten geblieben ist, die dem Professor hier gestohlen wurden?«

Force sagte nichts. Offenbar hatte er zumindest eines aus unserem Gespräch unter den Fichten in Lynton gelernt.

»Kommen Sie, Adam, reden Sie.« Der Professor, sah ich, brachte dem Mann, von dessen Bart Blut auf meinen blanken Steinboden tropfte, doch noch ein wenig Freundschaft entgegen.

Force sah ihn verächtlich an und schwieg.

Auch er wurde festgenommen und zur Wundenversorgung und erkennungsdienstlichen Behandlung abgeführt. »Sie haben das Recht zu schweigen...« Er nutzte es.

Nach und nach leerten sich die Galerie, der Verkaufsraum und die Werkstatt. Ein richterlicher Beamter erschien, um Pauls Überführung in das städtische Leichenschauhaus zu überwachen. Die Spurensicherer unterbrachen ihre Arbeit und schauten zu, wie die Bahre mit dem hochangesehenen und geschätzten Kollegen durch die Galerie hinausgetragen wurde. Ich hatte ebenso Tränen in den Augen wie sie. Er war nicht nur ein guter Polizist, sondern auch ein guter Mensch gewesen.

Noch ein paar Fotos wurden gemacht und noch ein paar Beweisstücke gesammelt. Blauweißes Absperrband wurde gespannt, Türen verschlossen, Wachen aufgestellt und der Professor und ich sanft hinauskomplimentiert auf die Straße, in den zur Stimmung passenden grauen Nieselregen.

Noch einmal bat mich der Hauptkommissar, ihn zur Aufnahme meiner Aussage zur Polizeistation zu begleiten, doch fand er diesmal freundlichere Worte. Ich willigte ein, schlug aber vor, wir sollten alle erst einmal in den Wychwood Dragon gehen, da ich durstig sei und eine Tasse Tee gebrauchen könne. Ich sah auf die Billiguhr an meinem Handgelenk. Meinem Gefühl nach hätte die Teezeit vorbei sein können, doch erstaunlicherweise war es noch Vormittag.

Sie saßen unten im Gästesalon. Bon-Bon und ihre vier teilten sich das breite Sofa in absteigender Größe von links nach rechts. Sie hatten Cola getrunken, und auf dem Couchtisch vor ihnen stand eine Reihe leerer Flaschen mit Strohhalmen. Marigold saß in einem tiefen Knautschsessel, und Worthington hockte neben ihr auf der Armlehne. Die Art und Weise, wie Marigold Worthingtons Hand um-

klammert hielt, erinnerte mich an seine Warnung vor der Venusfliegenfalle. Ihm schien es nicht unrecht zu sein.

Der Drachen servierte Tee in großen Millenniumsbechern und erzählte uns, daß die immer noch unter Schock stehende Pamela Jane vom Polizeiarzt ein Beruhigungsmittel bekommen habe und nach oben ins Bett verfrachtet worden sei.

Victor stand am Fenster und starrte auf die andere Straßenseite, als könnte er die Augen nicht von Logan Glas abwenden. Ich nahm meinen Tee und ging zu ihm hinüber.

Ohne sich umzudrehen, sagte er: »Meine Tante Rose muß jetzt bestimmt lange sitzen.«

»Ja«, erwiderte ich, »sehr lange.« Lebenslang, dachte ich, entweder im Gefängnis oder in Sicherheitsverwahrung in der Psychiatrie. Für Polizistenmörder gab es so schnell keine Bewährung.

Er sah noch einen Moment schweigend hinaus, drehte sich dann um und blickte mir ins Gesicht. »Gut«, sagte er, »dann haben Mum und ich vielleicht noch eine Chance.«

Ich wandte mich zu Bon-Bon und ging mit ihr hinaus in die Hotelhalle. Ob sie mir einen Gefallen tun würde? Klar, meinte sie und lief zu dem Münzfernsprecher unter der Treppe.

Ich kehrte in den Salon zurück, um meinen Tee auszutrinken, und bald darauf kam lächelnd auch Bon-Bon zurück und nickte mir zu.

Ich dachte über die Ereignisse des Morgens nach und fragte mich, ob es auch anders hätte gehen können.

Beim Hantieren mit Glasmacherpfeifen war immer Vorsicht geboten. In den Händen von Rose war eine solche mit

Glasfluß behaftete Pfeife buchstäblich zur tödlichen Waffe geworden, und ganz gleich, wie falsch und widersinnig ihre Gründe waren – da sie es auf mich abgesehen hatte, fand ich, hätte ich sie aufhalten müssen.

Ich hatte versucht, sie mit dem zerspringenden Pferd aufzuhalten, und es war mir nicht gelungen. Die Scherben hatten ihren Liebhaber verletzt und ihren Zorn angestachelt, und als ich sie dann mit dem Farbpulver bewarf, um sie zu blenden und dadurch zu stoppen, war sie nur noch gefährlicher geworden.

Paul hatte sterben müssen.

Hätte ich nicht versucht, sie aufzuhalten, sondern gleich kapituliert, wie sie es verlangt hatte, wäre Paul am Leben geblieben. Zu meinem Trost fiel mir nur ein, daß ich ihr die gewünschte Kassette nicht hätte geben können, da ich selbst nicht genau wußte, wo sie war.

Ich hatte mein Bestes gegeben, und es hatte den Tod gebracht.

Die Stimme des Hauptkommissars holte mich in die Gegenwart zurück. Er brenne darauf, sagte er, seine Gefangenen auf der Wache zu befragen, und er sei verpflichtet, auch wenn ihm daran weniger liege, der Familie von Paul Cratchet einen Besuch abzustatten. »Herr Professor, Mr. Logan, würden Sie nun bitte mit mir kommen?« sagte er.

»Erst noch eine Tasse Tee?« gab ich zurück.

Der Hauptkommissar war darüber nicht glücklich. »Entgegen der allgemeinen Annahme ist der Tee bei der Polizei durchaus trinkbar. Also bitte.«

Ich brauchte mehr Zeit.

Ich ließ mich in den nächsten tiefen Sessel sinken und sagte: »Nur eine kleine Verschnaufpause noch? Ich bin erschöpft. Können wir nicht etwas essen, bevor wir gehen?«

»Wir haben eine Kantine auf dem Revier. Sie können dort essen.« Die Stimme der Obrigkeit hatte gesprochen, und mir blieb wohl kaum etwas anderes übrig, als mich ihr zu fügen.

Langsam stand ich auf, da, endlich, kam der erwartete Gast im Eilschritt zur Tür herein.

»Tag, Priam«, sagte ich.

Er schaute an mir vorbei auf den großen, elegant gekleideten George Lawson-Young. Und er warf Bon-Bon einen Blick zu, als wollte er sagen: »Ist er das?«

»Priam«, setzte ich nach, »schön, daß Sie kommen konnten. Darf ich vorstellen, Priam Jones, Hauptkommissar Shepherd von der Polizei West Mercia.«

Priam wandte sich langsam zu mir und schüttelte automatisch die ihm dargebotene Hand.

»Bitte?« sagte er verwirrt. »Ich verstehe nicht ganz. Bon-Bon rief mich an, sie habe vielleicht einen Besitzer für mich und ich solle schleunigst herkommen, wenn ich ins Geschäft kommen wollte. Dafür habe ich sogar ein gutes Mittagessen stehenlassen.«

Und wieder sah er sich suchend nach dem geheimnisvollen Besitzer um.

»Priam«, zog ich seine Aufmerksamkeit wieder auf mich, »das stimmte nicht so ganz. Ich habe Bon-Bon gebeten, Sie unter dem Vorwand anzurufen, weil ich Sie sprechen wollte.« Das hörte er nicht gern. Weit entfernt davon.

»Ich wüßte zwar nicht, was wir zu bereden hätten, aber Himmel Arsch, das wäre ja wohl auch am Telefon gegangen.« Er bemerkte die vier Paar Kinderaugen, die ihn anstarrten. »Ehm... pardon.«

»Ich wollte Sie wegen einer Videokassette sprechen.«

»Nicht schon wieder die Sch..., ehm, diese Videogeschichte«, fuhr er auf. »Ich sagte Ihnen doch schon, ich habe keine Videokassette.«

Daniel sagte klar und deutlich: »Ich weiß, wo eine Videokassette ist.«

»Psst, Liebling«, machte Bon-Bon.

»Wenn ich es aber doch weiß«, beharrte Daniel.

Ich hockte mich in Augenhöhe vor ihn hin. »Wo ist die Kassette, Daniel?« fragte ich.

»Das ist doch bestimmt drei oder vier Goldtaler wert«, erwiderte er.

»Wovon redet er?« fragte Professor Lawson-Young.

»Das ist so ein Spiel von uns«, antwortete ich. »Ich belohne Daniel für Informationen, die er mir gibt oder besorgt.« Ich wandte mich wieder an Daniel. »Ich denke schon, daß das drei oder vier Goldtaler wert ist.«

»Wenn es die richtige Kassette ist«, sagte der Professor, »kriegt er einen ganzen Batzen.«

Daniel war hocherfreut, das zu hören.

»Sie liegt in Daddys Auto«, sagte er. »In der Tasche hinterm Fahrersitz. Das habe ich gestern gesehen, als Mami uns zu deinem Laden gebracht hat.«

Er sah mich fragend an und strahlte, als ich ihm sagte: »Zehn Goldtaler diesmal, wenn der Professor einverstanden ist.«

George Lawson-Young nickte mit dem Kopf, bis ich dachte, er fällt ihm ab.

Daniel sagte: »Für Gerard Sachen zu finden macht Spaß. Da bin ich jederzeit suchbereit.«

Priam, der neben mir stand, scharrte unbehaglich mit den Füßen.

»Warum haben Sie die Kassetten vertauscht?« fragte ich ihn.

»Ich sagte Ihnen doch –«, setzte er an.

»Ich weiß, was Sie mir gesagt haben«, unterbrach ich ihn. »Das war gelogen.« Sondern Sie die Lügen aus, hatte mir der Professor in Bristol gesagt, dann finden Sie die Wahrheit. Ich fragte noch einmal: »Warum haben Sie die Kassetten vertauscht?«

Er zuckte die Achseln. »Ich dachte«, sagte er, »auf dem Band, das Ihnen Eddie Payne gegeben hat, sei das Versteck einer antiken Halskette zu sehen. Die sei Millionen wert, hatte ich gehört. Ich entdeckte das Band an dem Abend in Ihrem Regenmantel, und ich dachte, jetzt, wo Martin tot ist, merkt niemand, wenn ich es behalte.«

Halbwahrheiten und Mißverständnisse hatten zu nichts als Tod und Zerstörung geführt.

»Ich nahm eine andere Kassette aus Martins Zimmer, eine mit Pferderennen, wickelte sie in das Papier der ersten ein und steckte sie Ihnen in den Regenmantel. Als ich zu Hause dann die erste Kassette abspielte, stellte ich fest, daß von einer Halskette da nicht die Rede war und daß es nur um völlig unverständliches Zeug ging. Daher habe ich sie einfach wieder in Martins Auto gelegt, als ich am nächsten Tag damit zu Bon-Bon fuhr.«

Er blickte sich um. »Es ist ja nichts passiert. Sie haben die Kassette wieder. Wer braucht da die Polizei?«

Nichts passiert. Gott, war der Mann schiefgewickelt.

Erst nach vier Tagen ließ mich die Polizei wieder in meinen Laden.

Broadway hatte im Zentrum des Medieninteresses gestanden. Der Drachen von gegenüber hatte ja schon vorher gesagt, ich sei »immer Stadtgespräch«, und überließ mir zum Dank dafür, daß sie ein volles Haus bekam, ihre beste Suite. Sie stellte auch ihre kleine Glasmenagerie in der Hotelhalle aus, mit dem Hinweis, daß man Duplikate der Tierchen bei mir kaufen könne.

Marigold, ihre natürliche Rivalin im Hinblick auf Saris, Kaftans, Wimpern und Offenherzigkeit, kam alle naselang vorbei und wartete darauf, daß ich die Arbeit an ihrem Ehrenpreis wiederaufnahm. Worthington, der vom Chauffeur zu ihrem ständigen Begleiter aufgestiegen war, wurde mit mir losgeschickt, um die Halskette aus der Bank zu holen. Marigold sicherte sich den totalen Sieg über den Drachen, indem sie die Kette Tag und Nacht trug und sie mir schließlich zu einem Superpreis abkaufte.

Rose, Norman Osprey, Dr. Force und Hickory saßen in Untersuchungshaft, während Eddie mit seinen kaputten Händen im Krankenhaus lag.

Priam war gegen Abgabe seines Reisepasses freigelassen worden. »Das paßt mir überhaupt nicht«, hatte er erklärt. »Warum werde ich wie ein gemeiner Verbrecher behandelt?« Weil er einer war, hatte Worthington ihm und jedem anderen, der es wissen wollte, geantwortet.

Professor George Lawson-Young hatte die Videokassette aus Martins Wagen bekommen. Das hätte beinah Reibereien gegeben, da der Hauptkommissar sie als Beweisstück einbehalten wollte. Aber nachdem Lawson-Young die schon einmal verlorenen Informationen endlich wiederhatte, dachte er nicht daran, sie noch einmal aus der Hand zu geben. Widerstrebend hatte ihm die Polizei dann erlaubt, eine Kopie davon zu erstellen.

Catherine, die sich jede Nacht in meine Arme schmiegte, hielt mich über das Geschehen im Polizeirevier auf dem laufenden:

Rose schimpfte praktisch nur noch, und die meisten ihrer Beschimpfungen galten offenbar mir.

Hickory machte mich, Rose und die Welt im allgemeinen für seine Misere verantwortlich.

Dr. Force hatte viel abgestritten und wenig gesagt. Allerdings hatte nach seiner Aussage Martin Stukely nicht gewußt, daß die Informationen auf der Kassette gestohlen waren. Im Gegenteil, der Arzt hatte Martin weisgemacht, es handele sich um Ergebnisse seiner eigenen Arbeit, die er vor Dieben schützen wolle.

Das freute mich. Hatte ich etwas anderes befürchtet?

Am Donnerstag öffneten wir wieder. Im Verkaufsraum war mehr Betrieb als je zuvor an einem Wochentag im Januar, und das Geschäft brummte. Aber um die Wahrheit zu sagen, war das Interesse an den schwer zu entfernenden Blutflecken zwischen den Bodenfliesen weitaus größer als das an der Ware.

Pamela Jane hatte sich so weit erholt, daß sie am Wochenende wieder zur Arbeit kommen konnte, aber sie hielt sich

nach Möglichkeit im Verkaufsraum auf und huschte nur, wenn es sich nicht vermeiden ließ, rasch einmal durch die Werkstatt zu ihrem Spind.

Am Sonntag, eine Woche nach der Katastrophe, nahm ich die Arbeit an der Pferdefigur wieder auf.

Irish, der Zuverlässige, hatte sich bereit erklärt, mir zu assistieren, und wir hatten einen einzigen Zuschauer. Catherine saß in ihrem mittlerweile vertrauten Sessel und sah zu, wie ich wieder mein Werkzeug bereitlegte und mein Hemd auszog.

Ich stieg auf das Pedal zum Öffnen der Ofentür, um die Hitze in den Raum strömen zu lassen.

Catherine zog ihre Jacke aus.

»Häng sie in meinen Schrank«, sagte ich und warf ihr die Spindschlüssel zu.

Sie ging zu der grauen Schrankwand am anderen Ende der Werkstatt, und ich hörte sie eine Tür aufschließen.

»Was hast du denn da?« Sie hielt eine Videokassette hoch. »Auf dem Etikett steht: ›Kretischer Sonnenaufgang, selbstgemacht‹.«

Schon war ich bei ihr. Sie hatte versehentlich Hickorys Spind geöffnet, und darin fanden wir nicht nur die Herstellungsanleitung für die Kette, sondern auch, in einer braunen Papiertüte versteckt, ein paar bunte Schnürsenkel, grünweiß gestreift.

Ich lachte. »Drei Kassetten hat die Geschichte, und eine davon war die ganze Zeit vor meiner Nase.«

»Drei Kassetten?« fragte sie. »Zwei waren doch schon schlimm genug.«

»Es waren drei«, erwiderte ich. »Wirklich wichtig, wertvoll und vielleicht einzigartig war nur das Band von Force mit den gestohlenen Krebsforschungsergebnissen. Das gab er Martin, und der gab es über Eddie an mich weiter. Priam hat es dann vertauscht, weil er es irrtümlich für einen Wegweiser zu schnellem Reichtum hielt. Als er merkte, daß es das nicht war, hat er es unauffällig wieder in Martins Wagen gelegt. Das war das Band, nach dem Rose und Dr. Force so fieberhaft gesucht haben.«

»Und das Halskettenvideo?« fragte Catherine. »Dieses hier?«

»Die Herstellungsanleitung hatte ich Martin geliehen«, sagte ich, »und sie lag bei ihm zu Hause, bis Hickory sie zusammen mit den ganzen anderen Videos aus seinem Zimmer stahl. Hickory hat sie behalten, weil sie für ihn interessant war. Vielleicht wollte er von der Kette eine Kopie machen. Offensichtlich hat er das Band hier bei seinen Arbeitssachen aufbewahrt.«

»Und welches ist das dritte Band?« fragte sie.

»Das Band, das Priam noch vor Hickorys Beutezug aus Martins Zimmer mitnahm. Er hat es mir in die Tasche meines Regenmantels gesteckt, und das ist das Band, das Force mir in der Neujahrsnacht gestohlen hat in der Annahme, es sei sein Krebsforschungsvideo. Ich hätte zu gern sein Gesicht gesehen, als er es abspielte und sah, daß nichts als Pferderennen darauf war.«

Ich machte die Pferdefigur. Mit Irishs Hilfe holte ich das Glas aus dem Ofen und formte noch einmal den Rumpf des Pferdes, die Beine und den Schweif. Doch diesmal ließ ich

mir Zeit und wandte mit der nötigen Sorgfalt das Wissen und das Talent an, das ich von meinem Onkel Ron gelernt und geerbt hatte. Ich formte Hals und Kopf eines intelligenten Tieres, mit hohen Backenknochen und festem Maul. Ich gab ihm eine fliegende Mähne wie in vollem Galopp und fügte sie nahtlos an den Körper an.

Angefangen hatte es als Auftragsarbeit für Marigold und Kenneth Trubshaw und seine Cheltenhamer Rennplanungskommission.

Am Ende wurde ein Denkmal für einen getreuen und schmerzlich vermißten Freund daraus. Ein Denkmal, das seines Könnens und seines Mutes würdig war.

Schließlich kam das springende Pferd auf die Bank, und Irish und ich stellten es schnell, aber vorsichtig in einen der Kühlöfen. Dort würde es langsam und sicher abkühlen, während sich die Spannungen im Material allmählich ausglichen. Keine Scherben diesmal.

Ich ging mit Catherine zu der Beerdigung von Paul Federfuchser, überließ sie an der Kirchentür jedoch ihren Kollegen in Uniform und in Zivil. Eine kleine Gruppe zivil Gekleideter nahm sie in ihrer Mitte auf, und es war eine nachdenkliche, bedrückte Kriminalbeamtin, die eine Stunde später ihr Motorrad bestieg, kurz innehielt, bevor sie den Motor anließ, und zu ihrem Sozius sagte: »Die Einäscherung findet morgen in aller Stille statt, und heute abend gibt es ihm zu Ehren einen Umtrunk in der Kneipe. Für den Rest des Tages habe ich freibekommen, wo möchtest du jetzt also hin?«

»Ins Bett«, sagte ich ohne Zögern und setzte hinzu, daß

Paul Federfuchser damit bestimmt einverstanden gewesen wäre.

Die Trauer fiel von Catherine ab wie tauender Schnee.

Ich sagte: »Du weißt ja, daß ich noch nicht gesehen habe, wie du wohnst. Wie wäre es denn jetzt damit?«

Sie lächelte ein wenig verschmitzt, dann trat sie die Maschine an und bat mich aufzusteigen.

Ihre Wohnung lag etwa fünf Gehminuten und noch keine Fahrminute vom Polizeirevier entfernt, die lange graue Straße immer geradeaus. Sie hielt vor einem eingeschossigen Doppelbungalow in einer Reihe genau gleicher stuckverzierter Kästen, und schon stand für mich fest, daß die Wohnung nicht mein Fall war. Dorthin zu fahren war ein Fehler gewesen, doch da ich nun mal hier war, würde ich lächeln und so tun, als gefiele es mir.

Tatsächlich lächelte ich dann, weil ich entwaffnet war, und nicht aus Höflichkeit.

Die Wohnung der Zivilfahnderin stand ganz im Zeichen von *Alice im Wunderland*: Am Küchentisch saßen ein überlebensgroßer Schnapphase und ein ebensogroßer Hutmacher, der dabei war, eine Haselmaus in die Teekanne zu stopfen. An der Tür zum Bad schaute das Weiße Kaninchen auf seine Taschenuhr, und im Wohnzimmer tanzten die Herzkönigin, die Köchin, das Walroß und der Zimmermann die Hummer-Quadrille. Die Wände waren rundum mit wucherndem Grün und Blumen bemalt.

Catherine lachte über meinen Gesichtsausdruck, zweifellos eine Mischung aus Entsetzen und Belustigung.

»Die Figuren«, sagte sie, »habe ich alle von einem Jahrmarkt, seit ich sechs war. Ich fand sie immer toll. Ich weiß,

daß es Kinderei ist, aber sie leisten mir Gesellschaft.« Sie schluckte plötzlich. »Sie haben mir geholfen, mit dem Verlust von Paul fertig zu werden. Er fand sie gut. Sie haben ihn zum Lachen gebracht. Ohne ihn sehe ich sie jetzt anders. Ich glaube, ich bin erwachsen geworden.«

Passend zur übrigen Wohnung war Catherines Schlafzimmer ein Märchenland mit Zuckerwattewolken und lebenden Spielkarten, die die Blüten leuchtendgrüner Rosenbäume weiß und rot anmalten.

»Reizend«, sagte ich schwach und perplex, und Catherine lachte.

»Du haßt es, das sehe ich dir an.«

»Ich kann ja die Augen zumachen«, sagte ich, aber wir zogen dann die Vorhänge zu.

Wir liebten uns dort zu Ehren von Paul Federfuchser, doch als am Abend, nach dem Umtrunk in der Kneipe, Kommissarin Dodd und ihr Sozius wieder in den Sattel stiegen, fuhren sie zu dem großen, stillen Haus am Hang.

Es war schön, nach Hause zu kommen.

Dick Francis im Diogenes Verlag

»Die Bücher von Dick Francis haben die Grenzen des Krimis längst überschritten.«
Jürgen Busche / Süddeutsche Zeitung, München

»Dick Francis schreibt Thriller, die sich aus der breiten Masse hervorheben. Immer wieder überrascht dieser Autor, dessen glänzende Karriere als Jockey durch einen Unfall beendet wurde, durch seine klugen und humorvollen Geschichten, seinen Sinn für Atmosphäre und für zum Teil köstliche Charaktere.«
Margarete von Schwarzkopf / Norddeutscher Rundfunk, Hamburg

»Dick Francis ist der Meister des Thrillers.«
Der Spiegel, Hamburg

Todsicher
Roman. Aus dem Englischen von Tony Westermayr

Rufmord
Roman. Deutsch von Peter Naujack

Doping
Roman. Deutsch von Malte Krutzsch

Nervensache
Ein Sid-Halley-Roman. Deutsch von Tony Westermayr

Blindflug
Roman. Deutsch von Tony Westermayr

Schnappschuß
Roman. Deutsch von Norbert Wölfl

Hilflos
Roman. Deutsch von Nikolaus Stingl

Peitsche
Roman. Deutsch von Nikolaus Stingl

Rat Race
Roman. Deutsch von Michaela Link

Knochenbruch
Roman. Deutsch von Michaela Link

Gefilmt
Roman. Deutsch von Malte Krutzsch

Schlittenfahrt
Roman. Deutsch von Jobst-Christian Rojahn

Zuschlag
Roman. Deutsch von Ruth Keen

Versteck
Roman. Deutsch von Malte Krutzsch

Gefälscht
Roman. Deutsch von Malte Krutzsch

Risiko
Roman. Deutsch von Michaela Link

Galopp
Roman. Deutsch von Ursula Goldschmidt und Nikolaus Stingl

Handicap
Ein Sid-Halley-Roman. Deutsch von Jobst-Christian Rojahn

Reflex
Roman. Deutsch von Monika Kamper

Fehlstart
Roman. Deutsch von Malte Krutzsch

Banker
Roman. Deutsch von Malte Krutzsch

Gefahr
Roman. Deutsch von Malte Krutzsch

Weinprobe
Roman. Deutsch von Malte Krutzsch

Ausgestochen
Roman. Deutsch von Malte Krutzsch

Festgenagelt
Roman. Deutsch von Malte Krutzsch

Mammon
Roman. Deutsch von Malte Krutzsch

Gegenzug
Roman. Deutsch von Malte Krutzsch

Unbestechlich
Roman. Deutsch von Jobst-Christian Rojahn

Außenseiter
Roman. Deutsch von Gerald Jung

Comeback
Roman. Deutsch von Malte Krutzsch

Sporen
Roman. Deutsch von Malte Krutzsch

Lunte
Roman. Deutsch von Malte Krutzsch

Zügellos
Roman. Deutsch von Malte Krutzsch

Favorit
Ein Sid-Halley-Roman. Deutsch von Malte Krutzsch

Verrechnet
Roman. Deutsch von Malte Krutzsch

Rivalen
Roman. Deutsch von Malte Krutzsch

Winkelzüge
Dreizehn Geschichten. Deutsch von Michaela Link

Hurrikan
Roman. Deutsch von Malte Krutzsch

Eric Ambler im Diogenes Verlag

Seit 1996 erscheint eine Neuedition der Werke Eric Amblers in neuen oder revidierten Übersetzungen.

»Die Neuübersetzungen, stilistisch viel näher am Original, offenbaren viel deutlicher die Meisterschaft von Eric Ambler, der nicht nur politisch denkt, klar analysiert, präzise schreibt, sondern bei alledem auch noch glänzend unterhält.«
Karin Oehmigen/SonntagsZeitung, Zürich

»Eric Amblers Romane sind außergewöhnlich, weil sie Spannung und literarische Qualität verbinden. Die neuen und überarbeiteten Übersetzungen im Taschenbuch sind vorbehaltlos zu begrüßen.«
Bayerisches Fernsehen, München

Der Levantiner
Roman. Aus dem Englischen von Tom Knoth

Die Maske des Dimitrios
Roman. Deutsch von Matthias Fienbork

Eine Art von Zorn
Roman. Deutsch von Malte Krutzsch

Topkapi
Roman. Deutsch von Elsbeth Herlin und Nikolaus Stingl

Der Fall Deltschev
Roman. Deutsch von Mary Brand und Walter Hertenstein

Die Angst reist mit
Roman. Deutsch von Matthias Fienbork

Schmutzige Geschichte
Roman. Deutsch von Günter Eichel

Der dunkle Grenzbezirk
Roman. Deutsch von Walter Hertenstein und Ute Haffmans

Bitte keine Rosen mehr
Roman. Deutsch von Tom Knoth

Anlaß zur Unruhe
Roman. Deutsch von Dirk van Gunsteren

Besuch bei Nacht
Roman. Deutsch von Wulf Teichmann

Waffenschmuggel
Roman. Deutsch von Tom Knoth

Ungewöhnliche Gefahr
Roman. Deutsch von Matthias Fienbork

Mit der Zeit
Roman. Deutsch von Matthias Fienbork

Das Intercom-Komplott
Roman. Deutsch von Dirk van Gunsteren

Doktor Frigo
Roman. Deutsch von Matthias Fienbork

Schirmers Erbschaft
Roman. Deutsch von Nikolaus Stingl

Nachruf auf einen Spion
Roman. Deutsch von Matthias Fienbork

Außerdem lieferbar:

Ambler by Ambler
Eric Amblers Autobiographie
Deutsch von Matthias Fienbork

Die Begabung zu töten
Deutsch von Matthias Fienbork

Wer hat Blagden Cole umgebracht?
Lebens- und Kriminalgeschichten.
Deutsch von Matthias Fienbork

Über Eric Ambler
Zeugnisse von Alfred Hitchcock bis Helmut Heißenbüttel. Herausgegeben von Gerd Haffmans unter Mitarbeit von Franz Cavigelli. Mit Chronik und Bibliographie. Erweiterte Neuausgabe

Gwendoline Butler im Diogenes Verlag

Gwendoline Butler wurde in einer Gegend im Süden von London geboren, für die sie nach wie vor eine besondere Vorliebe hegt. Nach ihrer Ausbildung unterrichtete sie Geschichte an einem College in Oxford, bevor sie zu schreiben begann und mit ihren Kriminalfällen um den Londoner Inspektor Coffin großen Erfolg hatte. Neben vielen anderen Auszeichnungen wurde ihr auch der *Silver Dagger* der *Criminal Writer's Association* verliehen.

»Gwendoline Butler schreibt Detektivromane, die sich durch ihre Form und Atmosphäre deutlich absetzen, nicht nur von anderen Krimis, sondern von der Masse belletristischer Titel. Butler erzeugt die wirkliche Whodunit-Spannung, die einen hineinzieht.«
The Times, London

»Inspektor Coffin ist eine hervorragende und ungewöhnliche Figur.«
Twentieth Century Crime and Mystery Writers

Heißes Geld
Roman. Aus dem Englischen von Inge Leipold

Dunkle Stunde
Roman. Deutsch von Jobst-Christian Rojahn

Falsches Spiel
Roman. Deutsch von Inge Leipold

Unter Druck
Roman. Deutsch von Jobst-Christian Rojahn

Doppelter Boden
Roman. Deutsch von Michaela Link

Kalte Nacht
Roman. Deutsch von Michaela Link

Ein schönes Paar
Roman. Deutsch von Inge Leipold

Michael Lewin im Diogenes Verlag

Der stumme Handlungsreisende

Roman. Aus dem Amerikanischen von Michaela Link

Es ist Hochsommer – schlechte Zeiten für Albert Samson, den billigsten aller billigen Detektive von Indianapolis. Als ihn daher eine verzweifelte Frau bittet, für sie herauszufinden, warum man sie seit Monaten nicht ans Spitalbett ihres Bruders läßt, ist er bereit, sein Bestes zu geben – auch wenn dies nicht gerade sein Traum von einem Fall ist.

»Wenn die Kriminalliteratur je auf einen Tragikomiker gewartet hat, dann ist er ihr nun in der Gestalt von Albert Samson erschienen.«
Peter Zimmermann/Österreichischer Rundfunk, Wien

Anruf vom Panther

Roman. Deutsch von Michaela Link

Eine Gruppe von Umweltschützern hat eine Bombe in einem Maisfeld hochgehen lassen und fünf weitere versteckt. Die Bomben konnten zwar immer rechtzeitig gefunden werden und hatten keinen Zünder, aber ganz Indianapolis ist in Aufruhr. Weitere Bomben sind angekündigt, und man kann nicht wissen, ob nicht doch einmal eine scharf ist. Da kommen vier Frauen, mit Tiermasken verkleidet, in Albert Samsons Büro – es sind die ›Umwelt-Terroristen‹, die sich als vier verzweifelte Hausfrauen herausstellen. Sie wollen den Umweltverbrechen nicht mehr länger tatenlos zusehen. Jetzt aber brauchen sie Samsons Hilfe, denn eine ihrer Bomben ist ihnen abhanden gekommen…

»Lewin schreibt mit Stil, Sensibilität und Witz… Er hat ein poetisches Gespür für Details, das jede Seite zum Leuchten bringt.« *Ross Macdonald*

Wer viel fragt

Roman. Deutsch von Michaela Link

Als Albert Samson beauftragt wird, den biologischen Vater von Eloise Crystal ausfindig zu machen, hält er das zunächst für eine Teenagerlaune der Auftraggeberin. Nur um nicht ganz aus der Übung zu kommen, und auch weil mal wieder Auftragsflaute herrscht, macht der Detektiv ein paar Recherchen, die ihm schnell zeigen, daß der Familienhintergrund dieser Miss Crystal alles andere als kristallklar ist. Samson gerät mitten in den Wirbel um ein Familiengeheimnis, wobei er mehr Skelette aus dem Schrank holt, als für seine eigene Sicherheit gut ist.

»Dieser befriedigende, intelligent gemachte Krimi entfaltet seine Spannung mit fachmännischem Timing.«
Publishers Weekly, New York

»Albert Samson ist die softe Version von Sam Spade oder Philip Marlowe.« *Per Hansen / Bremer*

Jakob Arjouni im Diogenes Verlag

Happy birthday, Türke!

Ein Kayankaya-Roman

»Privatdetektiv Kemal Kayankaya ist der deutsch-türkische Doppelgänger von Phil Marlowe, dem großen Kollegen von der Westcoast. Nur weniger elegisch und immerhin so genial abgemalt, daß man kaum aufhören kann zu lesen, bis man endlich weiß, wer nun wen erstochen hat und warum und überhaupt.
Daß *Happy birthday, Türke!* trotzdem mehr ist als ein Remake, liegt nicht nur am eindeutig hessischen Großstadtmilieu, sondern auch an den bunteren Bildern, den ganz eigenen Gedankensaltos und der Besonderheit der Geschichte. Wer nur nachschreibt, kann nicht so spannend und prall erzählen.«
Hamburger Rundschau

»Jakob Arjouni ist eine Entdeckung. In seinen Texten ist nicht ein Tropfen Moralin, er erzählt einfach, was passiert, Geschichten, wie sie das Leben schreibt, und so gut wie nie mit dem üblichen Happy-End. Auch erzählt er seine Geschichten so gut, mit äußerst wendigen Dialogen und geschickt gehaltener Spannung, daß man seine Bücher nicht mehr aus der Hand legen kann.«
Manuel Vázquez Montalbán / El País, Madrid

Mehr Bier

Ein Kayankaya-Roman

Vier Mitglieder der ›Ökologischen Front‹ sind wegen Mordes an dem Vorstandsvorsitzenden der ›Rheinmainfarben-Werke‹ angeklagt. Zwar geben die vier zu, in der fraglichen Nacht einen Sprengstoffanschlag verübt zu haben, sie bestreiten aber jede Verbindung mit

dem Mord. Nach Zeugenaussagen waren an dem Anschlag fünf Personen beteiligt, doch von dem fünften Mann fehlt jede Spur. Der Verteidiger der Angeklagten beauftragt den Privatdetektiv Kemal Kayankaya mit der Suche nach dem fünften Mann…

»Verglichen wurde Jakob Arjouni bereits mit Raymond Chandler und Dashiell Hammett, den verehrungswürdigsten Autoren dieses Genres. Zu Recht. Arjouni hat Geschichten von Mord und Totschlag zu erzählen, aber auch von deren Ursachen, der Korruption durch Macht und Geld, und er tut dies knapp, amüsant und mit bösem Witz. Seine auf das Nötigste abgemagerten Sätze fassen viel von dieser schmutzigen Wirklichkeit.«
Klaus Siblewski / Neue Zürcher Zeitung

Ein Mann, ein Mord

Ein Kayankaya-Roman

Ein neuer Fall für Kayankaya. Schauplatz Frankfurt, genauer: der Kiez mit seinen eigenen Gesetzen, die feinen Wohngegenden im Taunus, der Flughafen. Kayankaya sucht ein Mädchen aus Thailand. Sie ist in jenem gesetzlosen Raum verschwunden, in dem Flüchtlinge, die um Asyl nachsuchen, unbemerkt und ohne Spuren zu hinterlassen, leicht verschwinden können. Was Kayankaya dabei über den Weg und in die Quere läuft, von den heimlichen Herren Frankfurts über korrupte Bullen und fremdenfeindliche Beamte auf den Ausländerbehörden bis zu Parteigängern der Republikaner mit ihrer Hetze gegen alles Fremde und Andere, erzählt Arjouni klar, ohne Sentimentalität, witzig, souverän.

»Jakob Arjouni schreibt die besten Großstadtthriller seit Chandler. Ein großer, fantastischer Schriftsteller. Er ist einer, der sich mühelos über den schnöden Realismus normaler Krimiautoren hinwegsetzt, denn es

zählen bei ihm nie allein Indizien, Konflikte und Fakten, sondern vielmehr sein skeptisch heiteres Menschenbild. Arjouni ist es in *Ein Mann, ein Mord* endgültig gelungen, mit seinem Privatdetektiv Kayankaya eine literarische Figur zu erschaffen, die man nie mehr vergißt.« *Maxim Biller / Tempo, Hamburg*

Edelmanns Tochter

Theaterstück

Ein Bahnhof im wiedervereinigten Deutschland. Hinz und seine Tochter Ruth sitzen im Hinterzimmer des Bahnhofrestaurants und warten. Nach vier Jahrzehnten kann der Vater sich nicht länger den drängenden Fragen und Ahnungen seiner Tochter entziehen. Im Kampf um eine neue Identität, die es ihm leichter machen soll, Schuld und Schicksal zu verdrängen, hat sich der Alte tief in ein Knäuel aus Lebenslüge, Leere, Hilflosigkeit und Selbstvorwürfen verstrickt.
Ein Stück über gegenseitige Achtung, über eine Vater-Tochter-Beziehung und die Frage nach den Grenzen von statthafter Einflußnahme. Jakob Arjouni ergreift nicht Partei, er beobachtet Menschen und keine literarischen Modelle. Ohne ausführliche Erörterungen, in prägnanten Sätzen, befaßt sich der junge Autor mit dem Phänomen Deutschland: Schuld und Vergangenheit, das Dritte Reich, die Wiedervereinigung und die Tatsache, daß noch gar nichts erledigt ist…

»Arjouni weiß als Dramatiker genauso wie als Krimiautor, wie er Spannung erzielt, ohne platt zu wirken.« *Christian Peiseler / Rheinische Post, Düsseldorf*

Magic Hoffmann

Roman

Unlarmoyant, treffsicher und leichtfüßig zeichnet Jakob Arjouni ein Bild der Republik: ein Entwicklungsroman in der Tonlage des Road Movie. Ein Buch

voller Spannung und Ironie über einen, der versucht, sich nicht unterkriegen zu lassen, nicht von diesem Land und nicht von seinen besten Freunden.

»Und alle Leser lieben Hoffmann: Jakob Arjouni schreibt einen Roman über die vereinte Hauptstadt, einen Roman über die Treue zu sich selbst, über gebrochene Versprechen, gewandelte Werte, verlorene Freundschaften und die Übermacht der Zeit. Ein literarischer Genuß: spannend, tragikomisch und voller Tempo.«
Harald Jähner / Frankfurter Allgemeine Zeitung

Ein Freund

Geschichten

Ein Jugendfreund für sechshundert Mark, ein Killer ohne Perspektive, eine Geisel im Glück, eine Suppe für Hermann und ein Jude für Jutta, zwei Maschinengewehre und ein Granatwerfer gegen den Papst, ein letzter Plan für erste Ängste.
Geschichten von Hoffen und Bangen, Lieben und Versieben, von zweifelhaften Triumphen und zweifelsfreiem Scheitern, von grauen Ein- und verklärten Aussichten. So ironisch wie ernst, so traurig wie heiter, so lustig wie trocken erzählt Arjouni davon, wie im Leben vieles möglich scheint und wie wenig davon klappt.

»Sechs Stories von armseligen Gewinnern und würdevollen Verlierern, windigen Studienräten und aufgeblasenen Kulturfuzzis. Typen also, wie sie mitten unter uns leben. Seite um Seite zeigt der Chronist des nicht immer witzigen deutschen Alltags, was ein Erzähler heute haben muß, um das Publikum nachdenklich zu stimmen und gleichzeitig zu unterhalten: Formulierungswitz, Einfallsreichtum, scharfe Beobachtungsgabe. Und wie der Mann Dialoge schreiben kann!« *Hajo Steinert / Focus, München*

Kismet

Ein Kayankaya-Roman

Mit einem Freundschaftsdienst fängt alles an. Eigentlich wollen Kayankaya und Slibulsky dem Gastwirt Romario nur helfen, zwei Schutzgelderpresser zu vertreiben. Doch dann liegen auf einmal zwei merkwürdig weiß gepuderte Leichen in Romarios Restaurant. Die Toten lassen Kayankaya keine Ruhe, und er macht sich auf die Suche nach ihrer Identität – bis er selbst gesucht wird. Von einer Mafia, von der niemand weiß, woher sie kommt und wer ihr Chef ist. Sicher ist nur, daß es sich um die brutalste und kompromißloseste Gangstertruppe handelt, die sich über das Frankfurter Bahnhofsviertel je hergemacht hat. Und schließlich bekommt Kayankaya noch einen richtigen, das heißt: bezahlten Auftrag. Er soll eine Frau finden, die er in einem Videofilm sieht. Und die ihn, wie er glaubt, vom Bildschirm aus anblickt.
Kismet handelt von organisiertem Verbrechen und Kriegsgewinnlern, vom Unsinn des Nationalismus und vom Wahnsinn des Jugoslawienkriegs, von Heimat im besten wie im schlechtesten Sinne. Und von der Sehnsucht nach einer großen Liebe.

»Hier ist endlich ein Autor, der spürt, daß man sich nicht länger um das herumdrücken darf, was man gern die ›großen Themen‹ nennt. Hier genießt man den Ton, der die Geradlinigkeit, Schnoddrigkeit und den Rhythmus des Krimis in die hohe Literatur hinübergerettet hat.«
Florian Illies / Frankfurter Allgemeine Zeitung